古典詩歌研究彙刊

第三四輯

龔鵬程 主編

第3冊

姜夔詞接受史（上）

林淑華 著

國家圖書館出版品預行編目資料

姜夔詞接受史（上）／林淑華 著 -- 初版 -- 新北市：花木蘭
文化事業有限公司，2023〔民 112〕
目 6+178 面；17×24 公分
（古典詩歌研究彙刊 第三四輯；第 3 冊）
ISBN 978-626-344-351-8（精裝）
1.CST：（宋）姜夔 2.CST：宋詞 3.CST：詞論
820.91   112010192

ISBN-978-626-344-351-8

9 786263 443518

古典詩歌研究彙刊
第三四輯　第 三 冊   ISBN：978-626-344-351-8

姜夔詞接受史（上）

作　　　者　林淑華
主　　　編　龔鵬程
總 編 輯　杜潔祥
副總編輯　楊嘉樂
編輯主任　許郁翎
編　　　輯　張雅淋、潘玟靜　美術編輯　陳逸婷
出　　　版　花木蘭文化事業有限公司
發 行 人　高小娟
聯絡地址　235 新北市中和區中安街七二號十三樓
　　　　　電話：02-2923-1455／傳真：02-2923-1452
網　　　址　http://www.huamulan.tw 信箱 service@huamulans.com
印　　　刷　普羅文化出版廣告事業
初　　　版　2023 年 9 月
定　　　價　第三四輯共 8 冊（精裝）新台幣 16,000 元

姜夔詞接受史（上）

林淑華　著

作者簡介

林淑華，臺灣嘉義市人，國立彰化師範大學國文系碩士班畢業、國立成功大學博士班畢業。曾獲白沙文學獎古典詩佳作、鳳凰樹文學獎古典詞、現代散文、文學評論佳作、第四屆粵港澳臺大學生詩詞大賽優異獎。

提　　要

　　隨著讀者文化或歷史轉移改變，豐富了接受史各種角度之檢視，因此如何將多面的讀者呈現，正是接受史著作之重點。本文借用王偉勇老師提出之十個面向，挖掘不同層面讀者之接受概況，一曰他人和韻之作，二曰他人仿擬之作，三曰詩話，四曰筆記，五曰詞籍（集）序跋，六曰詞話，七曰論詞長短句，八曰論詞絕句，九曰評點資料，十曰詞選。筆者就其特性，約可歸納為「選本」、「批評」、「創作」三個面向觀察南宋至清末歷代讀者之接受回饋與響應，再加上「書目版本」輔助了解傳播之狀況，探討姜夔詞之接受史。

　　在書目版本方面，本文先參考前人著作，按照朝代、以及流傳的不同系統，將白石詞版本研究成果，作一統整。第二部分，乃專就宋代至清代藏書目錄中，歸納白石詞之記載情形，俾更明瞭白石詞，在各代藏書家中之典藏狀況與傳播過程。

　　在選本方面，按照時代分類，運用統計分析，了解宋、元、明、清詞選選錄姜夔詞之數量與批評訊息，以及讀者（選者）閱讀姜夔詞之期望值。

　　在批評方面，按照時代分類，在批評、闡釋、理解、反對等等關係中，經由讀者發現與建構之審美視界中，體現了讀者對姜夔獨特視界之解釋，建構姜夔詞在經典作品系譜中之位置。

　　在創作方面，按照時代分類，運用統計分析仿擬詞、和韻詞、集句詞，檢索詞題、詞序中標明仿擬、追和、集句姜夔等字樣，從歷代作品中，尋找模仿姜夔詞作之跡。

　　本論文由四個面向選擇讀者，歸納出姜夔詞在南宋末、清初之盛大流行，而在元、明、清中期衰落之現象。

目

次

中　冊

表目次

第一章　緒　論

第一節　研究動機及目的

郭宏安、章國鋒、王逢振在《二十世紀西方文論研究》說:「一件藝術作品的整體型態、價值、意義和效果絕不是靜止的、超越時空並永遠不變的,而會隨著時間、地域和接受意識的變化而不斷變異。」〔註1〕作品的生命,正通過讀者的傳遞過程繼續延續,1967 年,德國‧康茨坦斯大學,漢斯‧羅伯特‧姚斯〔註2〕(Hans Robert Jauss),提出新的文學史觀,開啟以讀者為核心的文學史想法,70 年代美國「讀者反應批評」興起,以讀者為中心的批評方式蔚為風行。然而陳文忠說:「堯斯的接受史理論是向傳統文學史提出的『挑戰』。但是,他並未對接受史的研究思路和操作方式作具體闡述,也缺乏充足的後續成果為作為學術範式。」〔註3〕西方接受理論的提出,幫助照見我們所忽略的地方,然而西方與中國地域和思想背景有所不同,有不同的保存讀者史料的形式,因此,不得不提供新的研究思路和操作方式,以建構具有中國特色的接受史理論體系。

〔註1〕郭宏安、章國鋒、王逢振:《二十世紀西方文論研究》(北京:中國社會科學出版,1997 年),頁 306。

〔註2〕「姚斯」或譯作「堯斯」。

〔註3〕陳文忠:〈20 年文學接受史研究回顧與思考〉,《安徽師範大學學報‧人文社會科學版》(2003 年 9 月)第 31 卷第 5 期,頁 537。

　　陳文忠《中國古典詩歌接受史》一書替接受史下了適當的定義：「接受史就是詩歌本文潛在意義的外化形式的衍化史，是作品在不同階段經讀者解釋後所呈現的具體面貌，也就是讀者閱讀經驗的歷史。它通常體現為不同時期的接受者，包括普通讀者、詩評家及詩人作家，對作品不斷作出的鑑賞、闡釋及在創作中的吸收借用等等。」〔註4〕詩話、筆記、詞集序跋、詞話、詞選，是歷來研究中國文學接受史的最主要資料來源，如《宋詩話全編》、《遼金元詩話全編》、《明詩話全編》；筆記類，如朱易安、傅璇琮主編《全宋筆記》之《唐宋史料筆記叢刊》；序跋類，如金啟華等編《唐宋詞集序跋匯編》、施蟄存主編：《詞籍序跋萃編》；詞話類，如唐圭璋編《詞話叢編》〔註5〕；詞選類，如《四庫全書總目‧詞曲類》、《叢書子目類編‧集部‧詞曲類‧總類》〔註6〕、王兆鵬《唐宋詞史論》〔註7〕，這些文獻資料，是我們選取的首要材料，然而誠如王玫提到：

〔註4〕陳文忠：《中國古典詩歌接受史》（合肥：安徽大學出版社，1998年8月），頁10。

〔註5〕詩話類，已出版一系列叢書，如吳文治主編：《宋詩話全編》（南京：鳳凰出版社，1998年12月）、吳文治主編：《遼金元詩話全編》（南京：鳳凰出版社，2006年12月）、吳文治主編：《明詩話全編》（南京：鳳凰出版社，1997年12月）；筆記類，如朱易安、傅璇琮主編《全宋筆記》（鄭州：大象出版社，2003年10月），以及1984年起，由北京中華書局印行之《唐宋史料筆記叢刊》；序跋類，如金啟華等編《唐宋詞集序跋匯編》（臺北：臺灣商務印書館，1993年2月）、施蟄存主編：《詞籍序跋萃編》（北京：中國社會科學院出版社，1994年2月）；詞話類，如唐圭璋編《詞話叢編》（臺北：新文豐出版公司，1988年2月）。

〔註6〕上海圖書館編：《中國叢書綜錄》（上海：上海古籍出版社，1986年2月第一版）第二冊〈子目〉及第三冊〈索引〉。

〔註7〕關於詞選，《景印文淵閣四庫全書‧集部》（臺北：臺灣商務印書館，1996年7月），即錄有《花間集》、《尊前集》、《梅苑》、《樂府雅詞》（以上並見總冊1489，集部冊786）、《花庵詞選》、《草堂詩餘》（以上並見總冊1489，集部冊787）、《絕妙好詞‧箋》、《樂府補題》（以上並見總冊1490，集部冊787）、《花草粹編》（總冊1490，集部冊788）等，其餘詞選，或單行，或叢書印行，茲不贅舉。初步整理詞選，有王兆鵬：《唐宋詞史論》（北京：人民文學出版社，2000年1月）。

　　在接受過程中，讀者的「期待視野」決定其對文本的接受態
　　度，由讀者個性氣質、生活經歷、思想修養等諸多因素制
　　約，形成不同的閱讀動機和接受心態。〔註8〕

　　　同一文本，不同階層的讀者使有相應不同的接受方式。〔註9〕
不同階層的讀者，其個性氣質、生活經歷、思想修養皆不同，我們要
如何處理不同的閱讀動機和接受心態呢？另外，有其他不同角度的
觀察方法嗎？

　　　姜夔（1155～1221），生於南宋高宗紹興二十五年（1155），字堯
章，別號白石道人，又號石帚。饒州鄱陽（今江西波陽）人。往來於
漢陽、揚州、長沙、湘水、湖州等地，客遊他鄉，四十三歲起，他曾
上書論雅樂，進〈大樂議〉、〈琴瑟考古圖〉，皆不被採納，接著再上
〈聖宋饒歌鼓吹〉十二章，乃詔免解與試禮部，卻又不第，此後，又
入越、遊浙東、客揚州，南宋寧宗嘉定十四年（1221）逝於西湖家中，
終身布衣，身後蕭條，全賴朋友資助才得以辦成喪葬事宜。〔註10〕然
而姜詞以沖澹秀潔，被譽為詞之中正。清·王鳴盛曾說：「北宋詞人
原只有艷冶、豪蕩兩派，自姜夔、張炎、周密、王沂孫方開清空一
派，五百年來，以此為正宗。」〔註11〕姜夔在傳統之婉約、豪放派外，
別立清空、騷雅一宗，蔚然成派，鼎足成三，豐富了詞體風格和流派
內涵。且姜夔於南宋中後期以及清代初年，兩次被推為典範，成為詞
壇心摹手追之榜樣，孫克強說：「姜夔在詞學史上的每次突現，皆標
志著新舊詞風的巨大變革及詞體認識的重要改變」〔註12〕。第一次在

〔註 8〕王玫：《建安文學接受史論》（上海：上海古籍出版社，2005 年 7 月），
　　　　頁 2。
〔註 9〕王玫：《建安文學接受史論》，頁 6。
〔註10〕夏承燾：〈姜白石繫年〉，《唐宋詞人年譜》（臺北：明倫出版社，1970
　　　　年），頁 425～454。
〔註11〕《嶰整山人詞集》評語。見清·謝章鋌，《賭棋山庄詞話》，續編卷四
　　　　引，見唐圭璋，《詞話叢編》冊 4，頁 3594。
〔註12〕孫克強：〈白石詞在詞學史上的影響和意義〉，《中國韻文學刊》（2000
　　　　年）第 2 期，頁 46。

南宋溺於淫靡或故逞豪壯之詞風下，如宋・王炎所概括：「今之為長短句者，字字言閨閫事，故語懦而意卑；或者欲為豪壯語以矯之。」〔註13〕姜夔詞之清雅才受到推崇。第二次是清代浙西詞派標舉姜夔「清空」旗幟，以改變明代以來之綺靡穠麗和粗豪叫囂之詞風，可知姜夔在文學史上之影響甚鉅。

再者，王兆鵬為唐宋詞人所作的綜合排行榜上，根據「存詞名次」、「版本名次」、「品評名次」、「研究名次」、「歷代詞選名次」、「當代詞選名次」、「平均名次」諸項總結得出辛棄疾第一，蘇軾、周邦彥、姜夔同列第二〔註14〕，因此可知姜夔在材料上具有豐富的記載，且姜夔在豪放和婉約兩派之外，另樹「清空騷雅」新風格，在詞史上掀開了新的一頁，對後代作家讀者，都產生了深遠的影響，因此本文以姜夔作為探究中心。

研究本課題的目的，基於一、希望能夠將「姜夔詞接受」的歷史作出梳理，以了解不同的研究者如何通過不同的「批評旅程」而審視姜夔。二、通過梳理後人對姜夔批評的方法，發掘後人審美視野中的姜夔價值及其文本意義。三、擴大詞學批評視野，廣泛反映詞人之接受，輔助建構中國接受史之模式。

第二節　文獻回顧與評述

一、接受主題文獻探討

「接受美學」的概念是由二十世紀六〇年代聯邦德國康斯坦茨學派所提出的，1967 年聯邦德國漢斯・羅伯特・姚斯發表了《文學史作為向文學理論的挑戰》一文，宣告文藝批評的新方法和新觀念——接受美學的產生。二十世紀八〇年代中期以來，西方理論紛紛譯介到

〔註13〕〔宋〕王炎，《雙溪詩餘自序》，〔清〕王鵬運，《四印齋匯刻宋元三十一家詞》（上海：上海古籍出版社，1989 年），頁 793。
〔註14〕王兆鵬：《唐宋詞史論》，頁 93。

中國，並開始借鑑接受美學的理念研究中國文學。接受理論漸受到重視，著作論文達一定數量，2003 年陳文忠發表了〈20 年文學接受史研究回顧與思考〉〔註15〕，統計大陸、港、台學者發表各類接受史論文近三百篇，出版接受史專著約三十部。另外 2003 年樊寶英發表〈近 20 年接受美學與中國古代文論研究綜述〉〔註16〕、2006 年劉上江、劉紹瑾發表〈闡釋學、接受理論與 20 年來中國古代文論研究述評〉〔註17〕、洪雁、高日暉發表〈關於中國文學接受史研究的思考〉〔註18〕、2007年李瑩發表《接受美學影響下的中國文學接受史研究及未來走向的思考》〔註19〕、吳結評發表〈接受理論的中國化歷程〉〔註20〕介紹了近二十年學者如何拓展、深化中國特色的文學闡釋學，和接受美學理論，引用了非常多的研究文獻資料，回顧了接受美學在中國的譯介、傳播與研究三個階段的發展過程，皆對本論文有所幫助。

　　目前關於中國對接受主題的研究情形，可分為三種主要類型：

（一）西方接受理論相關論著

　　以下為中國對西方接受美學、讀者反應批評理論的翻譯、介紹

〔註15〕20 年指二十世紀八十年代初至當時（2003 年），大陸和港、臺學者發表各類接受史論文近三百篇；出版各類接受史專著約三十部，其中十五部直接以「接受史」為書名。見陳文忠：〈20 年文學接受史研究回顧與思考〉，《安徽師範大學學報・人文社會科學版》（2003 年 9 月）第 31 卷第 5 期，頁 534～543。

〔註16〕樊寶英：〈近 20 年接受美學與中國古代文論研究綜述〉，《三峽大學學報》（人文社會科學版）（2002 年 11 月）第 24 卷第 6 期，頁 40～42。

〔註17〕劉上江、劉紹瑾：〈闡釋學、接受理論與 20 年來中國古代文論研究述評〉，《深圳大學學報》（人文社會科學版）（2006 年 1 月）第 23 卷第 1 期，頁 114～119。

〔註18〕洪雁、高日暉：〈關於中國文學接受史研究的思考〉，《大連大學學報》（2006 年 10 月）第 27 卷第 5 期，頁 17～19。

〔註19〕李瑩：《接受美學影響下的中國文學接受史研究及未來走向的思考》（遼寧師範大學碩士論文，2007 年）。

〔註20〕吳結評：〈接受理論的中國化歷程〉，《宜賓學院學報》（2007 年第 2 期），頁 5～8。

等主要論著，是對西方理論引入的初期。茲列舉幾篇較為重要的書目如下：

時間	作　者	論著名稱	出版者
1987	〔聯邦德國〕H. R. 姚斯、〔美〕R. C.霍拉勃著，周寧、金元浦譯	《接受美學與接受理論》	瀋陽：遼寧人民出版社
1989	張廷琛主編	《接受理論》	成都：四川文藝社出版
1989	劉小楓選編	《接受美學譯文集》	北京：生活·讀書·新知三聯書店
1989	朱立元	《接受美學》	上海：上海人民出版社
1991	〔德〕沃爾夫岡·伊瑟爾著，周寧、金元浦譯	《閱讀活動──審美反應理論》	北京：中國社會科學出版社
1992	Aesthetic Experience and Literary Hermeneutics /漢斯（Jauss, Hans Robert）著，朱立元譯	《審美經驗論》	北京：作家出版社
1993	章國鋒	《文學批評的新範式：接受美學》	海口：海南出版社
1994	R. C. 赫魯伯（Robert C. Holub）著；董之林譯	《接受美學理論》	板橋：駱駝出版社
1994	莎白·弗洛恩德著，陳燕谷譯	《讀者反應理論批評》	板橋：駱駝出版社
1995	馬以鑫著	《接受美學新論》	上海：學林出版社
1997	漢斯·羅伯特·耀斯（Hans Robert Jauss）著，英譯者麥克爾·肖，顧建光、顧靜宇、張樂天譯	《審美經驗與文學解釋學》	上海：上海譯文出版社
1997	郭宏安、張國峰、王逢振	《二十世紀西方文論研究》	北京：中國社會科學出版
1998	金元浦	《接受反應文論》	濟南：山東教育出版社

1999	張首映	《西方二十世紀文論史》	北京：北京大學出版社
1999	蔣孔陽、朱立元編	《西方美學通史》	上海：上海文藝出版社
2003	張法	《二十世紀西方美學史》	成都：四川人民出版社
2004	陳鳴樹	《文藝學方法論》	上海：復旦大學出版社
2006	（英）特里‧伊格爾頓（Terry Eagleton）著；王逢振譯	《現象學，闡釋學，接受理論：當代西方文藝理論》	南京：江蘇教育出版社

　　周寧、金元浦《接受美學與接受理論》翻譯出中國第一本接受美學論著，集結德‧姚斯《接受美學》和美‧霍拉勃《接受理論》。伊瑟爾著，周寧、金元浦譯《閱讀活動——審美反應理論》、R. C. 赫魯伯（Robert C. Holub）著，董之林譯《接受美學理論》、漢斯（Jauss, Hans Robert）著，朱立元譯《審美經驗論》、特里‧伊格爾頓（Terry Eagleton）著，王逢振譯的《現象學，闡釋學，接受理論：當代西方文藝理論》等為接受美學翻譯著作，大量介紹接受美學的理論基礎。馬以鑫《接受美學新論》除介紹西方理論外，並結合中國讀者的接受背景、特徵等，作為例證。金元浦《接受反應文論》重新審理二十世紀接受反應文論現象，發現其內在的文論精神。郭宏安、張國峰、王逢振《二十世紀西方文論研究》、張首映的《西方二十世紀文論史》、蔣孔陽、朱立元等編的《西方美學通史》、陳鳴樹的《文藝學方法論》、張法的《二十世紀西方美學史》等單獨設置章節對接受美學的理論，和主要的代表人物進行介紹概略介紹。這些論者皆企圖為創立中國古典或新世紀文論作一些基礎性的工作。

（二）中國接受史通論

　　中國接受史通論是指對接受史研究中國化，或研究中國古代文學的接受概念，作整體思考，為對西方理論引入的第二期。有以下幾本重要論述：

時間	作　者	論著名稱	出版者
1998	陳文忠	《中國古典詩歌接受史研究》	合肥：安徽大學出版社
1998	馬以鑫	《中國現代文學接受史》	上海：華東師大出版社
1999	尚學鋒、過常寶、郭英德	《中國古典文學接受史》	濟南：山東教育出版社
2000	鄧新華	《中國古代接受詩學》	武漢：武漢出版社
2004	東華大學中文系編	《文學研究的新進路：傳播與接受》	台北：洪葉文化事業公司
2005	王金山、王青山	《文學接受研究》	呼和浩特：內蒙古大學出版社
2005	鄔國平	《中國古代接受文學與理論》	哈爾濱：黑龍江人民出版社
2006	王兆鵬、尚永亮主編	《文學傳播與接受論叢》	北京：中華書局
2007	于可訓、陳國恩主編	《文學傳播與接受論叢·第二輯》	北京：中華書局
2008	陳文忠	《文學美學與接受史研究》	合肥：安徽人民
2008	鄧新華	《中國古代詩學解釋學研究》	北京：中國社會科學出版社

　　陳文忠《中國古典詩歌接受史研究》是第一位將「詩歌接受史」分為三個觀察重心：一是以普通讀者的效果史研究，二是以詩評家為主體的闡釋史研究，三是以詩人創作者為主體的影響史研究，開展出中國接受史的研究模型。尚學鋒、過常寶、郭英德《中國古典文學接受史》分析中國古典文學各時期，被人們接受的途徑和方式。王金山、王青山《文學接受研究》表明關於文學接受的看法，以「統覺」作為全書立論基點，為一種新理論的探索。鄔國平《中國古代接受文學與理論》主要探討中國古代文學和文學理論中求理的問題，以及情況與之相仿的審美評價的問題。鄧新華《中國古代接受詩學》以「建構有民族特色的中國接受詩學」為主題，接受方式提出「玩味」、「品評」、「釋意」三種，樹立具有中國特質的接受詩學。2008 年鄧氏又出

版《中國古代詩學解釋學研究》，在堅持「文化還原」、「現代闡釋」、「中西對話」的原則下，總結中國古代詩學解釋學的樣貌。東華中文系主編的《文學研究的新進路：傳播與接受》是十七篇論文集，對關注文學傳播、文學接受提供多角度、寬視野的參考方向。《文學傳播與接受論叢》第一輯、第二輯，是武漢大學中國文學傳播與接受研究中心結集已發表之部分論文而成，論叢分四大塊：文學傳播與接受理論研究、中國古代文學傳播與接受、中國現當代文學傳播與接受研究、中外文學相互傳播與接受研究，既有理論思考和整體格局的建立，又有具體個案分析，探討中國古代文學和現當代文學的傳播方式及其過程，又探討中外文學的雙向互動傳播及其影響。陳文忠編的《文學美學與接受史研究》則是集結二十二篇論文而成，兩個探索中心即是從「文學美學」到「接受史研究」。這些參考文獻都是從中國古代本身的理論為探索中心，去思考與西方理論相應之處，並開始建立屬於中國獨特的接受理論。

（三）接受史專論

　　這一部分，則是以西方理論結合中國作品的實際運用。是對西方理論運用的第三期。法國比較研究學者伊夫・謝夫萊爾（Yves CHEVREL）在《接受研究》（Les Etudes de Réception）一文中，對接受研究做了方法論方面的總結，圍繞著「接受者→被接受者」主題，有一系列基礎研究。〔註21〕

　　1. 具有共同文化背景的個體或具有不同文化背景的個體對某一作品的接受。

　　2. 本國文化或異國文化對某一作品的接受。

〔註21〕參見 Yves CHEVREL：《Les Etudes de Réception》，in Pierre BRUNEL, Yves CHEVREL：《Précis de Littérature Comparce》，Presse Universitaires de France.Paris, 1989, p.177~212。轉引自金絲燕：《文學接受與文化過濾——中國對法國象徵主義詩歌的接受》（北京：中國人民大學出版社，1994 年 5 月），頁 1。

3. 多國文化對某一作品的接受。

4. 接受者對多部作品的接受。這裡，接受者可以是與作品有著共同或不同文化背景的個體：本國或異國；也可以多國文化群體。

以下依據此類基礎分類：（1）個體對單一作家、單一作品集的接受（2）個體對某作品群的接受（3）群體對單一作家、單一作品集的接受（4）群體對某作品群的接受（5）跨國、跨文化的接受比較。

（1）個體對單一作品的接受

具有共同文化背景的個體，或具有不同文化背景的個體，對某一作品的接受，如：

時間	作者	論著名稱	畢業學校
2008	莊達特	《蘇軾品評陶淵明的接受美學運用之研究》	高雄師範大學回流中文碩士班碩士論文
2008	黃嘉玲	《煙雲如夢：論《京華煙雲》對《紅樓夢》的接受》	國立中山大學中國文學系碩士論文

個體對單一作品的接受，有讀者對作者的接受探究，作品對前作品的接受。《蘇軾品評陶淵明的接受美學運用之研究》以接受美學理論為基礎，析論蘇軾對陶淵明的品評論述，探究蘇軾發掘陶淵明的價值、思想品格特徵的方法，以及將陶淵明評價推到極致的表現。《煙雲如夢：論《京華煙雲》對《紅樓夢》的接受》以《京華煙雲》與《紅樓夢》兩書做比較分析，探討《京華煙雲》受《紅樓夢》在人物的塑造、主題思想、題材的選擇或是寫作技巧影響的概況，試圖分析林語堂如何藉由《紅樓夢》的形式，寫出一本反映中國現代社會的小說。

（2）個體對某作品群的接受

時間	作者	論著名稱	畢業學校
2004	張嘉惠	《林海音小說中的五四接受及影響研究》	國立中山大學中國語文學系碩士論文
2006	洪鳴谷	《蘇軾對唐代詩人的接受行為研究》	國立政治大學中國文學系碩士論文

作品群有五四文化運動下的文學思想，以及整體唐代詩人作品風格。《林海音小說中的五四接受及影響研究》旨在研究林海音小說中對於五四精神、文學思想，以及五四女作家作品的接受，以及林海音小說對之後台灣女性小說的影響。這本論文涉及接受與影響，目前粗略放於此。《蘇軾對唐代詩人的接受行為研究》旨在研究蘇軾對唐代詩人詩作的接受內涵，主要可分為「對唐人詩作字詞的接受內涵」、「對唐人詩作詩意的接受內涵」與「對唐人故事的接受內涵」三個部分，探析蘇軾對前代詩人的接受方式與轉化內涵。

（3）群體對單一作家、一部作品集的接受

此類佔最多數，可再分為詩、詞、小說、書法、戲曲類等。然因篇幅有限，以下選取以詩詞類為主。

a. 詩

詩歌方面的接受研究多過詞學，然其方法可用來借鑑詞學部分。茲列舉幾篇較為重要的書目如下：

時間	作者	論著名稱	出版者
1993	高中甫	《歌德接受史》	北京：社會科學文獻出版社
2000	楊文雄	《李白詩歌接受史》	台北：五南圖書出版公司
2002	蔡振念	《杜詩唐宋接受史》	台北：五南圖書出版公司
2002	李劍峰	《元前陶淵明接受史》	濟南：齊魯書社
2004	劉學鍇	《李商隱詩歌接受史》	合肥：安徽大學出版社
2006	劉中文	《唐代陶淵明接受研究》	北京：中國社會科學出版社
2007	米彥青	《清代李商隱詩歌接受史稿》	北京：中華書局
2007	羅秀美	《宋代陶學研究：一個文學接受史個案的分析》	台北：秀威資訊科技公司
2009	黃培青	《宋元時期嚴羽詩論接受史研究》	新北：花木蘭文化出版社
2010	曾金承	《韓愈詩歌唐宋接受研究》	新北：花木蘭文化出版社

　　高中甫《歌德接受史》是對西方詩歌的接受研究，以下主要分析
「研究中國古代詩人接受史」之出版論著，如何運用材料及其寫作方
法，並按照時間排列：

　　2000 年楊文雄出版了一本《李白詩歌接受史》〔註22〕，為研究
中國古代詩人接受史的第一部專書，以接受美學角度研究李白，探討
和梳理歷代對李白及其詩作的研究和抑揚，其方法乃參照陳文忠《中
國古典詩歌接受史研究》提出的三個方面展開：以普通讀者（包括文
人、學士）為主體的效果史研究、詩評家為主體的闡釋史研究、以詩
人創作者（李白）為主體的影響史研究。〔註23〕普通讀者接受史料之
來源為斐斐、劉善良所編《李白資料彙編・金元明清之部》，此工具書
集有詩話筆記、論詩詩、詩選、全唐文等文獻，對接受史的建構方便
許多，所缺唐、宋兩代資料則是自行多方搜集，並參考王琦《李太白
集輯注》附錄六種（卷三十一至三十六），蒐集了有關李白序誌碑傳、
李白詩文集序、別人送給李白或評論李白有關的故事材料（叢說）、
年譜及外記等。在詩人創作者影響史的研究上，此部分則是探討李白
接受前人影響之跡。後人受到李白的影響，就在以普通讀者為主體的
效果史研究上。

　　2002 年蔡振念出版《杜詩唐宋接受史》〔註24〕，不細分效果史、
闡釋史、影響史，而是三者匯合交流取材，他的方式可大略分為兩部
分：評論（含版本傳播）、創作。評論方面，由三方面看杜詩的接受情
形：一、從當代選集選入的情形，二是詩人詩集在其時流傳的情形，
三是當代詩人或詩評家所受到的影響，或對詩人的批評。除詩話、序
跋等評論，亦有詞選、版本等傳播資訊，作為接受概況及其影響的題
材。創作方面，選取受杜影響的大家，作創作上的細部研究，檢視他

〔註22〕楊文雄：《李白詩歌接受史》（台北：五南圖書出版公司，2000 年 3
　　　　月）。
〔註23〕楊文雄：《李白詩歌接受史》，頁 23。
〔註24〕蔡振念：《杜詩唐宋接受史》（台北：五南圖書出版公司，2002 年 2
　　　　月）。

們的作品，在題材內容、形式技巧、風格方面如何受到杜甫影響。如宋人對杜詩的接受，選取學杜的有：王安石、蘇軾、黃庭堅、江西派二陳、陸游與文天祥，作為觀察重點。

2002 年李劍鋒出版《元前陶淵明接受史》〔註 25〕，提出「兩條橫線和五條縱線」的思路，共時性「為人」與「詩文」兩條橫線，和歷時性的「重點讀者史」、「聲名傳播史」、「創作影響史」、「闡釋評價史」、「視野史」五條縱線。屬於「多維歷時結構」。

2004 年劉學鍇出版《李商隱詩歌接受史》〔註 26〕，上篇為歷代接受概況，從人品、詩品評論、選本中歸納歷代看法，中篇為詩的闡釋史，下篇李商隱對前代的接受及對後世的影響，以宋玉、阮籍、庾信、杜甫……等，為李商隱詩歌的源流探究，再從李商隱對晚唐、宋、元、明、清詩歌的影響，作接受研究。寫作方法延續效果史、闡釋史、影響史的三維思想。

2006 年劉中文《唐代陶淵明接受研究》〔註 27〕以唐代詩歌為主要研究對象，采用各時期文本分析方法，剖析唐代士人接受的總體傾向和線索，以及唐代詩人接受陶淵明的重點與特點、批評與排斥等問題，例如盛唐時期，先敘概況，再重點選取孟浩然、王維、儲光羲、李白、杜甫，闡述唐人對陶淵明思想與藝術接受的歷史與特點，以求深入研究和儘可能準確的描述。

2007 年米彥青《清代李商隱詩歌接受史》〔註 28〕一書中，晚唐五代至清之前七百多年詩史，對李商隱的接受，融合闡釋史、效果史和影響史，從「人品」、「詩品」、「詩藝」、「選本」、「擬作」五個部分論述。清代方面，則以詩人創作的影響史為主線，同時期詩評家的闡

〔註 25〕李劍鋒：《元前陶淵明接受史》（濟南：齊魯書社，2002 年 7 月）。

〔註 26〕劉學鍇：《李商隱詩歌接受史》（合肥：安徽大學出版社，2004 年 8月）。

〔註 27〕劉中文：《唐代陶淵明接受研究》（北京：中國社會科學出版社，2006年 7 月）。

〔註 28〕米彥青：《清代李商隱詩歌接受史》（北京：中華書局，2007 年 7 月）。

釋史為輔助，穿插以普通讀者審美接受的效果史。影響史探討重心在李商隱對清詩人創作方面的影響，以時間流變中個案分析，並兼顧地域影響、家族影響和女性文學的影響為敘述視角，重點描述了清初江南地區虞山詩派、婁東詩派、福建黃任，清中期江蘇黃景仁、曾氏家族，清末吳下西昆派和女性詩人對李商隱的接受。通過清代詩壇大家對學李之作的分析著手，同時對審美理想概念之把握，勾畫一系列動態發展史。

　　2007 年羅秀美修改 1997 年的碩士論文《宋代陶學研究》〔註29〕，出版《宋代陶學研究：一個文學接受史個案的分析》，這本論文比《李白詩歌接受史》還要早使用接受理論研究文本，所以本書未提及效果史、闡釋史、影響史等論點。不過其對史料的掌握與研究方法，仍然值得我們參考。本書以陶淵明作品南北朝至唐代被接受的過程、宋代陶學接受標準的轉變、以及宋代陶學的價值，為論文主要內容。在第二章宋代接受陶淵明及其詩文的情形上，分為幾點論述：一、年譜編寫、陶集版本校訂、陶集作品之注釋的史料整理。二、對陶詩的學習。以宋代學陶最有成就的幾家作品，進行論述。三、對陶詩的評論。四、對淵明的評論。在評陶上，皆選取最具有理論價值的評陶文字，也就是在文壇上具有決定影響力的文人及其評陶論述，作為研究宋代陶學的基礎。

　　2009 年黃培青出版了《宋元時期嚴羽詩論接受史研究》〔註30〕，這是她 2007 年完成的博士論文，先進行時代分期，再對專人、專著進行分析研究，由個別詩評意見的「點」，勾勒成歷史的「線」，再配合共時橫切角度，構築出整體的「面」。個別詩評體系，依「詩史」、「詩體」、「本質」、「創作」、「批評」討論，側重詩評家詩學論著，從

〔註29〕羅秀美：《宋代陶學研究：一個文學接受史個案的分析》（台北：秀威資訊科技股份有限公司，2007 年 1 月）。
〔註30〕黃培青：《宋元時期嚴羽詩論接受史研究》（台北：花木蘭文化出版社，2009 年 9 月）。

選本、詩話、格法以及書信、序跋等作品，析理宋元時期的接受、闡釋的情形。

2010 年曾金承出版了《韓愈詩歌唐宋接受研究》〔註31〕，這也是 2007 年完成的博士論文，這本書透過韓愈詩歌的接受，觀察各時期社會文化環境，與韓愈詩歌接受的變化外，也用了許多篇幅比較韓詩與其他詩歌，在同一個時空環境下的接受情況，將文學史還原。從這些鎖定以某位作家為分析研究資料中，可以發現，論者嘗試以多樣的方法來探究接受史，其處理資料的方法左右接受史的研究成果，在這不斷擴充、試探的階段中，提供了建構中國接受史的輪廓。

b. 詞

在詞學部分，目前出版專著有：

時間	作者	論著名稱	出版者
2005	朱麗霞	《清代辛稼軒接受史》	濟南：齊魯書社
2006	李冬紅	《〈花間集〉接受史論稿》	濟南：齊魯書社

2005 年朱麗霞出版《清代辛稼軒接受史》〔註32〕，分「創作中的稼軒接受」、「詞論中的稼軒接受」二部分。上編描述詞人創作方面的影響，以地域影響並兼顧時間之流變，為敘述視角，重點描述山作詞壇和江左詞壇的創作狀況，下編，重在詞學理論中，對稼軒詞的探討，及其對清人詞學觀影響的理論總結。此書的框架為：縱向以清詞流派演變中的稼軒接受為主，橫向以詞壇大家對稼軒的具有詞史意義的研究。在創作的接受上，以地域劃分研究群，選取各地域代表大家，彰顯接受過程中的顯晦。

2006 年李冬紅《花間集接受史論稿》〔註33〕分「花間集的版本流傳和作品傳播」、「花間集批評與詞學」、「花間集接受與詞史」三個

〔註31〕曾金承：《韓愈詩歌唐宋接受研究》（台北：花木蘭文化出版社，2010年 3 月）。
〔註32〕朱麗霞：《清代辛稼軒接受史》（濟南：齊魯書社，2005 年 1 月）。
〔註33〕李冬紅：《花間集接受史論稿》（濟南：齊魯書社，2006 年 6 月）。

部分，也就是從版本傳播、批評、創作三個方向開展接受史的寫作方法。在創作方面，《花間集接受史論稿》以當時或後代詞壇「大家」詞之意象、詞境、語句、藝術手法，包括語言、體式、聲律、風格等等，去探討《花間集》對後代創作的接受與影響〔註34〕，如描寫北宋的《花間》遺韻，概述北宋晏殊、歐陽修、張先、晏幾道、秦觀等傾向後，選取了直逼《花間》的《小山詞》、以及祖述《花間》的《淮海詞》作為主要論點。他的方式以詞壇主要大家之作品，作為觀察對象，以點的方式來串聯成一條歷史。

　　台灣地區研究詞學接受史的學位論文有：

時間	作者	論著名稱	畢業學校
2006	曾子淳	《柳永詞清代評論之研究》	國立中山大學中國文學系研究所碩士論文
2008	葉祝滿	《性別與認同：李清照其人其詞的創作與接受研究》	國立政治大學中國文學系國文教學碩士班碩士論文
2008	薛乃文	《馮延巳詞接受史》	國立成功大學中國文學系碩博士班碩士論文
2009	邱全成	《蘇軾詞的接受與影響——從期待視野的角度觀之》	彰化師範大學國文研究所碩士論文
2009	顏文郁	《韋莊詞之接受史》	國立成功大學中國文學系碩博士班碩士論文
2008	李宜學	《李商隱詩接受史重探》	國立清華大學中國文學系博士論文
2009	柯瑋郁	《晏幾道《小山詞》接受史》	國立成功大學中國文學系碩博士班碩士論文
2009	顏文郁	《韋莊詞之接受史》	國立成功大學中國文學系碩博士班碩士論文
2009	普義南	《吳文英詞接受史》	淡江大學中國文學系博士論文

〔註34〕李冬紅：《花間集接受史論稿》（濟南：齊魯書社，2006 年 6 月），頁209～224。

2010	許淑惠	《秦觀詞接受史》	國立成功大學中國文學系碩博士班碩士論文
2010	夏婉玲	《張先詞接受史》	國立成功大學中國文學系碩博士班碩士論文
2011	張巽雅	《賀鑄詞接受史》	國立成功大學中國文學系碩博士班碩士論文
2012	陳宥伶	《陸游詞接受史》	國立成功大學中國文學系碩博士班碩士論文
2012	黃思萍	《李煜詞接受史》	國立成功大學中國文學系碩博士班碩士論文

《柳永詞清代評論之研究》標舉具有影響力的批評觀點與評論內容，作為主要內容。《性別與認同：李清照其人其詞的創作與接受研究》先依歷代詩話品評、筆記摘要、或是序跋評點的紀錄，分析李清照主要被關注的面向。《蘇軾詞的接受與影響——從期待視野的角度觀之》分別從文化傳統、時代氛圍、個人經驗等三層面，來統攝蘇軾詞接受的因素與現象，針對個別、獨特性較大、成一家之言的評論作探討。《吳文英詞接受史》各章論述方式，是先考察每個時代夢窗詞文獻接受環境與傳播概況，再以此為基礎，審視各代名家批評夢窗的論據強度與接受意義。《馮延巳詞接受史》、《韋莊詞之接受史》、《晏幾道《小山詞》接受史》、《秦觀詞接受史》、《張先詞接受史》、《賀鑄詞接受史》、《陸游詞接受史》、《李煜詞接受史》同為王偉勇老師指導之碩士論文，皆使用老師所提之十面向寫接受史，以包含和韻、仿擬、集句、論詞長短句、論詞絕句等方面，去觀察接受狀況，本論文也在此架構下完成姜夔詞接受史。

　　大陸地區研究詞學接受史的學位論文有：

時間	作者	論著名稱	畢業學校
2001	朱長英	《南宋典雅詞派中的夢窗詞》	山東師範大學碩士論文
2001	宋兵	《清真詞接受史研究》	中國社會科學院研究生院碩士論文

2002	劉穎	《周邦彥詞的接受過程研究》	首都師範大學碩士論文
2002	吳思增	《清真詞在兩宋接受視野的歷史嬗變》	東北師範大學碩士論文
2003	范松義	《《花間集》接受論》	河南大學碩士論文
2003	張殿方	《蘇軾詞接受史研究》	山東師範大學碩士論文
2004	陳福	《柳永、周邦彥詞接受史研究》	華東師範大學博士論文
2003	仲冬梅	《蘇詞接受史研究》	華東師範大學博士論文
2004	楊蓉	《論東坡詞在宋金元的傳播與接受》	福建師範大學碩士論文
2005	高瑩	《蔣捷《竹山詞》接受史研究》	河北師範大學碩士論文
2006	王卿敏	《《小山詞》的接受史》	華東師範大學碩士論文
2006	張航	《姜夔詞傳播與接受研究》	福建師範大學碩士論文
2006	林寧	《小山詞新論》	福建師範大學碩士論文
2006	龐雪	《李清照詞學接受轉折期的批評與辨析》	東北師範大學碩士論文
2007	王槑先	《蘇軾詞在北宋元祐時期的接受》	西北師範大學碩士論文
2007	陳旭獻	《接受史視野中的朱敦儒研究》	浙江工業大學碩士論文
2007	彭文良	《秦觀、黃庭堅對東坡詞的接受研究》	吉林大學碩士論文

　　大陸地區研究人物的選取上，以周邦彥、蘇東坡為多，如《清真詞接受史研究》、《周邦彥詞的接受過程研究》、《清真詞在兩宋接受視野的歷史嬗變》、《蘇軾詞接受史研究》、《論東坡詞在宋金元的傳播與接受》、《蘇軾詞在北宋元祐時期的接受》，一位是婉約派代表人物，一位則是豪放派代表人物，都屬於歷史上的巨擘人物；而經典作品的選取部份，則是以晏幾道的《小山詞》為多。另外與本論文最為相關的是：張航的《姜夔詞傳播與接受研究》，他以西方文藝傳播學、接受美學等理論，運用定量分析、統計學等方法，探討對後代詞的發展產生的影響，考察了宋元明清以來姜詞傳播，接受的過程及其特點，然而接受史的論述有些簡略。

　　其他如針對小說的接受研究，也出版了多本著作，如：劉宏彬《紅樓夢接受美學論》〔註35〕、胡邦煒《紅樓祭──20世紀中國一個奇特文化現象之破譯》〔註36〕、李根亮《紅樓夢的傳播與接受》〔註37〕等，皆以紅樓夢為研究對象，還有高日暉、洪雁《水滸傳接受史》、磯部彰《西遊記接受史研究》〔註38〕等也都是由古典小說入手。另外有經部的接受研究，如尚永亮的《莊騷傳播接受史綜論》〔註39〕，在「莊騷傳播接受論」中，分《莊子》在秦漢、魏晉之世的傳播和接受、《楚辭》在西漢、東漢的傳播和接受，以及探討劉勰、中唐詩人對屈原的接受、誤讀和超越。

　　書學的接受研究，則有學位論文，如莊千慧《心慕與手追：中古時期王羲之書法接受研究》〔註40〕、張維紅《明代書壇對蘇軾書法的接受研究》〔註41〕等。戲曲的接受研究：如：黃月銀《馬致遠神仙道化劇及其接受史研究》〔註42〕、高嘉文《臨川四夢戲曲接受史研究》〔註43〕等，現代小說的接受研究，在學位論文方面也很多，如陳秋雯《張愛玲小說在臺灣的接受現象》〔註44〕、張惠婷《郁達夫小說

<hr />

〔註35〕劉宏彬：《紅樓夢接受美學論》（鄭州：河南人民出版社，1992年）。

〔註36〕胡邦煒：《紅樓祭──20世紀中國一個奇特文化現象之破譯》（成都：四川人民出版社，1998年）。

〔註37〕李根亮：《紅樓夢的傳播與接受》（哈爾濱：黑龍江人民出版社，2007年）。

〔註38〕磯部彰：《西遊記接受史研究》（東京：多賀出版社，1995年）。

〔註39〕尚永亮：《莊騷傳播接受史綜論》（北京：文化藝術出版社，2000年）。

〔註40〕莊千慧：《心慕與手追：中古時期王羲之書法接受研究》（國立成功大學中國文學系碩博士班博士論文，2009年）。

〔註41〕張維紅：《明代書壇對蘇軾書法的接受研究》（首都師範大學碩士論文，2007年）。

〔註42〕黃月銀：《馬致遠神仙道化劇及其接受史研究》（國立臺灣師範大學國文研究所碩士論文，2003年）。

〔註43〕高嘉文：《臨川四夢戲曲接受史研究》（東吳大學中國文學系碩士論文，2008年）。

〔註44〕陳秋雯：《張愛玲小說在臺灣的接受現象》（國立中山大學中國文學系碩士論文，2005年）。

的接受研究》〔註45〕等，不論古典文學或現當代文學，這些都是運用
接受理論，提出了自己的「中國文學接受史研究的設想」，也為本文
提供寶貴的研究資料。

（4）群體對某作品群的接受

群體是指讀者不只一人或一作品，而是一個範圍的讀者，作品群
是指某種特徵、傾向的作品。以下為主要著作：

時間	作者	論著名稱	出版者
1994	金絲燕	《文學接受與文化過濾──中國對法國象徵主義詩歌的接受》	北京：中國人民大學出版社
2005	王玫	《建安文學接受史論》	上海：上海古籍出版社
2006	查清華	《明代唐詩接受史》	上海：上海古籍出版社
2007	曾利君	《魔幻現實主義在中國的影響與接受》	北京：中國社會科學出版社
2007	許鈞、宋學智著	《20世紀法國文學在中國的譯介與接受》	武漢：湖北教育
2008	吳錫民	《接受與闡釋：意識流小說詩學在中國（1979～1989）》	北京：中國社會科學出版社
2009	陳斌	《明代中古詩歌接受與批評研究》	上海：上海三聯書店

作品群分屬某種主義或某種文體為主，主義類例如魔幻現實主
義、意識流、象徵主義，其中關於中國文體的接受史研究：《明代唐詩
接受史》、《明代中古詩歌接受與批評研究》以一個時期文學接受為考
察對象，為斷代接受史；《建安文學接受史論》則是探討歷代文學接受
建安文學情況，主要分兩大部分，上篇從讀者接受、反應、批評的角度
切入。下篇部分重在文本效應研究，即進行個案或範式的橫向研究。
《明代唐詩接受史》、《明代中古詩歌接受與批評研究》、《建安文學接
受史論》對整體作品群的傳播、接受考察，提供一個研究模範。

〔註45〕張惠婷：《郁達夫小說的接受研究》（國立中山大學中國文學系碩士
論文，2007年）。

（5）跨國、跨文化的接受比較

時間	作者	論著名稱	畢業學校
2005	林雅倫	《《保羅與維爾真妮》一書在中國與臺灣之接受分析》	國立中央大學法國語文學研究所碩士論文
2008	李宜樺	《接受與再生：《平山冷燕》之書寫續衍與轉化研究》	國立成功大學中國文學系碩博士班碩士論文

　　這一類是跨國、跨文化的接受，《《保羅與維爾真妮》一書在中國與臺灣之接受分析》屬於對讀者群的接受比較方面。而李宜樺《接受與再生：《平山冷燕》之書寫續衍與轉化研究》則是探討明清才子佳人小說《平山冷燕》中國古典小說的續衍現象、文化脈絡與跨國交流情形，尤其是在域外流傳和翻譯、異國改寫的情形，呈現出跨界交流的歷史足跡與文化印象，以及傳播接受之後的對話再生。

小結

　　由以上分類可知，接受的角度可以從許多方面思考，依據取材的大小多寡，如讀者群的選取、作品樣本的選取，以及地域文化之不同，分析的角度便不同。其中與本論文最相關的是詩詞接受史這一部分，從已出版之詩詞接受史論著中可以發現，有從讀者身分分類（普通讀者、詩評者、創作者）為主的三維思想，如《李白詩歌接受史》；有不把讀者身分分的如此清楚的，以讀者作品的分類來探討接受成果，如選集、評論、創作等，這類論著如《杜詩唐宋接受史》、《元前陶淵明接受史》等；有從地域分類讀者群，如《清代李商隱詩歌接受史》；有選擇歷代重要讀者來研究，如：《杜詩唐宋接受史》、《唐代陶淵明接受研究》等，皆慢慢建立起接受史的研究模式，成為研究接受史的基礎。然而從其讀者取材方式來看，大多取自有重要代表性的人物，卻忽略其他人物之閱讀情況，其所選擇依據史料不外詩話、詞話、選本、詞籍序跋等，並未注意到的閱讀後產生具體化模仿現象，如和韻、仿擬、集句詞之創作現象。選本收錄詞作情形也並未有自宋

至清代的系統整理。因之本文欲增加其他可能反映接受情況之史料，以更完備姜夔接受史。

第三節　關於姜夔的資料

關於姜夔詞章、樂書、書學之著述，夏承燾《姜白石詞編年箋注》〔註46〕考得十餘種，在此迻錄該書目次，以見大概：

一、詩文詞

白石叢稿十卷（宋史藝文志。佚）

白石道人集三卷（書錄解題。佚）

白石詩集一卷（存）

白石道人集外詩一卷（存）

白石道人集補遺一卷（存）

詩說一卷（存）

白石詞五卷（書錄解題。文獻通考。佚）

白石道人歌曲六卷。別集一卷。（存）

二、樂書

大樂議一卷（慶元會要）

琴瑟考古圖一卷（同上）

琴書（徵招詞序。佚）

三、書學

續書譜一卷（書錄解題。存）

降帖平二十卷（張世南游宦紀聞。存六卷）

禊帖偏旁考一篇（齊東野語）

〔註46〕夏承燾：《姜白石詞編年箋注》（上海：上海古籍出版社，1998 年），頁 238～246。

四、雜著

集古印譜二卷（吳丘衍學古編附錄。佚）

張循王逸事（樓鑰攻媿集。佚）

另外姜夔詞集之版本，夏承燾《姜白石詞編年箋注》之《版本考》
〔註47〕，已考得十餘本，若合寫本、景印本計之，共得三十餘本，版本
源流優劣考證精到，為學林推重。近五十年，亦有數種箋注版本流傳，
本文除參考劉乃昌編著《姜夔詞新釋輯評》〔註48〕、陳書良箋注的《姜
白石詞箋注》〔註49〕收錄的版本外，另加上鄙所見版本，謹列如次：

姜夔現存版本錄要			
時間	作　者	論著名稱	出版者
1930	宋・姜夔著、陳柱箋評	《白石道人詞箋評》	上海：上海商務印書館
1965	唐圭璋編	《全宋詞》	北京：中華書局
1968	王雲五主編	《白石道人全集》	台北：臺灣商務印書館
1978	宋・姜夔著，黃兆顯箋注	《姜白石七絕詩九十一首小箋》	台北：河洛出版社
1980	宋・姜夔撰，夏承燾校輯	《白石詩詞集》	1958 年人民文學出版社出版，1998 年再版，1974年，臺北：華正書局，1980年，台北：河洛書局印行
1982	杜子莊注	《姜白石詩詞》	南昌：江西人民出版社
1983	夏承燾校、吳無聞注釋	《白石詞校注》	廣州：廣東人民出版社
1983	劉乃昌選注	《姜夔詩詞選注》	上海：上海古籍出版社，1996 年，新北：建宏出版社出版《中國古典文學作品選讀叢書》

〔註47〕〔宋〕姜夔著，夏承燾箋注：《姜白石詞編年箋注》（上海：上海古籍出版社，1998 年），頁 160～169。

〔註48〕劉乃昌編著：《姜夔詞新釋輯評》（北京：中國書店，2010 年 1 月）。

〔註49〕陳書良：《姜白石詞箋注》（北京：中華書局，2009 年 7 月），頁 296、297。

1986	宋・姜夔著，孫玄常箋注	《姜白石詩集箋注》	太原：山西人民出版社
1994	殷光熹主編	《姜夔詩詞賞析集》	成都：巴蜀書社
1997	朱德才主編增訂注釋	《全宋詞》	北京：文化藝術出版社
1997	馬興榮、劉乃昌、劉繼才主編	《全宋詞廣選新注集評》	瀋陽：遼寧人民出版社
1998	宋・姜夔著，夏承燾箋注	《姜白石詞編年箋校》	1958 年上海：中華書局出版，1967 年臺北：臺灣中華書局，1998 年上海：上海古籍出版社印行新版
1998	宋・姜夔著，黃兆漢編著	《姜白石詞詳注》	台北：台灣學生書局
2000	劉斯奮選注	《姜夔詞選・張炎詞選》	1982 年 12 月香港：三聯書局，1984 年 2 月廣州：廣東人民出版社，2000 年臺北：遠流出版社
2001	劉乃昌編著	《姜夔詞新釋輯評》	北京：中國書店，2001 第一版，2010 年第二次印刷
2005	韓經太、王維若評注	《姜夔詞》	北京：人民文學出版社
2009	宋・姜夔著，陳書良箋注	《姜白石詞箋注》	北京：中華書局

目前可見的有姜夔詩、詞集、詩說、年譜、評注等幾個部分。其中合編本，姜夔《白石道人全集》（台北：臺灣商務印書館，1968 年），收錄有白石道人詩集（編修汪如藻家藏本）（含附錄、補遺）、詩說（含跋）、歌曲（監察御史許寶善家藏本）（含別集、跋）、詩詞評論（清人許增輯）（含補遺）、逸事（含補遺）。

學位論文方面

姜夔既是詩人、詞人又是音樂家、書法家，後人研究重心，可依文本不同，大略分為詞學研究、詩學研究、音樂研究、書學研究，其他難以區分為這四類者，則放入其他類。並依研究地區，分為台灣地

區與大陸地區。

台灣地區

1. 詞學研究

（1）蒲基維：《章法風格析論——以蘇軾詞、姜夔詞為考察對象》，國立台灣師範大學國文研究所博士論文，2003 年。已出版成書蒲基維：《章法風格析論——以蘇軾詞、姜夔詞為考察對象》，台北：花木蘭文化出版社，2007 年。

（2）陳鴻銘：《辛姜詞比較研究》，國立政治大學中國文學系碩士論文，1995 年。

（3）王萬儀：《經驗與形式之間：姜夔的遊士生涯與其詞作關係之研究》國立清華大學文學研究所碩士論文，1993 年。

（4）張秀容：《周姜詞比較研究》，東海大學中國文學研究所碩士論文，1985 年。

（5）李森隆：《姜夔及其「白石道人歌曲」研究》，東海大學中國文學研究所碩士論文，1980 年。

2. 詩學研究

（1）陳蔚瑄：《論南宋江湖詩人所呈現的文化現象——以姜夔為考察中心》，國立東華大學中國語文學系碩士論文，2004 年。

（2）康季菊：《姜夔詩研究》，台北市立師範學院應用語言文學研究所碩士論文，2003 年。

（3）張月雲：《姜白石的詩與詩論》，國立台灣大學中國文學研究所碩士論文，1976 年。

3. 音樂研究

（1）宋凱琳：《以優選理論看姜夔入樂詩詞》，國立政治大學語言學研究所碩士論文，2007 年〔註 50〕。

〔註 50〕此篇論文旨在探討姜夔的十七首自度曲當中，語言形式的規定與音樂的關係。此篇研究包含語料庫與理論分析，其中語料庫分析針對結

（2）白玉光：《白石詞樂的風格與演唱》，文化大學藝術研究所碩士論文，1995 年。

（3）林明輝：《白石道人創作歌曲之研析——旁譜十七首》，國立臺灣師範大學音樂研究所碩士論文，1985 年。

4. 書學研究

陳昭坤：《姜夔書學研究》，國立中興大學中國文學系碩士在職專班論文，2005 年。

5. 其他

洪慧敏：《姜夔文藝思想之情理觀研究》，東吳大學中國文學系碩士論文，2005 年。

大陸地區

姜夔之研究論文，大陸部分可分為詞學研究、詩學研究、音樂研究及其他。

1. 詞學研究

（1）周亭松：《姜夔其人其詞對道家精神的接受與表現》，山東大學碩士論文，2008 年。

（2）常文淵：《姜夔戀情詞的特色》，山東大學碩士論文，2007 年。

（3）張航：《姜夔詞傳播與接受研究》，福建師範大學碩士論文，2006 年。

（4）王維若：《「清空」姜夔》，北京語言大學碩士論文，2005 年。

（5）夏麗莉：《姜夔的藝術人生及其詞》，內蒙古師範大學碩士論文，2004 年。

（6）張曉東：《姜白石詞風釋讀》，東北師範大學碩士論文，2004 年。

構、節奏與聲調歸納出姜夔十七首詞當中的傾向，並佐以數據分析。理論分析根據優選理論的框架，說明姜夔作品中的語言形式如何選擇，並證實所有輸出值皆可用階級式制約來決定。此篇研究希望能解釋宋詞中語言與音樂的關係，並為詞牌規定提出不同觀點。

（7）張爽：《論姜夔詞的「人工」雅化》，東北師範大學碩士論文，2004 年。

（8）陳毓文：《論白石詠物詞的主體性特征》，華東師範大學碩士論文，2003 年。

（9）石英：《詩與梅花一樣清——試論姜夔的自戀人格對其詞作之美學風貌的潛在影響》，蘇州大學碩士論文，2003 年。

（10）何惠馨：《論姜夔詞》，華南師範大學碩士論文，2002 年。

2. 詩學研究

（1）孫鎮國：《姜夔的詩學觀探析》，中南大學碩士論文，2008 年。

（2）張皓月：《姜夔詩歌研究》，上海師範大學碩士論文，2008 年。

（3）吳小麗：《姜白石詩歌略論》，廣州大學碩士論文，2007 年。

（4）王藝：《姜夔與江西詩派》，江西師範大學碩士論文，2006 年。

（5）魏倩瑋：《姜夔家世與詩歌考論》，首都師範大學碩士論文，2004 年。

3. 音樂研究

（1）周菡：《基于南宋復雅思潮的姜夔音樂創作研究》，江西師範大學碩士論文，2008 年。

（2）李連生：《白石道人歌曲》旁譜研究及詞樂遺音初探》，河北大學碩士論文，2000 年。

4. 其他

（1）孫彩霞：《姜夔詩學理論與創作的研究——圍繞自然與自得》，廣東外語外貿大學碩士論文，2009 年。

（2）姜虹：《論姜夔詩學思想對其詩詞創作風格的影響》，山東師範大學碩士論文，2009 年。

（3）吳華峰：《姜夔的詩學思想與詩詞創作之關係》，新疆師範大學碩士論文，2007 年。

（4）武彬：《姜夔的文藝觀及其創作實踐》，內蒙古大學碩士論文，2005 年。

（5）楊曉慧：《姜白石詩詞比較》，陝西師範大學碩士論文，
2003 年。

（6）趙曉嵐：《姜夔與南宋文化》，華東師範大學博士論文，
2001 年。

以研究姜夔為學位論文的，歷來多圍繞詞人本身與其作品，例如
台灣地區研究面向有研究詞的章法，或是與其他大家的比較，或是研
究文藝思想，書學思想，多方切入；大陸地區早期以研究姜夔詞學為
主，近年則以詩學研究為主，並以詩學理念來探究它對詩詞創作之影
響，趨向明顯。

前人對姜夔詞的研究多集中於版本源流、本事考證、成書過程、
作家的生平事跡等。以讀者為中心的接受概念來研究姜夔，目前只有
張航《姜夔詞傳播與接受研究》〔註51〕這本 31 頁的碩士論文，他雖
然嘗試以讀者、詞評家、後代詞人這三個方面加以考察，然而其缺點
為簡略，無法詳盡「史」的概念，因之，本文欲更詳盡呈現。

第四節　研究方法與進行步驟

「複調」是巴赫金的獨創語言，指「有著眾多的各自獨立而不相
融合的聲音和意識，由具有充分價值的不同聲音組成真正的複調。」
〔註52〕接受史的成分，正是建立多元的歷史描述框架，由各種不同聲
音的讀者，所組合而成的複調的接受史。

本論文的研究方法，係以「接受美學」（Rezeptionsaathetic）為
理論基礎，以讀者為中心概念，歸納中國歷代讀者對姜夔詞的接受
概況。

接受美學，亦稱作「接受理論」（Rezeptionschorie），主要理論家

〔註51〕張航：《姜夔詞傳播與接受研究》（福建師範大學碩士論文，2006 年），
　　　　共 39 頁。
〔註52〕〔俄〕巴赫金：《陀思妥耶夫斯基詩學問題》，收錄在〔巴赫金〕M. M.
　　　　Bakhtin；錢中文主編；曉河等譯：《巴赫金全集·詩學與訪談》（石家
　　　　莊：河北教育出版社，1998 年），頁 4。

為 1960 年代末、1970 年代初期聯邦德國康斯坦茨大學教授漢斯・羅伯特・姚斯（Hans Robert Jauss）與沃爾夫岡・伊瑟爾（Walfang Iser）所主張，之後，更與「讀者反應批評」理論相結合。接受美學首先「反文本中心論」，姚斯認為文本存在歷史當中，並且經歷不斷的演化交替，強調「歷史接受研究」，獨立且絕對的文本是不存在的。伊瑟爾提出文本是作品與讀者相互作用而成。其次提出「讀者中心論」，強調讀者有能動作用、閱讀的創造性，作品的意義是讀者從文本發掘出來的。〔註53〕

姚斯認為本文存在於接受者的「期待視野」中，經由讀者過去閱讀過的作品所獲得的藝術經驗、或是所處的歷史社會環境，或所處政治經濟地位、教育水準、生活經歷等，文本存在於不同時空背景的交替演化中，文本是文學效應史中永無止盡的表現，姚斯企圖編纂一部「讀者的文學史」。伊瑟爾強調文本與讀者在閱讀中的相互作用，提出「空白」、「隱含讀者」等觀點，他認為文本的意義不是文本或讀者單一方面的產物，而是雙方交互作用後的結果。隨著文本的意義由作者轉為讀者為主體的改變，正慢慢形成各種角度對文本的檢視，因此如何將多面的讀者呈現，正是接受史著作的重點。

自 1980 年代以後，中國開始引介接受美學，不少研究者結合中國文學的接受傳統，對接受史提出新的看法，例如陳文忠《中國古典詩歌接受史研究》云：

> 人們對藝術作品的接受可區分為相互聯繫的三個層面：作為普通讀者的純審美的閱讀欣賞；作為評論者的理性的闡釋研究；作為創作者的接受影響和摹仿借用。與此相聯繫，古典詩歌接受史也可朝三個方面展開：以普通讀者為主體的效果史研究；以詩評家為主體的闡釋史研究；以詩人創作者為主體的影響史研究。〔註54〕

〔註53〕〔德〕姚斯、霍拉勃著，周寧、金元浦譯：《接受美學與接受理論》（瀋陽：遼寧人民出版社，1987 年 9 月），頁 1～2。
〔註54〕陳文忠：《中國古典詩歌接受史研究》，頁 14。

接受史的研究重心，以讀者為主體，同一時代的讀者，又有層面上的不同，可分為「普通讀者」、「評論者」、「創作者」，然而讀者身分可能具有重疊出現現象，因此本論文不從讀者層面分類，而是從讀者閱讀後具體化，表現出來的文本資料，作為研究材料。

本文據王師偉勇歸納，欲具體掌握詞人閱讀接受的研究材料，可自十方面著手：「一曰他人和韻之作，二曰他人仿擬之作，三曰詩話，四曰筆記，五曰詞籍（集）序跋，六曰詞話，七曰論詞長短句，八曰論詞絕句，九曰評點資料，十曰詞選。」〔註55〕揭示了接受文獻存在於各種資料，以不同形式展現，其中提出了以他人和韻作品、他人仿擬作品、論詞長短句、論詞絕句等方向探究接受情況，更是中國近來接受史著作較少注意的面向，提供了觀察接受狀況的不同線索。本文擬就這十類史料，以盡量擴大詞學批評視野、廣泛反映詞人之接受、輔助建構論詞之觀點、探究詞壇爭議之論題，以建構姜夔接受史。

筆者就其特性，約可歸納為「選本」、「詞學批評」、「創作」三個面向，再加上「書目版本」輔助了解傳播之狀況，來架構整個論文：

一、書目版本

據張航《姜夔詞傳播與接受研究》中指出〔註56〕，姜夔詞全集在元中期之後經歷明清兩朝，直至清乾隆年間才從重見天日；在近五六百年的詞史進程中，僅有二三十首姜夔詞流傳於世。存詞少，流傳更少，但卻足以奠定姜夔詞壇大宗的歷史地位。姜夔詞得以流傳甚久，其傳播的因素值得探討。

二、選本

選本又分詞選及詞譜等。

〔註55〕王偉勇：《清代論詞絕句初編》（臺北：里仁書局，2010年9月），頁1。
〔註56〕張航：《姜夔詞傳播與接受研究》（福建師範大學碩士論文，2006年），頁30。

　　歷代詞選之蒐集，可參照王兆鵬《詞學史料學》（北京：中華書局，2004 年 5 月，頁 295～406），作者將唐宋以還諸家詞選，分門歸類，並加以介紹，使人一目瞭然。另可參《叢書子目類編・集部・詞曲類・總類》（臺北：鼎文書局，1967 年 10 月）所錄「集部・詞曲類、總類」（頁 1644～1646）、《四庫全書總目・詞曲類》〔註57〕所錄之詞選書目。

　　填詞之譜，計有兩種，一為音譜，即以樂音符號記錄曲調者；一為詞譜，作為詞人填詞之範式定格，詞譜所擇錄之詞調與範式，具有標準性，可作為詞人、學者倚聲填詞之準繩；亦具普遍性，可做為讀者閱讀參考、揣摩作品之工具書。對於推動詞體創作與詞人作品之普及，詞譜有著莫大的影響力。

三、批評接受

　　詞學批評包含詞人生平、作品創作根源、詞旨內涵、風格特徵、審美意義等評論，大致可分為兩類：一為詞話專書，二為散見各種典籍中的零星資料，如序跋、筆記、詩話、評點、論詞絕句、論詞長短句、書目提要、詞人傳記等。另外，從歷代詞選對於各個作家及其作品的收錄、詮釋、梳理之情形中，亦能得知一二。〔註58〕

（一）詞話

　　詞話，乃歷代詞評家評論詞人之文字記載。歷代詞話著作，主要收錄於唐圭璋《詞話叢編》〔註59〕，所收宋至近人詞話八十五部。朱崇才《詞話叢編續編》〔註60〕又補缺《詞話叢編》未收錄詞話。映庵輯《彙輯宋人詞話——補詞話叢編》〔註61〕、張宗橚、楊寶霖補正

〔註57〕〔清〕永瑢：《四庫全書總目》（台北：藝文印書館，1969 年）。
〔註58〕薛乃文：《馮延巳詞接受史》（國立成功大學中國文學系碩士論文，2009 年），頁 19。
〔註59〕唐圭璋：《詞話叢編》（臺北：新文豐出版公司，1988 年 2 月）。
〔註60〕朱崇才：《詞話叢編續編》（北京：人民文學出版社，2010 年 6 月）。
〔註61〕映庵輯：《彙輯宋人詞話——補詞話叢編》（臺北：廣文書局，1970 年 10 月）。

《詞林記事　詞林記事補正　合編》〔註62〕、張璋、職承讓等編《歷代詞話》〔註63〕、鄧子勉輯《宋金元詞話叢編》〔註64〕等書，為詞話資料的主要來源。

（二）序跋

詞籍序跋之資料，大多已收錄於施蟄存《詞籍序跋萃編》〔註65〕以及金啟華、張惠民、王恒展、張宇聲、張增學《唐宋詞集序跋匯編》〔註66〕二書。

（三）詩話、筆記

詩話著作，主要收錄於《宋詩話全編》、《遼金元詩話全編》、《明詩話全編》、《清詩話》與《清詩話續編》等；其要者多已收錄於《詞話叢編》。至於筆記資料，主要收錄於《唐宋史料筆記叢刊》、《全宋筆記》〔註67〕等，而施蟄存、陳如江《宋元詞話》〔註68〕收錄宋元305種筆記、野史、瑣談等，其中載有不少詞論與詞壇瑣事。張惠民《宋代詞學資料匯編》〔註69〕亦有不少序跋、筆記、詩話之資料可供參考。

（四）論詞絕句

「論詞絕句」係指以絕句作為詞論之批評形式。馬興榮、吳熊

〔註62〕張宗橚編、楊寶霖補正：《詞林記事　詞林記事補正　合編》（上海：上海古籍出版社，1998年11月）。
〔註63〕張璋、張驊、職承讓、張博寧：《歷代詞話》（鄭州：大象出版社，2002年3月）。
〔註64〕鄧子勉：《宋金元詞話叢編》（南京：鳳凰出版社，2008年12月）。
〔註65〕施蟄存：《詞籍序跋萃編》（北京：中國社會科學出版社，1994年12月）。
〔註66〕金啟華、張惠民、王恒展、張宇聲、張增學：《唐宋詞集序跋匯編》（臺北：臺灣商務印書館，1993年2月）。
〔註67〕《全宋筆記》（鄭州：大象出版社，2003年）。
〔註68〕施蟄存、陳如江：《宋元詞話》（上海：上海書店，1999年2月）。
〔註69〕張惠民：《宋代詞學資料匯編》（汕頭：汕頭大學出版社，1993年11月）。

和、曹濟平主編《中國詞學大辭典・概念術語》云:「論詞者采用七言四句的詩歌體裁,來闡述自己對詞史、詞家、詞作、風格、流派等問題的看法,進行總體概括、意境再現、疑難考證、得失評斷。尤以評論具體詞人最為常見。」〔註70〕近來論詞絕句研究現況,皆以清代為主,並陸續增加。吳熊和《唐宋詞匯評・兩宋卷》〔註71〕附「清人論詞絕句」,凡 28 家 601 首;孫克強《清代詞學批評史論》〔註72〕附「清人論詞絕句」,凡 45 家 777 首。王師偉勇《清代論詞絕句初編》〔註73〕至今搜得 133 家 1076 首,足作為本文探討之依據。

(五)論詞長短句

「論詞長短句」係指以詞體作為詞論之批評形式。論詞長短句之資料,尚未有專著出版,本文乃就《全唐五代詞》、《全宋詞》、《全金元詞》、《全明詞》、《全明詞・補編》、《全清詞・順康卷》、《全清詞・順康卷・補編》與《清詞別集百三十四種》、《清詞珍本叢刊》等,予以檢索。

(六)其他

詞論之資料,除上述所列之外,尚有綜錄型著作可參考,其要者有:

1. 吳相洲、王志遠:《歷代詞人品鑒辭典》,北京:北京大學出版社,1996 年 12 月。

2. 孫克強:《唐宋人詞話》,鄭州:河南文藝出版社,1999 年 8 月。

3. 張璋等:《歷代詞話》,鄭州:大象出版社,2002 年 3 月。

4. 史雙元:《歷代詞紀事會評叢書》,合肥:黃山書社,1995 年 12

〔註70〕見馬興榮、吳熊和、曹濟平主編:《中國詞學大辭典》(杭州:浙江教育出版社,1996 年 10 月第 1 版),頁 33。

〔註71〕吳熊和:《唐宋詞匯評・兩宋卷》(杭州:杭州大學出版社,1999 年4 月),頁 127〜135。

〔註72〕孫克強:《清代詞學批評史論》(上海:上海古籍出版社,2008 年 11月),頁 365〜502。

〔註73〕王偉勇:《清代論詞絕句初編》(臺北:里仁書局,2010 年 9 月)。

月。按：此書凡五冊，含唐五代詞、金元詞、明詞、清詞、近現代詞。

　　5. 王兆鵬：《唐宋詞彙評・唐五代卷》，杭州：浙江教育出版社，2004 年 1 月。

　　6. 吳熊和：《唐宋詞彙評・兩宋卷》（同上，凡五冊，並附「論詞絕句」595 首）。

　　史書方志等資料，載有詞人傳記，如〈人物志〉、〈藝文志〉，或詞人之遺聞軼事，可建構詞人生平行實，故本文亦予以採用。

四、創作接受

（一）和韻（含依韻、次韻、用韻等）作品

　　本文欲從詞題中有「和韻」、「依韻」、「次韻」、「用韻」等，以及自別集或後人箋注中所見相同標示之作品探討之。明・徐師曾《詩體明辨》云：「和韻詩有三類，一曰依韻，為同在一韻中而不必用其字也；二曰次韻，謂和其原韻而先後次第皆因之也；三曰用韻，謂用其韻而先後不必次也。」〔註74〕詞之和韻亦同。據馬興榮、吳熊和、曹濟平主編之《中國詞學大辭典・概念術語》，可分為共時性與歷時性唱和兩類和韻最初用於文人贈答之作，後來依對象不同演變成，一種為文人間雙向的共時性和韻；另一種為歷時性單向的精神唱和，要皆顯示對原作者或該詞之推崇。〔註75〕因之和韻作品亦可反映詞人之接受狀況。

（二）仿擬作品

　　本文欲從詞題中有「擬」、「效」（或作「倣」）、「法」、「改」、「用」等，以及自別集或後人箋注中所見相同標示之作品〔註76〕，探討之。

〔註74〕〔明〕徐師曾：《詩體明辨》（臺北：廣文書局，1972 年 4 月）下冊，卷 14，頁 1039。

〔註75〕馬興榮、吳熊和、曹濟平主編：《中國詞學大辭典》（杭州：浙江教育出版社，1996 年 10 月第 1 版），頁 21。

〔註76〕王偉勇：〈兩宋詞人仿蘇辛體析論〉，《宋代文學研究叢刊》（高雄：麗文文化事業公司，2007 年 6 月）第 14 期，頁 121。

仿擬作品其內容不外乎仿其體、擬其意、法其技巧、效其風格等。據王師偉勇〈兩宋詞人仿擬典範作品析論——以「效他體」為例〉一文，探討兩宋詞人效仿前賢之現象，得出三方式：一曰效仿作法與體製（與原內容無涉），如效韋應物〈調笑令〉、效「福唐獨木橋體」、效辛棄疾「辭賦體」等。二曰效仿體製、內容與風格，如效張志和〈漁父詞〉、「效南唐體」、效晏幾道〈鷓鴣天〉等。三曰效仿總體風格，如周密〈四字令·擬花間〉、侯寘〈眼兒媚〉與辛棄疾〈醜奴兒〉效「易安體」，即其例也。〔註 77〕效仿之因，或為酬贈而效仿也，或緣推服其作品而仿之，或緣好奇其體製而仿之。王國維《人間詞話》云：「最工之文學，非徒善創，亦且善因。」〔註 78〕仿擬是學習的一種技巧，亦留下閱讀原作後的反餽現象，故建構接受史不能缺少這一部分。

（三）集句、檃括

集句詞係指「以整引、截取、增損、化用、檃括等方式，雜集古句；間或雜入一、二今人或個人作品以成詞也。」〔註 79〕「檃括」之定義，借用王師偉勇〈綜論兩宋詞人借鑒唐詩之技巧〉中論及：凡取材，或化用或剪裁全首句意；或襲用全首句意，中夾其他詞句者，均歸入「檃括」。〔註 80〕

本文運用接受理論，以主題為骨架，以時間為經、以讀者為緯，研究讀者對姜夔詞的審美反應，進而窺探審美觀念和價值取向的發

〔註 77〕王偉勇：〈兩宋詞人仿擬典範作品析論——以「效他體」為例〉，發表於成功大學文學院主辦，「人文與創意學術研討會」會議論文，2007年 6 月，頁 1～24。另外王偉勇：〈兩宋詞人仿蘇辛體析論〉亦提及，收錄在《宋代文學研究叢刊》（高雄：麗文文化事業股份有限公司，2007 年 6 月）第 14 期。

〔註 78〕王國維撰、施議對譯注《人間詞話譯註》（臺北：貫雅文化事業有限公司，1991 年），頁 447。

〔註 79〕王偉勇：〈兩宋集句詞形式考——兼論兩宋集句詞未必盡集前人成句〉，《詞學專題研究》（臺北：文史哲出版社，2003 年 4 月初版），頁 330。

〔註 80〕王偉勇：《宋詞與唐詩之對應研究》（臺北：文史哲出版社，2004 年），頁 24。

展變化。在縱向的歷時性與橫向的共時性關係上，通過讀者的閱讀、鑑賞、闡釋、模仿等諸多閱讀具體化之反應，作一番系統性的總結與概括。故本論文研究範圍，上起南宋下迄清代，從幾方面進行主題性思考，一、傳播方面分書目版本傳播、選本傳播，二、接受方面，接受方面又分為創作接受、批評接受，以突顯不同層次讀者之閱讀反應。

最後，針對時間範圍界定作一說明：本論文所欲研究者，係姜夔詞從宋代至清代的接受情況，故文獻評論資料，時間上以民國以前作斷限，民國以後之評論，可反應晚清之概況，亦列出作為輔助了解之用。如引用晚清四大家、王國維、陳匪石之評論，以及選本選至《宋詞三百首》等，此皆對詞壇貢獻卓越，影響甚鉅，具有參考價值，本論文遂列入清代析論。

第二章　歷代目錄著錄姜夔詞述略

　　張高評曾說：宋代編選唐人詩集、編印宋人詩集，乃至於整理、箋注、編年、評點、雕印詩文別集，多各有其典範選擇和期待視野，值得深入探討。就宋詩追蹤典範，擷取優長到新變代雄，自成一家之歷程而言，學古學唐乃必經之步驟，必要之手段，宋人表現方式有三：其一，編輯唐人別集；其二，評注唐詩名家；其三，選編唐詩名家名篇。其次，為閱讀唐詩，撰成詩話筆記，汲取唐詩養分，分享讀書心得。〔註1〕簡單言之學古手段有：編輯別集、評注名家、編選名作、撰寫讀書心得。宋代之後，學習前人門徑亦可由此生發，正如錢錫生《唐宋詞傳播方式研究》所說：「唐宋詞通過印刷傳播，主要有三大系統：一是別集傳播，其中又分單集和文集兩種方式；二是總集傳播，又分叢刻和選集兩種方式；三是筆記傳播，其中又包括詩話和詞話。」〔註2〕與張高評之說不謀而合。別集傳播就是編輯別集，總集傳播就是編選名作，筆記傳播就是評注名家、撰寫讀書心得。

　　以下即從別集傳播方面，來看姜夔詞傳播過程。姜夔詞版本流傳，前人已有歸納，本文先參考前人著作，按照朝代、以及流傳的不

〔註1〕張高評：《印刷傳媒與宋詩特色》（台北：里仁書局，2008年3月），頁177。

〔註2〕錢錫生：《唐宋詞傳播方式研究》（上海：復旦大學出版社，2009年1月），頁226。

同系統，將姜夔詞版本研究成果，作一統整。然在書目記載上，前人僅提及部分零星藏書記載，頗有未見全貌之憾。於焉本文第二部分，乃專就宋代至清代藏書目錄中，歸納姜夔詞之記載情形，俾更明瞭姜夔詞，在各代藏書家中之典藏狀況與傳播過程。

第一節　姜夔詞版本整理

　　前人研究姜夔詞版本成果：夏承燾《姜白石詞編年箋校》〔註3〕、夏承燾校輯〈白石集版本小記〉《白石詩詞集》〔註4〕、王兆鵬《詞學史料學》〔註5〕、王兆鵬、劉尊明主編《宋詞大辭典》〔註6〕、唐圭璋〈宋詞版本考〉《詞學論叢》〔註7〕、祝尚書《宋人別集敘錄》〔註8〕、饒宗頤《詞集考》〔註9〕、《唐宋詞書錄》〔註10〕，本文再對照參閱《中國古籍善本書目》〔註11〕、《中國古籍善本總目》〔註12〕、《稿本中國古籍善本書目書名索引》〔註13〕作一統整。以下以時代為經，分為南宋、元、明、清；以流傳樣式為緯，主要分為刻本系統、叢編選本記

〔註3〕夏承燾：《姜白石詞編年箋校》（上海：上海古籍出版社，1998年12月），頁160～169。

〔註4〕夏承燾校輯：〈白石集版本小記〉，《白石詩詞集》（臺北：華正書局，1974年），頁187～191。

〔註5〕王兆鵬：《詞學史料學》（北京：中華書局，2004年），頁214～218。

〔註6〕王兆鵬、劉尊明主編：《宋詞大辭典》（南京：鳳凰出版社，2003年），頁607～608。

〔註7〕唐圭璋：〈宋詞版本考〉，《詞學論叢》（臺北：鼎文書局，2001年），頁146～149。

〔註8〕祝尚書：《宋人別集敘錄》（北京：中華書局，1999年），頁1489～1493。

〔註9〕饒宗頤：《詞集考》（北京：中華書局，1992年10月），頁185～191。

〔註10〕蔣哲倫、楊萬里：《唐宋詞書錄》（長沙：岳麓書社，2007年7月），頁461～472。

〔註11〕中國古籍善本書目編輯委員會：《中國古籍善本書目》（上海：上海古籍出版社，1998年3月）。

〔註12〕翁連溪編校：《中國古籍善本總目》（北京：線裝書局，2005年5月），頁1291。

〔註13〕天津圖書館主編：《稿本中國古籍善本書目書名索引》（濟南：齊魯書社，2003年），頁1854、1291。

載，以及書目記載為輔，歸納姜夔詞版本流傳過程。

一、南宋

（一）書目記載：《直齋書錄解題》載《白石詞》五卷，不經見，《文獻通考》載詞五卷，此後未見著錄，亦無傳本。

（二）錢希武刻本系統：宋寧宗嘉泰二年（1202）錢希武刻，題《白石道人歌曲》六卷。時白石尚在，是為白石手定稿，其中自度曲十七首旁注音譜。

（三）叢編選本記載：《詞源》卷下所載宋刊《六十家詞》，亦久逸。宋淳祐九年（1249）黃昇選《花庵詞選》錄姜夔詞三十四首。

二、元代

錢希武刻本系統：宋・錢希武刻本系統──→元・陶宗儀抄本：

宋寧宗嘉泰二年（1202）沉埋百餘年後，至元代至正十年（1350），始有陶宗儀傳抄本六卷，重見於清初〔註14〕。

三、明代（姜夔詞靠叢編選本流傳）

叢編選本記載：宋・《花庵詞選》系統──→明・毛晉《宋六十名家詞》：

明毛晉（1599～1659）汲古閣，自明萬曆至明思宗崇禎三年（1603），刻《宋六十名家詞》，所刻一依花庵〔註15〕，誤處亦仍不改〔註16〕。《宋六十名家詞》收錄《白石詞》一卷，共三十四闋。

〔註14〕夏承燾校輯：〈白石集版本小記〉，《白石詩詞集》（臺北：華正書局，1974 年），頁 188。

〔註15〕毛晉於白石詞前錄花庵詞客題白石詞：「姜夔字堯章，自號白石道人，中興詩家名流，其〈歲除舟行卜絕〉膾炙人口，詞極精妙，不減清真樂府，其間高處有美成所不能及，善吹簫，自製曲，初則率意為長短句，然後協以音律，雲居鄱陽進樂書，免解不第而卒，花庵詞客題」，足證毛晉必參閱花庵詞客所選白石詞。見〔明〕毛晉：《宋六十名家詞》（上海：商務印書館，1937 年）第二冊，頁 1。

〔註16〕見夏承燾：〈版本考〉，《姜白石詞編年箋校》（上海：上海古籍出版社，1998 年 12 月），頁 166。

另外明抄一卷選本系統：

吳訥《唐宋名賢百家詞》本

明石村書屋抄《宋元明三十三家詞》本

明抄《宋二十家詞》本，俱作《白石先生詞》一卷

明紫芝漫抄《宋元名家詞》本作《白石詞選》一卷

四、清代

（一）錢希武刻本系統

宋·錢希武刻本系統──元·陶宗儀抄本系統──清·樓敬思購藏〔註17〕

陶宗儀刻本為樓敬思購藏，由樓氏傳抄本傳抄、傳刻者有以下流別：

1. 清乾隆二年（1737）厲鶚傳抄。

2. 清乾隆二年（1737）江炳炎傳抄樓氏家藏陶宗儀抄本。

1913 年，陳方恪得江本於吳門，以貽朱孝臧，即今《彊村叢書》本。

3. 清乾隆八年（1743）陸鍾輝水雲漁屋，刻符藥林傳抄樓氏家藏陶宗儀本，此刻將原本第二、六卷併入第四卷。自陸氏刻本傳刊者又有十數種：

（1）乾隆二十一年（1756）姜文龍刊姜氏祠堂本，較陸本多《續書譜》。

〔註17〕戈載云：「白石道人趙鞠坡原跋云：嘉泰壬戌刻於雲間之東巖，自隨珍藏者五十載，聲文之美概具此編，是當時已有刊本，後不知何以遺失，惟陶九成手鈔六卷錄於至正十年正月，又校於十一年四月，共有詞八十四首，較之花庵所謂選錄無遺者，多至三倍，向但見載於貴與馬氏，今乾隆間為樓廉使敬思所得，完好無恙，殆有神物護持之與，白石之詞清氣盤空，如野雲孤飛去留無迹，其高遠峭拔之致，前無古人後無來者，真詞中之聖也。」〔清〕戈載：《宋七家詞選》（臺北：河洛圖書出版社，1978 年，曼陀羅華閣重刊，光緒已酉嘉興金吳瀾題面）卷3，頁 20。

（2）乾隆三十六年（1771）江春據陸氏原版刊印本，再歸阮元，毀於火。

（3）乾隆三十七年始修書，成於四十七年《四庫全書》本。

（4）嘉慶初，鮑廷博知不足齋單行刻本（未入《知不足齋叢書》）。

（5）道光二十三年（1843），華亭姜熙覆刻姜氏祠堂本。〔註18〕

（6）道光二十一年辛丑（1841），金望華、范鍇刊詞三卷於漢口，與王沂孫、張炎合為《三家詞》本。

（7）清同治十年（1871）桂林倪鴻詩詞合刻本，掃葉山房石印本又據倪刻本翻印。

（8）同治間，廣州陳澧菊坡精舍刊本，前有陳氏弟子番禺人陶福祥〔註19〕序，故又稱陶福祥本。

〔註18〕《詞集考》說「華亭姜熙本，道光二十三年癸卯刊，詩詞合十卷，次第同沈本（沈曾植），有小像，無旁譜。」見饒宗頤：《詞集考》，頁189。王兆鵬、劉尊明主編《宋詞大辭典》、王兆鵬《詞學史料學》記載道光二十七年（1847）姜熙覆刻姜氏祠堂本，則認為是由陸刻（陸鍾輝）而來，時間亦不同《詞集考》，但未記載幾卷，見王兆鵬、劉尊明主編：《宋詞大辭典》，頁607、王兆鵬：《詞學史料學》，頁215。唐圭璋〈宋詞版本考〉，《詞學論叢》記載「道光癸卯（道光二十三年，1843年）……，詩詞八卷，《後集》二卷，合十卷。」見唐圭璋：〈宋詞版本考〉，《詞學論叢》，頁147。蔣哲倫、楊萬里：《唐宋詞書錄》：「清道光二十三年（1843）華亭姜熙刻本（全名《姜堯章先生集十卷》）」亦記載於清道光二十三年，見蔣哲倫、楊萬里：《唐宋詞書錄》，頁463。夏承燾〈版本考〉：「姜熙本華亭祠堂本，道光癸卯（道光二十三年，1843年）復有白石裔孫熙刻本。」見夏承燾：《姜白石詞編年箋校》，頁163。這裡只有王兆鵬、劉尊明主編《宋詞大辭典》、王兆鵬《詞學史料學》記載道光二十七年（1847）姜熙覆刻姜氏祠堂本，其他如饒宗頤《詞集考》、唐圭璋〈宋詞版本考〉、蔣哲倫、楊萬里《唐宋詞書錄》、夏承燾〈版本考〉皆作道光二十三年（1843）。

〔註19〕夏承燾作「陶福祥本」，見夏承燾：《姜白石詞編年箋校》，頁164。饒宗頤作「陶福祥本」，見饒宗頤《詞集考》，頁189。王兆鵬、劉尊明主編《宋詞大辭典》、王兆鵬《詞學史料學》作「陸福祥本」，見王兆鵬、劉尊明主編：《宋詞大辭典》，頁607、王兆鵬：《詞學史料學》，頁215。蔣哲倫、楊萬里：《唐宋詞書錄》作「有陸福祥序」，見蔣哲倫、楊萬里：《唐宋詞書錄》（長沙：嶽麓書社，2006年），頁463。

（9）光緒七年（1881）王鵬運四印齋刻《雙白詞》本。

（10）光緒十年（1884）仁和許增《楡園叢刻》本，上海有正書局印本、《叢書集成初編》本、中華書局《四部備要》排印本、陳柱箋平本，皆據《楡園叢刻》本刊印。

（11）光緒間，高郵宣古愚刻本，重刻鮑本。

（12）《四部叢刊》初編本，並從江春印本影出。

（13）四川官書局本，即《宋四家詞》本。

4. 清乾隆十四年（1749）張奕樞刻周耕餘過錄樓氏藏陶宗儀抄本，是為松桂讀書堂刻本，亦題《白石道人歌曲》六卷《別集》一卷。自張本流出者尚有：

（1）嘉慶二十五年（1820），張應時刊張奕樞刻本。

（2）宣統二年（1910）年，沈曾植影印張奕樞刻本。

（3）1987年四川人民影印鮑廷博校張奕樞修版印本。

5. 清蔣鳳藻跋明末清初項聖謨（號易安抄本），題《白石道人歌曲》三卷《別集》一卷〔註20〕。

（二）叢編選本記載而來（朱彝尊輯本系統）

宋・黃昇《花庵詞選》（三十四闋）──→明・毛晉《宋六十名家詞》（三十四闋）──→清・朱彝尊（五十八闋）──→清・陳撰（五十八闋）

清康熙十七年（1678）年，朱彝尊據毛氏汲古閣刻《白石詞》及

〔註20〕《詞學史料學》、《宋詞大辭典》皆云：「其目錄同樓藏陶宗儀抄本亦分六卷」，見王兆鵬：《詞學史料學》，頁216、王兆鵬、劉尊明主編：《宋詞大辭典》，頁608。唐圭璋〈宋詞版本考〉只寫「清抄本，蔣鳳藻跋，北京圖書館藏」，未著名是否目錄亦分六卷，是否項聖謨抄本，見唐圭璋：〈宋詞版本考〉，《詞學論叢》，頁147。《唐宋詞書錄》在「白石道人詞集三卷別集一卷」下注「清項聖模鈔本」，「模」字不同《詞學史料學》、《宋詞大辭典》所記「項聖謨」，見蔣哲倫、楊萬里：《唐宋詞書錄》，頁462。《中國古籍善本書目書名》只記載：「清抄本，蔣鳳藻跋」，亦未注明是否目錄亦分六卷，是否項聖模鈔本。見天津圖書館主編：《中國古籍善本書目書名》，頁1854。

他書輯錄姜詞五十八首〔註21〕，自朱彝尊本出者有：

　　1. 康熙二十四年乙丑（1685）柯崇樸手跋本。〔註22〕

　　2. 清康熙五十七年（1718）陳撰輯白石詩詞（陳氏自序，曾時燦序）〔註23〕。自陳撰刻本出者有：

　　（1）康熙間武唐俞蘭（聖梅），不題年月，刻《白石詞鈔》一卷。

　　（2）雍正五年（1727）華苹書屋洪正治刻本。〔註24〕

〔註21〕朱彝尊於《詞綜·發凡》曾言：「近日毛氏晉刻有汲古閣六十家宋詞，頗有裨於學者，是編所錄，半屬抄本，……其已選輯者，……姜夔白石詞一卷」又曰：「世人言詞，必稱北宋，然詞至南宋，始極其工，至宋季而始極其變。姜堯章氏最為傑出，惜乎白石樂府五卷，今僅存二十餘闋也。」見朱彝尊：《詞綜·發凡》（臺北：世界書局），頁1、2、4。其所見僅存二十餘闋，觀《詞綜》所選二十三首詞，不出毛晉《六十名家詞》所選三十四首詞中。王兆鵬記載「朱彝尊曾據毛氏汲古閣刻《白石詞》及他書輯錄姜詞五十八首」存疑，見王兆鵬：《詞學史料學》，頁216。

〔註22〕北京圖書館藏清初抄木，見祝尚書：《宋人別集敘錄》（北京：中華書局，1999年），頁1492。

〔註23〕「陳氏自序，曾時燦序」，見夏承燾：《姜白石詞編年箋校》，頁166。

〔註24〕王兆鵬、劉尊明主編：《宋詞大辭典》為「華苹書屋」。見王兆鵬、劉尊明主編：《宋詞大辭典》，頁608。王兆鵬則為「華苹書屋」，見王兆鵬：《詞學史料學》，頁216。《中國古籍善本總目》為「華蘋書屋」，見翁連溪編校：《中國古籍善本總目》（北京：線裝書局，2005年5月）宋別集，頁1291。《中國古籍善本書目書名索引》記「華苹書屋」，見天津圖書館編：《中國古籍善本書目書名索引》（濟南：齊魯書社，2003年），頁1291。此處「蘋」或「苹」兩字為異體字，而不是「革」，《宋詞大辭典》誤為「革」。「詞集後有陳撰跋：尾數語云：『陝華先生，服奇道古，雅喜是編。爰為開雕，冀垂永久。蓋奇表章之功匪細也。丁未清和錢塘陳撰玉几書。』黃裳以為此本為康雍間精寫刻本，極初印，亦無改刻之迹，應是洪氏所雕，非「陳撰初雕，後版歸洪氏」。見黃裳：《中國版本文化叢書·清刻本》（南京：江蘇古籍出版社，2002年），頁101。饒宗頤以其序為雍正五年：「洪正治本，雍正五年丁未歙縣陝華洪正治序刊，實即洪氏得陳撰舊板而改其序跋付印。」見饒宗頤：《詞集考》，頁190。王兆鵬、劉尊明《宋詞大辭典》、夏承燾則以為是乾隆三十六年辛卯，見王兆鵬、劉尊明《宋詞大辭典》，頁608、夏承燾：《姜白石詞編年箋校》，頁166。雍正五年與乾隆三十六年所刻白石詞，因資料不齊，未能據以判斷。

（三）書目記載

1. 清‧知聖道齋原藏《南詞》本，作《白石先生詞》一卷。

2. 清‧《帶經堂書目》著錄舊抄本，皆作《白石先生詞》一卷。

3. 清‧陸漻《佳趣堂書目》載《姜白石詞》一卷，注云：「曹秋嶽選定」。

另外，清乾隆九年甲子（1747）姜虯綠抄本《白石公詩詞合集》四卷，有鄭文焯校。況周頤得過一本，夏承燾已力辨非白石晚年手定本，乃清人偽託。〔註25〕

以下將姜夔詞的刻本系統的傳抄（刻）人名與籍貫，按照刊刻傳抄時間順序列出：

表格 1：姜夔詞傳抄（刻）本統計表

時　間	收藏者籍貫	收藏者	書　名	備　錄
宋寧宗嘉泰二年（1202）	雲間（今江蘇松江）	錢希武（刻本）	《白石道人歌曲》六卷	
元至正十年（1350）	天臺（今浙江台州）	陶宗儀（抄本）	《白石道人歌曲》六卷，另附《別集》一卷	
清康熙二十四年乙丑（1685）		李聖鐸	《白石道人詩集》一卷，附詞一卷	柯崇樸手跋本
康熙五十七年（1718）	浙江鄞縣	陳撰（刻本）	《白石詞集》一卷，附於《白石詩集》一卷後，收詞五十八首	龍溪曾時燦序
康熙間	武塘（今浙江嘉善）	俞蘭（刻本）	《白石詞鈔》一卷	吳淳還序
雍正五年（1727）	歙縣陝華（今安徽）	洪正治，華蘋書屋刊本		
乾隆初年	雲間（今江蘇松江）	樓敬思（收藏）	六卷別集一卷本	
乾隆二年（1737）	錢塘（今浙江杭州）	厲鶚（抄本）	《白石道人歌曲》六卷，《別集》一卷	清‧王增祥（從厲鶚抄本，清秦

〔註25〕夏承燾：《姜白石詞編年箋校》附錄〈白石詞集辨偽二篇〉，頁179～182。

				更年跋、傅增湘題款）
乾隆二年（1737）		符藥林（抄本）	《白石道人歌曲》六卷，《別集》一卷	
乾隆二年（1737）	仁和（今浙江杭州）	江炳炎（抄本）	《白石道人歌曲》六卷，《別集》一卷	陳方恪貽朱孝臧
乾隆八年（1743）	江都（今江蘇揚州）	陸鍾輝（抄本）	《姜白石詩詞合集》九卷《附錄》一卷：《白石道人歌曲》四卷《別集》一卷，並與《白石詩集》二卷、集外詩一卷、詩說一卷合刊	
乾隆九年（1744）		姜虬綠抄本	白石詩詞合集四卷	鄭文焯校
乾隆十四年（1749）	華亭（今江蘇松江）	張奕樞（刻本）松桂讀書堂刻本	《白石道人歌曲》六卷《別集》一卷	同治建元張文虎序
乾隆二十一年（1756）	華亭（今江蘇松江）	姜文龍（抄本）	《白石道人歌曲》四卷《別集》一卷，並與《白石詩集》合刊，較陸本多《續書譜》	（陸鍾輝本）
乾隆二十四年		犀烏山房刻本	白石道人詩一卷集外詩一卷詩說一卷諸賢酬贈詩一卷	
乾隆三十六年（1771）	歙人（今安徽）	江春（刻本）	《白石道人歌曲》六卷《別集》一卷	（陸鍾輝本）
乾隆三十七年至四十七年（1772～1782）		四庫全書本	《白石歌曲》四卷、別集一卷	（陸鍾輝本）
嘉慶初	江蘇揚州	鮑廷博（刻本）	詩詞合刻，歌曲四卷，別集一卷	（陸鍾輝本）知不足齋單行刻本
嘉慶二十五年（1820）	華亭（今江蘇松江）	張應時（刊本）		刊張奕樞刻本
道光二十三年（1843）	華亭（今江蘇松江）	姜熙（刻本）	詩詞八卷，《後集》二卷，合十卷	（陸鍾輝本，覆刻姜氏祠堂本）李猛堪藏書

道光二十一年辛丑（1841）	全椒（今安徽滁州）、烏程（今浙江湖北）	（全椒）金望華、（烏程）范鍇（刊本）	王沂孫、張炎合為《三家詞》本	（陸鍾輝本）
同治三年（1864）		劉履芬家抄本	白石道人詩一卷集外詩一卷諸賢酬贈詩一卷	清劉履芬跋
同治十年（1871）	桂林（今廣西桂林）	倪鴻（刻本）	《白石道人四種》	（陸鍾輝本）
同治間	番禺（今廣東廣州）	陳澧（刊本）		菊坡精舍刊本（陸鍾輝本）
光緒七年（1881）	臨桂（今廣西桂林）	王鵬運（刻本）	《雙白詞》	四印齋刻本（陸鍾輝本），吳縣許賡颺序
光緒十年（1884）	仁和（今浙江杭州）	許增（刻本）		《榆園叢刻》本，會稽陶方琦序、錢唐張預序
光緒間	高郵（今江蘇高郵）	宣古愚（刻本）		重刻鮑本
	番禺（廣東廣州）	陶福祥（陳澧弟子）		陸鍾輝本
宣統二年（1910）	浙江嘉興	沈曾植（影本）		影印張奕樞刻本
不祥	四川	四川官書局本	宋四家詞本	陸鍾輝本
		清小玲瓏山館抄本	白石道人歌曲六卷別集一卷	

以下再依據刻抄者籍貫分類：

表格 2：刻抄姜詞者籍貫分類表

籍貫		刊刻版本及時間		
四川		四川官書局本		
江蘇	雲間	宋寧宗嘉泰二年（1202）錢希武（刻本）	乾隆初年樓敬思（收藏）	
	江都	乾隆八年（1743）陸鍾輝（抄本）	嘉慶初鮑廷博（刻本）	

	華亭	乾隆十四年（1749）張奕樞（刻本）	乾隆二十一年（1756）姜文龍（抄本）	嘉慶二十五年（1820）張應時（刊本）	道光二十三年（1843）姜熙（刻本）
	高郵	光緒間宣古愚（刻本）			
安徽	歙縣	洪正治，華蘋書屋刊本			
	歙人	乾隆三十六年（1771）江春（刻本）			
安徽	全椒	道光二十一年（1841）（全椒）金望華、（烏程）范鍇（刊本）			
浙江	烏程				
浙江	仁和	乾隆二年（1737）江炳炎（抄本）	光緒十年（1884）許增（刻本）		
	天臺	元至正十年（1350）陶宗儀（抄本）			
	鄞縣	康熙五十七年（1718）陳撰（刻本）			
	武塘	康熙間俞蘭（刻本）			
	錢塘	乾隆二年（1737）厲鶚（抄本）			
	嘉興	宣統二年（1910）沈曾植（影本）			
廣東	番禺	同治間陳澧（刊本）	陶福祥本		
廣西	桂林	同治十年（1871）倪鴻（刻本）			

　　根據以上粗略統計結果，傳抄刻印姜夔詞版本者籍貫，最多在江蘇，尤其是華亭；其次在浙江等江南地區，時間以清朝乾隆時，傳抄刻印姜夔詞之人數較多。

小結

　　姜夔詞流傳方式，主要分為刻本系統、叢編選本系統，以及書目記載之存在證明，宋朝有錢希武刻本系統，以及黃昇《花庵詞選》選錄姜夔三十四闋詞流傳，亦有《直齋書錄解題》、《文獻通考》書目記

載。元朝時有陶宗儀抄本系統,至清代始發現。明朝則刻本系統不見,僅剩毛晉《宋六十名家詞》選本留存姜夔詞。清朝在乾隆時期開始大量流傳刻本系統,甚至出現合卷數本(六卷變四卷)、詩詞合刻本,傳抄刻印之人數變多,籍貫則以江南地區之江蘇、浙江、安徽為多。另外叢編選本系統在收錄詞數方面,亦較前人多(如陳撰輯姜夔詩詞,收詞五十八首,較毛晉多二十四闋);書目記載方面則有多本書目錄有姜夔詞(下節再詳論)。

以上紀錄雖有刻本抄本記載,但在書目中,未見完整全貌,因之下節進一步整理關於歷代書目所見姜夔詞部分。

第二節　公私藏書目錄中之姜夔蹤跡

本節主要探討姜夔詞在公私藏書目錄中之收藏。鄧子勉《宋金元詞籍文獻研究》云:「明人編撰的書目,是今人考核宋金元人詞集的典藏與流傳的重要參考書。」﹝註26﹞可見書目記載,可以據以瞭解作品之典藏價值與流傳過程。尤其私家藏書,更可見到喜好厭惡之直接感受,亦可瞭解書籍之流通範圍,以及知名度大小。正如周少川《藏書與文化──古代私家藏書文化研究》所云:「相對公家藏書,私家藏書還具有鮮明的情趣性特徵。私家藏書與公家藏書最大的差異,就在於私家藏書除了實現藏書、讀書等基本目標外,還注意在藏書的過程和形式中,追求精神上的享受和內心的平靜、悠逸。」﹝註27﹞私家藏書之愛好,多了一層情趣,具有個人特徵。

這私人情趣,卻也某部分關係當時之環境氣氛,「私家藏書過程中不僅有主客體間相互關係,而且有主客體與社會環境、地域風尚、文化傳統等多方面的相互關係,因而私家藏書不僅要從藏書史的角

﹝註26﹞鄧子勉:《宋金元詞籍文獻研究》(上海:上海古籍出版社,2008 年),頁 110。
﹝註27﹞周少川:《藏書與文化──古代私家藏書文化研究》(北京:北京師範大學出版社,1999 年),頁 4。

度加以研究，更要從藏書文化的角度進行研究。私家藏書是一項私人對典籍進行收藏、整理、研究以及傳播的文化活動，私家藏書活動即指在這一文化活動中所呈現的物質與精神兩方面內容的總合。」〔註28〕社會環境、地域風尚、文化傳統等多方面，都會影響讀者的選擇，也哄抬符合當時潮流之作家。知名度越高之作家，因社會需求量大，受大眾的歡迎，傳刻之版本亦較多，如蘇軾、辛棄疾、周邦彥、柳永、歐陽脩等著名詞人詞集流傳的版本，確實比一般詞人詞集之版本要多。〔註29〕暢銷書乃「多數人心理的投射」〔註30〕，因之大量分析藏書狀況，或許可以看到當時讀者之心理需求。Michael Korda 曾云：「暢銷書的排行榜就像一面鏡子，反映了我們是誰？我們要什麼？我們對什麼有興趣和我們想知道些什麼？」〔註31〕暢銷書反映時代氛圍，研究書籍之流行狀況，愈能瞭解時代之趨勢。

　　私家藏書存有藏主個人好惡、志向、情趣特點，又因書樓座落各地，能分散書籍遺失之風險。范鳳書在《中國私家藏書史》〔註32〕中說私家藏書負擔著公共圖書館的部分功能，做出多方面功績：一、有收集、保存之功。二、有抄錄、刊刻廣傳之功。三、有整理、校勘之功。四、有敘錄、提跋之功。五、有培養人才，繁榮學術之功。六、促進了圖書館學和目錄學的發展。七、有補益國家藏書，充實公共圖書館典藏之功。〔註33〕雖然絕大多數讀者可能未編立私家藏書書目，

〔註28〕周少川：《藏書與文化——古代私家藏書文化研究》，頁 5。

〔註29〕王兆鵬：《詞學研究方法十講》（北京：北京大學出版社，2008 年），頁 58。

〔註30〕辜振豐序：〈暢銷書——時代氛圍的投射〉，Michael Korda 著；卓妙容譯：《打造暢銷書》（臺北：商周出版：城邦文化發行，2003 年），頁 10。

〔註31〕Michael Korda 著；卓妙容譯：《打造暢銷書》（臺北：商周出版：城邦文化發行，2003 年），頁 338。

〔註32〕范鳳書：《中國私家藏書史》（鄭州：大象出版社，2001 年），頁 622～625。

〔註33〕私家藏書之侷限為：一、具有私產的保守性。二、私家藏書利用範圍小，發揮作用有限。三、規模不大，傳遞不長等。參見范鳳書：《中國私家藏書史》，頁 622～625。

且書目內容記載有時較為簡陋,但私家藏書無疑是促進書籍流通、保存書籍之重要管道之一。誰曾保有姜夔作品?仍可經由目前書目予以瞭解。以下以書目資料整理為主,趨勢解讀,留日後再補。

　　據鄧子勉《宋金元詞籍文獻研究》統計:明代諸書目著錄的詞集「就作品的傳播影響說,還是以名家的傳播數量最多,以著錄書目在六家以上來看,最多者為柳永,有十一家著錄;其次辛棄疾有十家、晁補之有九家,周邦彥有八家,張先、蘇軾、黃庭堅、秦觀、陳與義、林正大均為七家,陳師道、姜夔為六家。」〔註34〕以下將《宋金元詞籍文獻研究》二十一種明代書目,有收錄姜夔詞的統計結果列出:

表格 3:歷代書目記載姜夔詞概況表

書　目	姜　夔
內閣藏書目錄	●
文淵閣書目	●
秘閣書目	●
晁氏寶文堂書目	
天一閣藏書總目	
百川書志	
菉竹堂書目	●
萬卷堂書目	
脈望館書目	
徐氏家藏書目	
蒲汀李先生家藏目錄	
江蔭李氏得月樓書目	
世善堂藏書目錄	
國史經籍志	
澹生堂藏書目	
笠澤堂書目	

〔註34〕鄧子勉:《宋金元詞籍文獻研究》,頁 119。

趙定宇書目	●
玄賞齋書目	
明書經籍志	●
汲古閣毛氏藏書目錄	
汲古閣校刻書目	★

附註：
1. ●表示版本不祥、★為刻本，個別書目雖為清人所編，如《天一閣藏書總目》等，反映明朝藏書情況，亦列入參考。
2. 《汲古閣校刻書目》未收錄姜夔詞籍，然其中著錄之《宋名家詞》六集，第二集即有姜夔姜夔詞十八葉，見〔清〕鄭德懋輯：《汲古閣校刻書目》（上海：上海書店，1994 年《叢書集成續編》冊 71），頁 726。

　　鄧子勉《宋金元詞籍文獻研究》僅統計明代收錄姜夔詞之書目結果，然歷代書目中所收藏姜夔詞之狀況為何？以下表格將宋代至清代書目中，有無記載姜夔詞之部分列出。

　　歷代書目資料參考王兆鵬、劉尊明《宋詞大辭典》附錄〈歷代書目著錄的宋詞版本目錄序跋〉（南京：鳳凰出版社，2003 年 9 月），頁 1～203。另參照羅偉國、胡平編：《古籍版本題記索引》（上海：上海書店，1991 年 6 月），頁 226。以及鄧子勉《宋金元詞籍文獻研究》（上海：上海古籍出版社，2008 年 12 月），頁 115，擇較重要書目，且今可見傳本書目作整理。

　　本表格以是否收錄姜夔詞之書目為原則，姜夔詩文雜著則未列入。收錄姜夔詞作品以刻本或抄本為主，詞選含有姜夔詞者，在此先不計。排列先依據朝代，再依據書名筆劃排列。部分民國出版書目，亦是反映清朝藏書情況，併列入參考。藏書目錄互相補充者，歸納為同一位作者，如：《絳雲樓書目》與《絳雲樓書目補遺》同為清‧錢謙益所藏；《傳是樓書目》與《傳是樓宋元本書目》同為清‧徐乾學所藏。

序號	書　名	編著者	有無收錄姜夔詞作品
1	《直齋書錄解題》	宋‧陳振孫撰	有
2	《郡齋讀書志》	宋‧晁公武	無

3	《遂初堂書目》	宋‧尤袤撰	無
4	《文獻通考‧經籍考》	元‧馬端臨	有
5	《宋史藝文志》	元‧脫脫等撰	有
6	《內閣藏書目錄》	明‧孫能傳、張萱等撰	有
7	《文淵閣書目》	明‧楊士奇等編	有
8	《世善堂藏書目錄》	明‧陳第編	無
9	《玄賞齋書目》	明‧董其昌	無
10	《百川書志》	明‧高儒編	無
11	《行人司重刻書目》	明‧徐圖撰	無
12	《江陰李氏得月樓書目摘錄》	明‧李鶚翀撰	無
13	《汲古閣毛氏藏書目錄》	明‧毛晉藏	無
	《汲古閣珍藏秘本書目》	明‧毛晉藏、清‧毛扆藏並撰	無
	《汲古閣校刻書目》	明‧毛晉藏、清‧鄭德懋輯	無〔註35〕
14	《明書經籍志》	明‧楊士奇、清‧傅維麟	有
15	《徐氏家藏書目》	明‧徐𤊹	無
16	《國史經籍志》	明‧焦竑撰	無
17	《脈望館書目》	明‧趙琦美撰	無
18	《晁氏寶文堂書目》	明‧晁瑮編	無
19	《秘閣書目》	明‧錢溥撰	有
20	《笠澤堂書目》	明‧王道明撰	無
21	《澹生堂藏書目》	明‧范欽藏;清‧範邦甸撰	無
22	《菉竹堂書目》	明‧葉盛編	有
23	《萬卷堂書目》	明‧朱睦㮮撰	無
24	《趙定宇書目》	明‧趙用賢編	有

〔註35〕《汲古閣校刻書目》未收錄白石詞,但收錄《宋名家詞》六集,第二集載有姜夔白石詞十八葉。鄧子勉將《汲古閣校刻書目》列入明代討論,此則依輯者時代,置於清代。見〔清〕鄭德懋輯:《汲古閣校刻書目》(上海:上海書店,1994年《叢書集成續編》冊71),頁726。

25	《濮陽浦汀李先生家藏目錄》	明・李延相撰	無
26	《八千卷樓書目》	清・丁丙藏、民國・丁仁編纂	有
27	《上善堂宋元板精鈔舊鈔書目》	清・孫從添撰	無
28	《千頃堂書目》	清・黃虞稷撰	有
29	《也是園藏書目》	清・錢曾編	有
30	《天一閣見存書目》	清・薛福成編	無
31	《五桂樓書目》	清・黃石泉撰	無
32	《古越藏書樓書目》	清・徐樹蘭編	有
33	《平津館鑒藏記書籍》	清・孫星衍撰	無
34	《四庫全書總目》	清・紀昀編	有
35	《四庫未收書目提要》	清・阮元編	無
36	《四明天一閣藏書目錄》	清・闕名編	無
37	《竹崦庵傳鈔書》	清・趙魏撰	無
38	《好古堂書目》	清・姚際恒撰	無
39	《孝慈堂書目》	清・王聞遠撰	無
40	《求古居宋本書》	清・黃丕烈撰	無
41	《別本結一廬書目》	清・朱學勤撰	無
42	《宋元書目行格表》	清・江標著	無
43	《宋金元詞集見存卷目》附《雙照樓續輯宋金元百家詞目》	清・吳昌綬撰	無
44	《宋史藝文志補》	清・倪燦等撰	有
45	《抱經樓藏書志》	清・沈德壽撰	有
46	《知聖道齋書目》	清・彭元瑞撰	無〔註36〕
47	《知聖道齋讀書跋》	清・彭元瑞撰	無
48	《季滄葦藏書目》	清・季振宜撰	無

〔註36〕 《知聖道齋書目》中未有白石詞集，但所收錄《宋名家詞》下載有《白石詞》、《南詞》下載有《白石先生詞》，見〔清〕彭元端：《知聖道齋書目》（北京：商務印書館，2005 年《中國著名藏書家書目匯刊・明清卷》冊 23），頁 159、162。

49	《佳趣堂書目》	清・陸漻撰	有
50	《重修清史藝文志》	清・彭國棟	無
51	《述古堂藏書目》	清・錢曾考藏	有
52	《思適齋集外書跋》	清・顧廣圻撰，蔣祖詒輯，鄒百耐印	無
53	《奕慶藏書樓書目》	清・祁理孫編，潘景鄭校訂	無
54	《雲間韓氏藏書目》	清・韓應陛編	無
55	《孫氏祠堂書目》	清・孫星衍撰	無
56	《邵亭知見傳本書目》	清・莫友芝撰	有
57	《海源閣藏書目》	清・楊紹和編	無
58	《帶經堂書目》	清・陳樹杓撰	有
59	《唫香仙館書目》	清・馮瀛撰，潘景鄭輯校	無
60	《清朝續文獻通考・經籍考》	清・劉錦藻等奉敕撰	無〔註37〕
61	《勞氏碎金》	清・勞經等撰，吳昌綬輯，王大隆、瞿熙邦補輯	無
62	《補元史藝文志》	清・錢大昕撰	無
63	《欽定天祿琳琅書目》	清・于敏中等奉敕修撰	無
64	《結一廬書目》	清・朱學勤撰	無
65	《皕宋樓藏書志》	清・陸心源撰	有
66	《絳雲樓書目》	清・錢謙益藏、民國・葉德輝補	無
	《絳雲樓書目補遺》	清・錢謙益藏、民國・葉德輝補	無
67	《善本書室藏書志》	清・丁丙撰	有
68	《寐叟題跋》	清・沈曾植撰	無

〔註37〕《清朝續文獻通考・經籍考》未收錄白石詞，然所著錄《彊邨叢書》下載有《白石道人歌曲》六卷補遺一卷、《榆園叢刻》下載有《白石道人歌曲》五卷。見劉錦藻：《清朝續文獻通考》（臺北：臺灣商務印書館，1987 年）卷 273，經籍考十七，頁 10181、10177。

69	《傳忠堂書目》	清・周星治原輯，羅振常重校編	無
70	《傳是樓書目》	清・徐乾學撰	無
	《傳是樓宋元本書目》	清・徐乾學撰	無
71	《舊山樓書目》	清・趙宗建撰	有
72	《萬卷樓藏書總目》	清・黃彭年編	無
73	《萬卷精華樓藏書記》	清・耿文光撰	無
74	《愛日精廬藏書志》	清・張金吾撰	無
75	《楝亭書目》	清・曹寅撰〔註38〕	無
76	《滂喜齋藏書記》	清・潘祖蔭編	無
77	《箋經室所見宋元書題跋》	清・曹元忠撰	無
78	《楹書隅錄初編》	清・楊紹和編	無
79	《儀顧堂題跋》《續跋》	清・陸心源撰	無
80	《稽瑞樓書目》	清・陳揆撰	無
81	《潛采堂竹垞行笈書目》	清・朱彝尊編	無
82	《錢遵王讀書敏求記校證》	清・錢曾撰，民國・管庭芳、章鈺校證	無
83	《繡谷亭薰習錄》	清・吳焯撰	無
84	《藝芸書舍宋元本書目》	清・汪士鍾編	無
85	《藝風藏書記》及《續記》	清・繆荃孫撰	無
86	《豐順丁氏持靜齋書目》	清・丁日昌編	無
87	《寶書閣著錄》	清・丁丙撰	無
88	《續通志・藝文略》	清・嵇璜等撰	有
89	《鐵琴銅劍樓藏書目錄》	清・瞿鏞編	無
90	《一氓題跋》	民國・李一氓編	無
91	《大雲書庫藏書題識》	民國・羅振玉撰	無
92	《大公圖書館藏書目錄》	民國・大公圖書館編	有
93	《五十萬卷樓群書跋文》	民國・莫伯驥撰	無
94	《木犀軒藏書題記及書錄》	民國・李盛鐸著	有

〔註38〕曹寅即曹秋嶽。

95	《中國善本書目提要》	民國‧王重民撰	無
96	《文祿堂訪書記》	民國‧王文進撰	無〔註39〕
97	《石室藏書目》	民國‧佚名編	無
98	《北京人文科學研究所藏書目錄》	民國‧前北京人文科學所編印	無
99	《西諦書目》	民國‧鄭振鐸編	有
100	《自莊嚴堪善本書目》	民國‧周叔弢藏，冀淑英輯	有〔註40〕
101	《東海藏書樓書目》	民國‧徐允中准編	無
102	《京師圖書館善本書目》	民國‧夏曾佑、彭清鵬所編	無
103	《卷盦書跋》	民國‧葉景葵著，顧廷龍編	無
104	《郋園讀書志》	民國‧葉德輝撰	有
105	《珍書亭帚錄》	民國‧朱長圻編	無
106	《故宮普通書目》	故宮博物院圖書館編	無
107	《海鹽張氏涉園藏書目錄》	民國‧潘景鄭撰	無
108	《虛靜齋宋元明本書目》	民國‧孫祖同編	無
109	《章氏四當齋藏書目》	民國‧顧起潛編，章鈺捐燕京大學之圖書書目	有
110	《梁氏飲冰室藏書目錄》	民國‧國立北平圖書館編	有
111	《涵芬樓燼餘書錄》	民國‧張元濟輯	無
	《涵芬樓原存善本書目》	民國‧張元濟輯	有
112	《揚州吳氏測海樓藏書目錄》	民國‧吳引孫編	有
113	《萇楚齋書目》	民國‧劉聲木編	無
114	《著硯樓書跋》	民國‧潘景鄭撰	無

〔註39〕《文祿堂訪書記》未收錄白石詞籍，但所著錄《宋金元六十九家詞》明抄本下，載有《白石詞選》一卷。見王文進：《文祿堂訪書記》（臺北：廣文書局有限公司，1967年民國三十一年印本）卷五，頁529。

〔註40〕周叔弢（1891～1984）藏、冀淑英輯《自莊嚴堪善本書目》此本較接近現代，因之下面書目收錄白石詞詳細內容表不列入。

115	《善本書所見錄》	民國・羅振常遺著，周子美編訂	有
116	《新昌胡氏問影樓藏書目錄》初編、續編	民國・胡桐庵撰	無
117	《群碧樓善本書錄》六卷《寒瘦山房鬻存書目》七卷	民國・邵邦述撰	無
118	《嘉業堂鈔校本目錄》	民國・周子美編	無
	《嘉業堂善本書志摘抄》	民國・佚名編	無
119	《嘉業藏書樓書目》	民國・劉承幹藏並編	有〔註41〕
120	《粹芬閣珍藏善本書目》	民國・粹芬閣主人編	無
121	《翟氏補書堂寄藏書目錄》	民國・翟宣穎輯	無
122	《適園藏書志》	民國・張均衡撰	無
123	《嬰閣題跋》	民國・秦曼青撰	有
124	《韓氏讀有用齋書目》	民國・封文權編	無
125	《雙鑑樓善本書目》（《雙鑑樓藏書續記》二卷）	民國・傅增湘撰	無
126	《藏園群書經眼錄》	民國・傅增湘撰	無
	《藏園群書題記》	民國・傅增湘撰	無
127	《寶禮堂宋本書錄》	民國・潘宗周撰	無
128	《觀古堂藏書目》	民國・葉德輝撰	有

以上 128 種藏書目錄中，書目統計數量如下：

朝　代	宋	元	明	清	民國
所收各代書目數量	3	2	20	64	39
收錄姜夔詞書目數量	1	2	6	15	13
比例	33	100	30	23.4	33.3

〔註41〕唐圭璋記載有白石詞：「《白石道人歌曲》六卷，鄭叔問批校本，用沈遯齋本批校，嘉業堂藏書。」見唐圭璋：〈宋詞版本考〉，《詞學論叢》，頁 149。然而此書目記載為《白石道人歌曲》四卷別集一卷，見劉承幹：《嘉業藏書樓書目》（北京：商務印書館，2005 年《中國著名藏書家書目匯刊・近代卷》冊 34，民國抄本，復旦大學圖書館藏，頁77。

　　從上面表格可知，收錄姜夔詞數量最多之時代在清代。這個現象與清代藏書書目發達有關，目前可翻查清代之書目至少有 64 種之多。就比例來看，因宋元所存書目數量少，若不將宋元列入比例計算，明代有 20 種書目，收有姜夔詞之比例看似略高於清代，其實從書目著錄內容，即可知清代姜夔詞之卷數多樣化，並不同於明代。以下表格將南宋至清末，公私家藏書目錄中，關於姜夔收錄之詳細情況，作一個統整：

表格 4：書目收錄姜夔詞及其他作品內容表──南宋至清末

宋

作　者	書　名	收錄姜夔詞	收錄姜夔詩
宋・陳振孫 （1183～1249）	直齋書錄解題	白石詞五卷〔註42〕	白石道人集三卷〔註43〕

元

作　者	書　名	收錄白石詞	收錄白石詩文
元・馬端臨 （1254～1323）	文獻通考・經籍考	白石詞五卷〔註44〕	白石道人集三卷〔註45〕
元・脫脫 （1314～1355）	宋史・藝文志	白石叢稿十卷〔註46〕	

〔註42〕〔宋〕陳振孫：《直齋書錄解題・歌詞類》（北京：中華書局，1985 年《叢書集成初編》據聚珍版叢書本排印）卷二十一，頁 596。

〔註43〕〔宋〕陳振孫：《直齋書錄解題・詩集類》卷二十，頁 573。

〔註44〕〔元〕馬端臨：《文獻通考》（臺北：臺灣商務印書館，1983 年《景印文淵閣四庫全書》冊 614）卷 246，頁 967。

〔註45〕〔元〕馬端臨：《文獻通考》（《景印文淵閣四庫全書》冊 614）卷 245，頁 948。

〔註46〕〔元〕脫脫等：《宋史藝文志》（北京：中華書局，1985 年《叢書集成初編》據八史經籍志本排印）卷七，頁 144。

明

序號	類　別	作　者	書名	收錄姜夔詞部分	收錄姜夔詩文
1	公藏	明・楊士奇（1365～1444）等撰	文淵閣書目	白石道人歌曲一部一冊完全〔註47〕	無
2	公藏	明・楊士奇（1365～1444）、清・傅維麟	明書經籍志	白石道人歌曲編白石道人歌曲一部，一冊完全，蒙竹堂同文淵閣〔註48〕	無
3	公藏	明・孫能傳、張萱等撰	內閣藏書目錄	白石道人歌曲一冊，全〔註49〕	無
4	華亭（上海松江）	明・錢溥撰	秘閣書目	姜白石詞〔註50〕白石道人歌曲〔註51〕	無
5	江蘇昆山	明・葉盛（1420～1474）編	蒙竹堂書目	白石道人歌曲一冊〔註52〕	無
6	江蘇常熟	明・趙用賢（1571年進士）編	趙定宇書目	向豐之、白石、竹屋、履齋等詞一本〔註53〕	無
7	江蘇昭文	明・毛晉（1599～1659）藏、清・鄭德懋（1767～1835）輯	汲古閣校刻書目	無收錄白石詞單本，然附錄在《宋名家詞》六集，第二集有姜夔白石詞十八葉〔註54〕	無

〔註47〕〔明〕楊士奇等編：《文淵閣書目》（上海：商務印書館，1936年，國學基本叢書簡編）卷十詩詞，頁140。

〔註48〕〔明〕楊士奇、〔清〕傅維麟：《明書經籍志》（臺北：成文出版社有限公司，1978年《書目類編》冊3據民國四十八年排印本影印）詩詞，頁776。

〔註49〕〔明〕張萱：《內閣藏書目錄》（臺北：廣文書局有限公司，1995年）卷五，樂律部，頁276。

〔註50〕〔明〕錢溥：《祕閣書目》（臺南：莊嚴文化事業有限公司，1996年《四庫全書存目叢書》史部冊277中國科學院圖書館藏清鈔本），頁31。

〔註51〕〔明〕錢溥：《祕閣書目》詩詞集，頁16。

〔註52〕〔明〕葉盛：《蒙竹堂書目》（北京：中華書局，1985年《叢書集成初編》據粵雅堂叢書本）詩集詞，卷四，頁91。

〔註53〕〔明〕趙用賢藏並編：《趙定宇書目》，收錄於《中國著名藏書家書目匯刊・明清卷》（北京：商務印書館出版，2005年）冊8，頁64。

〔註54〕〔清〕鄭德懋輯：《汲古閣校刻書目》（上海：上海書店，1994年《叢書集成續編》冊71），頁726。

清

序號	類別	作　者	書　名	收錄姜夔詞部分	收錄姜夔詩文
1	公藏	清乾隆三十二年（1767），清‧嵇璜等撰	續通志‧藝文略	白石道人歌曲四卷、別集一卷〔註55〕 白石詞集一卷，別本白石詞一卷〔註56〕	白石詩集一卷附詩說一卷〔註57〕
2	公藏	紀昀（1724～1805）等，乾隆四十七年(1782)初稿完成	四庫全書總目	白石道人歌曲四卷別集一卷（監察禦史許寶善家藏本）〔註58〕 白石詞一卷（安徽巡撫採進本）〔註59〕 別本《白石詞》一卷（江蘇巡撫採進本）〔註60〕	白石詩集一卷附詩說一卷（編修汪如藻家藏本）〔註61〕
3	公藏	清‧倪燦撰，盧文弨編（1717～1796）	宋史藝文志補	白石道人歌曲四卷，別集一卷〔註62〕	白石道人詩集一卷〔註63〕
4	公藏	清‧劉錦藻等奉敕撰（訖宣統三年，1912）	清朝續文獻通考	白石道人歌曲六卷補遺一卷，附張文虎舒藝室餘筆〔註64〕（《彊邨叢書》）	白石道人詩集二卷，(《榆園叢刻》)〔註65〕

〔註55〕　〔清〕嵇璜、曹仁虎等奉敕撰：《欽定續通志‧藝文略》（臺北：臺灣商務印書館，1983 年《景印文淵閣四庫全書》冊 394）卷 163 詞集，頁 581。

〔註56〕　〔清〕嵇璜、曹仁虎等奉敕撰：《欽定續通志‧藝文略》卷 163 詞集，頁 582。

〔註57〕　〔清〕嵇璜、曹仁虎等奉敕撰：《欽定續通志‧藝文略》卷 162《文淵閣》著錄，頁 547。

〔註58〕　〔清〕永瑢等撰：《四庫全書總目》（北京：中華書局，1965 年 6 月第一版，2008 年 11 月重印）卷 198，頁 1818。

〔註59〕　〔清〕永瑢等撰：《四庫全書總目》卷 200，頁 1830。

〔註60〕　〔清〕永瑢等撰：《四庫全書總目》卷 200，頁 1830。

〔註61〕　〔清〕永瑢等撰：《四庫全書總目》卷 162，頁 1392。

〔註62〕　〔清〕倪燦撰、盧文弨訂正：《宋史藝文志補》（北京：中華書局，1985 年《叢書集成初編》）集部，頁 49。

〔註63〕　〔清〕倪燦撰、盧文弨訂正：《宋史藝文志補》集部，頁 38。

〔註64〕　《皇朝續文獻通考》中記載《彊邨叢書》一百七十三種二百六十二卷，朱孝臧編，收錄「《白石道人歌曲》六卷補遺一卷，附張文虎舒藝室餘筆」，見劉錦藻：《清朝續文獻通考》（臺北：臺灣商務印書館，1987年）卷 273，經籍考十七，頁 10181。

〔註65〕　見劉錦藻：《清朝續文獻通考》卷 273，經籍考十七，頁 10177。

			白石道人歌曲五卷（《榆園叢刻》）〔註66〕	
5	江蘇江寧	清・黃虞稷（1629～1691）	千頃堂書目	白石詞五卷〔註67〕	白石道人詩集一卷〔註68〕、詩說〔註69〕
6	江蘇常熟	清・錢曾（1629～1701）	也是園藏書目	白石詞一卷〔註70〕	無
7	江蘇常熟	清・錢曾（1629～1701）	述古堂藏書目	白石詞一卷〔註71〕	無
8	江蘇吳縣	清・陸漻（1644～？）	佳趣堂書目	姜白石詞一卷（曹秋嶽選定）〔註72〕	白石道人詩集一卷（戊寅）〔註73〕
9	江西南昌	清・彭元瑞撰（1731～1803）	知聖道齋書目	白石詞〔註74〕（附錄在《宋名家詞》） 白石先生詞（附錄在《南詞》）〔註75〕	姜白石詩詞集二本〔註76〕 白石道人詩集〔註77〕（附錄在《宋人小集》）

〔註66〕《皇朝續文獻通考》中記載《榆園叢刻》三十種一百九十七卷，許增編，中收錄：「《白石道人詩集》二卷宋姜夔　白石道人歌曲五卷同上」，見劉錦藻：《清朝續文獻通考》卷273，經籍考十七，頁10177。

〔註67〕〔清〕黃虞稷：《千頃堂書目》（杭世駿補，適園叢書本）（臺北：廣文書局，1967年）卷32，頁2256。

〔註68〕〔清〕黃虞稷：《千頃堂書目》卷29，頁2034。

〔註69〕〔清〕黃虞稷：《千頃堂書目》卷15，頁1153。

〔註70〕〔清〕錢曾：《也是園藏書目》（清歸安姚氏咫進齋抄本〔國家圖書館藏〕影印）卷7詞類，收錄在《中國著名藏書家書目匯刊・明清卷》（北京：商務印書館出版，2005年）冊16，頁146。

〔註71〕〔清〕錢曾：《述古堂藏書目》（清道光三十年（1850）南海伍氏粵雅堂刻本）卷7詞，收錄在《中國著名藏書家書目匯刊・明清卷》（北京：商務印書館出版，2005年）冊17，頁93。

〔註72〕〔清〕陸漻：《佳趣堂書目》，收錄在《中國著名藏書家書目匯刊・明清卷》（北京：商務印書館，2005年，清宣統元年1909章氏四當齋抄本）冊21，頁127。

〔註73〕〔清〕陸漻：《佳趣堂書目》，頁72。

〔註74〕〔清〕彭元瑞：《知聖道齋書目》，收錄在《中國著名藏書家書目匯刊・明清卷》（北京：商務印書館，2005年）冊23，頁159。

〔註75〕〔清〕彭元瑞：《知聖道齋書目》卷4，頁162。

〔註76〕〔清〕彭元瑞：《知聖道齋書目》，頁142。

〔註77〕〔清〕彭元瑞：《知聖道齋書目》卷4，頁149。

10	貴州獨山	清・莫友芝（1811〜1871）	邵亭知見傳本書目	白石道人歌曲四卷別集一卷。〔註78〕	白石詩集一卷附《詩說》一卷。〔註79〕
11	江蘇常熟	清・趙宗建撰（1828〜1900）	舊山樓書目	白石詩詞一本〔註80〕	同左
12	浙江錢塘	清・丁丙撰（1832〜1899）	善本書室藏書志	白石先生詞一卷（明抄本）〔註81〕	無
13	浙江錢塘	清・丁丙（1832〜1899）藏、丁仁編纂	八千卷樓書目	白石道人歌曲四卷，別集一卷〔註82〕	白石詩集一卷附詩說一卷〔註83〕 白石詩集四卷別集一卷〔註84〕 白石詩說一卷（集部）〔註85〕
14	浙江吳興	清・陸心源撰（1834〜1894）	皕宋樓藏書志	白石詞一卷（毛斧季手校本，依花菴付梓）〔註86〕	無

〔註78〕下有箋注：「汲古二集《白石詞》一卷，乃從諸選本錄出，甚不備。竹坨選《詞綜》亦未見全本。嘉定壬戌刊於雲間，乾隆八年江都陸鍾輝詩集刊本最佳，知不足齋重刊陸本亦可。《群賢小集》本不佳。道光中祠堂本于自製曲削去工尺，亦與詞集同刊。」見〔清〕莫友芝：《邵亭知見傳本書目》（臺北：廣文書局，1996年）卷16，頁656。

〔註79〕下有箋注：「宋姜夔撰。康熙中刊本。群賢小集本。乾隆二十四年摩烏山房刊本。知不足齋單刻本。道光中姜氏祠堂本。」見〔清〕莫友芝：《邵亭知見傳本書目》卷13，頁529。

〔註80〕〔清〕趙宗建：《舊山樓書目》，收錄於嚴靈峯編輯：《書目類編》（臺北：成文出版社有限公司，1978年，據民國四十七年排印本影印）冊34，頁15208。

〔註81〕〔清〕丁丙：《善本書室藏書志》（臺北：廣文書局，1967年）冊六卷40，頁2065。

〔註82〕〔清〕丁丙藏、丁仁編：《八千卷樓書目》，收錄在《中國著名藏書家書目匯刊・近代卷》（北京：商務印書館，2005年，民國十二年1923年錢塘丁氏鉛印本）冊8，卷20，集部詞曲類，頁564。

〔註83〕《八千卷樓書目》載「白石詩集一卷附詩說一卷　宋姜夔撰　羣賢小集本　許氏刊本　洪氏刊本　粵東刊本」，見〔清〕丁丙藏、丁仁編：《八千卷樓書目》卷15，集部，頁192。

〔註84〕《八千卷樓書目》記載為「不著編輯者名氏　乾隆刊本」，見〔清〕丁丙藏、丁仁編：《八千卷樓書目》卷15，集部，頁192。

〔註85〕《八千卷樓書目》記載為「學海類編本　歷代詩話本」，見〔清〕丁丙藏、丁仁編：《八千卷樓書目》卷20，集部，頁539。

〔註86〕〔清〕陸心源撰：《皕宋樓藏書志》（上海：上海古籍出版社，2002年《續修四庫全書》冊929據清刻潛園總集本）卷119，頁655。

			白石先生詞一卷（舊抄本）〔註87〕	
15	浙江邵興	清・徐樹蘭編（1837～1902）	古越藏書樓書目	白石道人詩詞合集三種共九卷（水雲漁屋仿宋本）〔註88〕 白石道人歌曲四卷，別集一卷（水雲漁屋詩詞合刻本、汪刻汲古閣本白石詞一卷）〔註89〕	同左 白石道人詩說一卷（水雲漁屋詩詞合刻本附刻詞集之前）〔註90〕
16	浙江慈谿	清・沈德壽撰（生於咸豐、同治年間）〔註91〕	抱經樓藏書志	白石詞一卷，抄本〔註92〕	白石道人詩集二卷附續三卷（乾隆刊本）〔註93〕
17	福建	清・陳徵芝藏、孫樹枬撰（1862年參加鄉試）	帶經堂書目	姜白石詞一卷〔註94〕	姜白石集三卷（後附雜著、詩說、續書譜）〔註95〕
18	江蘇儀征	民國・吳引孫（1848～1917）	揚州吳氏測海樓藏書目錄	白石道人四種，同治年廣州菊坡精舍本，（《詩集》二卷，詩說一卷，歌曲四卷、別集一卷，續書譜一卷。）〔註96〕	詩集二卷、詩說一卷。同左
19	江西德化	民國・李盛鐸著（1858～1937）	木樨軒藏書題記及書錄	無	白石道人詩集二卷。〔註97〕（宋

〔註87〕〔清〕陸心源撰：《皕宋樓藏書志》卷119，頁655。

〔註88〕〔清〕徐樹蘭編：《古越藏書樓書目》，收錄在《明清以來公藏書目彙刊》（北京：北京圖書館出版社，2008年，清光緒三十年1904年崇實書局石印本）冊45，卷九，頁322。

〔註89〕〔清〕徐樹蘭編：《古越藏書樓書目》卷十，頁390。

〔註90〕〔清〕徐樹蘭編：《古越藏書樓書目》卷十，頁403。

〔註91〕〔清〕沈德壽：《抱經樓藏書志》，收錄在《宋元明清書目題跋叢刊》（北京：中華書局，2006年）冊12，影印說明頁。

〔註92〕〔清〕沈德壽：《抱經樓藏書志》卷64，頁762。

〔註93〕《白石道人詩集》有陸鍾輝序、江春序、原序。見〔清〕沈德壽：《抱經樓藏書志》卷57，頁666。

〔註94〕〔清〕陳徵芝藏、〔清〕孫樹枬編：《帶經堂書目》，收錄在《中國著名藏書家書目彙刊・明清卷》（北京：商務印書館，2005年，清宣統順德鄧氏風雨樓鉛印本）冊28，頁556。

〔註95〕〔清〕陳徵芝藏、〔清〕孫樹枬編：《帶經堂書目》，頁488。

〔註96〕吳引孫藏並編：《揚州吳氏測海樓藏書目錄》，收錄在《中國著名藏書家書目彙刊・近代卷》（北京：商務印書館，2005年，民國二十年（1931）北平富晉書社石印本）冊14，卷五集部，頁323。

〔註97〕下注有：「《白石道人詩集》余別有柯敬一校本，不分卷，後有《補遺》，

				陳起輯江湖小集本。清初抄本)
20	湖南湘潭	民國·葉德輝撰（1864～1927）	觀古堂藏書目	白石詞三卷別集一卷。（桂林王鵬運刊本汪氏振綺堂重刊汲古閣一卷本）〔註98〕詞一卷（洪氏刊本）〔註99〕	白石詩一卷〔註100〕
21	湖南湘潭	民國·葉德輝撰（1864～1927）	郋園讀書志	姜白石詩集二卷歌曲四卷（乾隆癸亥鮑氏知不足齋校刻江都陸鍾輝本）〔註101〕《姜白石歌曲》六卷《別集》一卷（乾隆己巳張奕樞刻本）〔註102〕	同左
22	章鈺：江蘇長洲人	民國·顧廷龍（1904～1998）編、章鈺（1864～1934）捐燕京	章氏四當齋藏書目	姜堯章先生集十卷（清道光二十三年華亭裔孫熙刊本二冊，有潘鍾瑞校）〔註103〕	同左

其詩皆此本所已收，而正集轉有益於此本外者。此本較柯本止多〈於越亭〉一首，但譌字甚多，不如柯本之精也。棘人李盛鐸」。見〔清〕李盛鐸著、張玉範整理：《木樨軒藏書題記及書錄》（北京：北京大學出版社，1985年），頁42。此本紀錄《白石道人詩集》二卷，然《宋詞大辭典》附錄〈歷代書目著錄的宋詞版本目錄序跋〉則記載：「《白石道人詩集》一卷，附詞一卷，宋姜夔撰。舊抄本（清抄本，失名校柯崇樸手寫序文）。柯崇樸手跋，謂《白石詩集》系宋刻舊本，朱檢討竹垞向總憲徐立齋先生借抄得之。其長短句則竹垞即虞山毛氏所刻宋詞《樂章集》，更旁采諸書，合得五十八〔首〕，復以其所為《大樂議》、《續書譜》、《蘭亭跋》、《禊貼偏旁考》、《詩說》並附其後，其為功于白石也大矣。余既轉寫之，因述其始末如此。康熙乙丑孟秋下澣題於東魯道中。下有『柯印崇樸』白文、『敬一』朱文二方印。」見王兆鵬、劉尊明主編：《宋詞大辭典》附錄〈歷代書目著錄的宋詞版本目錄序跋〉，頁28。

〔註98〕葉德輝藏並編：《葉氏觀古堂藏書目四卷》，收錄在《中國著名藏書家書目匯刊·近代卷》（北京：商務印書館，2005年清光緒葉氏元尚齋稿本）冊21，丁集褉文類，頁304。

〔註99〕葉德輝藏並編：《葉氏觀古堂藏書目四卷》丁集別集類，頁269。

〔註100〕葉德輝藏並編：《葉氏觀古堂藏書目四卷》丁集別集類，頁269。

〔註101〕葉德輝：《郋園讀書志》（臺北：明文書局，1990年12月戊辰（1928）初夏印於上海澹園）集部卷8，頁958。

〔註102〕葉德輝：《郋園讀書志》集部卷8，頁959。

〔註103〕顧廷龍編：《章氏四當齋藏書目》，收錄在《中國著名藏書家書目匯刊·近代卷》（北京：商務印書館，2005年民國二十七年（1938）燕

		大學之圖書書目		白石詩詞二卷（清雍正五年歙洪正治刊本，一冊）〔註104〕白石道人詩集二卷、集外詩一卷、附錄一卷、詩說一卷、類曲四卷、別集一卷（清光緒中甘泉宣愚排印本一冊）〔註105〕	
23	浙江海鹽	民國・張元濟（1867～1959）	涵芬樓原存善本書目	白石道人詩詞集（舊抄本）〔註106〕	同左
24	廣東新會	民國・梁啟超（1873～1929）藏、國立北平圖書館編	梁氏飲冰室藏書目錄	白石道人四種詩集二卷、附詩說一卷、歌曲四卷、別集一卷、詩詞評論一卷、續書譜一卷（清同治十年刻本，二冊）〔註107〕白石道人歌曲四卷、別集一卷（有正書局石印本）〔註108〕白石道人詞三卷、別集一卷（清光緒七年四印齋刻本。與李清照撰《漱玉詞》一卷、宋張炎撰《山中白雲詞》二卷、補錄二卷、元陸輔之撰《詞旨》二卷合刻）〔註109〕	同左
25	浙江上虞	民國・羅振常（1875～1942）遺著，周子美編訂	善本書所見錄	白石道人歌曲六卷，別集一卷〔註110〕（屬樊榭手抄）	無

京大學圖書館鉛印本）冊21，卷中四，集部，頁204～206。

〔註104〕顧廷龍編：《章氏四當齋藏書目》卷中四，集部，頁206。

〔註105〕顧廷龍編：《章氏四當齋藏書目》卷下四，集部，頁369。

〔註106〕張元濟：《涵芬樓原存善本書目》，附錄在張元濟《涵芬樓爐餘錄》之後，收錄在韋力編：《古書題跋叢刊》（北京：學苑出版社，2009年）冊26，頁220。

〔註107〕梁啟超藏、國立北平圖書館編：《梁氏飲冰室藏書目錄》集部，收錄在《中國著名藏書家書目匯刊・近代卷》（北京：商務印書館，2005年民國二十二年（1933）國立北平圖書館鉛印本）冊29，頁336。

〔註108〕梁啟超藏、國立北平圖書館編：《梁氏飲冰室藏書目錄》集部，頁461。

〔註109〕梁啟超藏、國立北平圖書館編：《梁氏飲冰室藏書目錄》集部，頁461。

〔註110〕羅振常：《善本書所見錄》，收錄於嚴靈峯編輯：《書目類編》（臺北：成文出版社有限公司，1978年，據民國四十七年排印本影印）冊79，頁35735。

26	福建長樂	民國‧鄭振鐸（1898～1985）	西諦書目	白石道人詩集二集，歌曲四卷，別集一卷，清刊本，四冊。 評論一卷，集事一卷，補遺二卷（清乾隆三十四年刊本，四冊） 《白石道人詩集》二卷，歌曲四卷，歌曲別集一卷（清刊本，四冊） 白石道人詩集二集，歌曲四卷，別集一卷（清鮑氏知不足齋刊本，二冊）〔註111〕	白石道人詩集二集。（同左）
27	江蘇梁溪	嚴懋功編（1921年鉛印）	大公圖書館藏書目錄	白石詩詞集二卷，一冊（雍正丁未刊本）〔註112〕	白石道人詩集並附錄十五卷二冊（光緒甲申娛園刊本）〔註113〕
28	安徽婺源	民國‧王文進撰（1942年跋）	文祿堂訪書記	白石詞選一卷（附錄在《宋金元六十九家詞》明抄本藍格附花間集不全）〔註114〕	無
29	江蘇揚州	民國‧秦更年撰（1885～1956）	嬰闇題跋	白石道人詩詞集跋：白石道人詩一卷，歌曲六卷，別集一卷，王茨簷據厲樊榭手抄者。 白石道人詩集二卷、集外詩一卷、歌曲四卷、歌曲別集一卷，高郵宣氏刊本。〔註115〕	同左
30	浙江吳興	劉承幹（1882～1963）	嘉業藏書樓書目	白石道人歌曲四卷別集一卷（精刊鄭叔問批校本二冊）〔註116〕	白石詩集一卷詞集一卷（雍正丁未歡洪正治仿宋

〔註111〕國家圖書館古籍館編：《西諦藏書善本圖錄》（附西諦書目）（北京：中華書局，2008年）卷三集部上，頁79。

〔註112〕嚴懋功編：《大公圖書館藏書目錄》，收錄在《明清以來公藏書目彙刊》（北京：北京圖書館出版社，2008年）冊43，卷5集部別集類，頁538。

〔註113〕嚴懋功編：《大公圖書館藏書目錄》卷5集部別集類，頁538。

〔註114〕王文進：《文祿堂訪書記》（臺北：廣文書局有限公司，1967年民國三十一年印本）卷五，頁529。

〔註115〕秦更年：《嬰闇題跋》，收錄在《古書題跋叢刊》（北京：學苑出版社，2009年）冊30，卷2，頁445。

〔註116〕劉承幹：《嘉業藏書樓書目》，收錄在《中國著名藏書家書目匯刊‧

					刊本一冊） 白石道人詩集二卷附錄一卷詩說一卷歌曲四卷別集一卷（同上乾隆癸亥江都陸氏精刊本四冊） 白石道人詩集二卷（同上乾隆隨月讀書樓刊鄭叔問批校本二冊） 姜堯章先生集十卷（同上道光癸卯華亭姜氏祠堂本二冊，莫郘亭舊藏並校） 〔註117〕

附註：

1. 本表格原則上以收錄姜夔詞之書目為主。
2. 部分雖是民國出版書目，可反映清朝藏書情況，亦列入參考。
3. 排列方式為公藏書在前，私藏書在後，再據藏者生平先後為次。
4. 在類別表格上：分公藏書與私藏書，公藏書不寫籍貫，私藏書著明藏主籍貫。
5. 姜夔詩詞或見合集，在表格分類上，難據以區分為詩或詞，故需參看詩詞兩類，原則以詞之分類為優先；凡收錄姜夔詞者先列入詞類。
6. 另外有些藏主雖未親自度藏姜夔詞，然所藏善本珍籍內，卻有姜夔詞之書目記載，如：明《汲古閣校刻書目》姜夔詞附錄於《宋名家詞》下。清公藏書目《清朝續文獻通考》姜夔詞附錄於《彊邨叢書》、《榆園叢刻》之下。清・彭元端《知聖道齋書目》姜夔詞附錄於《宋名家詞》、《南詞》之書目下。清・王文進《文祿堂訪書記》姜夔詞附錄於所收《宋金元六十九家詞》之書目下，在表格中亦著明。

　　從歷代書目中記載（詞選不列入）可知姜夔詞之卷數，依出現順序排列，有五卷、十卷、一卷、四卷、三卷、六卷多種：

　　五卷本凡四：

　　宋・陳振孫《直齋書錄解題》

近代卷》（北京：商務印書館，2005 年，民國抄本，復旦大學圖書館藏）冊 34，頁 77。

〔註117〕劉承幹：《嘉業藏書樓書目》，收錄在《中國著名藏書家書目匯刊・近代卷》（北京：商務印書館，2005 年，民國抄本，復旦大學圖書館藏）冊 34，頁 179。

元・馬端臨《文獻通考・經籍考》

清・劉錦藻《清朝續文獻通考》(《榆園叢刻》)

清・黃虞稷《千頃堂書目》

案:宋、元、清皆有五卷本記載,然數量僅一至二本。五卷本與他家一卷、四卷或六卷不同,除於宋、元出現外,清代僅兩書目記載《白石詞》五卷,不見他本書目記載。

十卷本凡二:

元・脫脫《宋史・藝文志》:「《白石叢稿》十卷」

民國・顧廷龍編、章鈺捐《章氏四當齋藏書目》:「《姜堯章先生集》十卷」

案:所謂十卷,應包含詩、詞、詩說等有關白石作品之合集,故其標題不稱《白石詞》,而曰《白石叢稿》或《姜堯章先生集》。《宋史・藝文志》載:「《白石叢稿》十卷」,陳思年譜即云:「大樂議一卷、琴瑟考古圖一卷,直齋書錄所載之詩三卷、詞五卷,都為十卷。」〔註118〕《章氏四當齋藏書目》:「《姜堯章先生集》十卷」乃清道光二十三年華亭裔孫熙刊本二冊,有潘鍾瑞校。

一卷本凡十四:

明・楊士奇《文淵閣書目》

明・孫能傳、張萱等撰《內閣藏書目錄》

明・楊士奇、清・傅維麟《明書經籍志》

明・葉盛《菉竹堂書目》

清・《續通志・藝文略》

清・紀昀《四庫全書總目》(安徽巡撫採進本、江蘇巡撫採進本)

清・錢曾《也是園藏書目》

清・徐樹生《古越藏書樓書目》

清・錢曾《述古堂藏書目》

〔註118〕陳思:《白石道人年譜》(臺北:藝文印書館,1971年,《遼海叢書》冊25),頁84。

清‧陸漻《佳趣堂書目》（曹秋嶽選定）

清‧丁丙《善本書室藏書志》（明抄本）

清‧陸心源《皕宋樓藏書志》（毛斧季手校本，依花菴付梓）

清‧沈德壽《抱經樓藏書志》

清‧陳徵芝藏、孫樹杓撰《帶經堂書目》

清‧葉德輝《觀古堂藏書目》

民國‧王文進《文祿堂訪書記》

　　案：明代有四本書目記載，清代有十本書目記載，數量非常多。明代書目所記載之姜夔詞，除未著明卷數之《秘閣書目》、《趙定宇書目》外，所見均屬一卷本。清代亦繼承明代，所見多一卷本，即依宋‧黃昇付梓之版本。

　　四卷本凡十二：

清‧《續通志‧藝文略》

清‧紀昀《四庫全書總目》（監察禦史許寶善家藏本）

清‧倪燦撰，盧文弨編《宋史藝文志補》

清‧莫友芝《邵亭知見傳本書目》

清‧徐樹蘭《古越藏書樓書目》

清‧丁丙藏、丁仁編《八千卷樓書目》

民國‧鄭振鐸《西諦書目》（清鮑氏知不足齋刊本）

民國‧章鈺《章氏四當齋藏書目》

民國‧吳引孫《揚州吳氏測海樓藏書目錄》（同治年廣州菊坡精舍本）

民國‧葉德輝《郋園讀書志》（乾隆癸亥鮑氏知不足齋校刻江都陸鍾輝本）

民國‧梁啟超《梁氏飲冰室藏書目錄》（清同治十年刻本、有正書局石印本）

民國‧秦更年《嬰闇題跋》

民國‧劉承幹《嘉業藏書樓書目》

案：明代未見書目記載，清代則見六本書目記載。民國有七本書目記載，雖屬於民國，亦可反映清代記載四卷本之數量較多。清代姜夔詞除一卷本外，書目記載最多者即四卷本；四卷本主要從清乾隆八年陸鍾輝刻本而來，將原本第二、六卷併入第四卷，題為《白石道人歌曲》四卷《別集》一卷。

三卷本凡二：

民國・葉德輝《觀古堂藏書目》（桂林王鵬運刊本汪氏振綺堂重刊汲古閣一卷本）

民國・梁啟超《梁氏飲冰室藏書目錄》（清光緒七年四印齋刻本，與宋・李清照撰《漱玉詞》一卷、宋・張炎撰《山中白雲詞》二卷、《補錄》二卷、元・陸輔之《詞旨》二卷合刻）

六卷本凡四：

清・劉錦藻《清朝續文獻通考》（《彊邨叢書》）

民國・葉德輝《郋園讀書志》（乾隆己巳張奕樞刻本）

民國・羅振常遺著，周子美編訂《善本書所見錄》（厲樊榭手抄）

民國・秦更年《嬰闇題跋》（王荍簹據厲樊榭手抄者）

案：清朝之後始見六卷本，多為厲樊榭（鶚）手抄本、張奕樞刻本、江炳炎傳抄；陳方恪得江本於吳門，以貽朱孝臧（祖謀）之《彊村叢書》本。

未著明卷數者凡四：

明・錢溥《秘閣書目》

明・趙用賢《趙定宇書目》

清・彭元瑞《知聖道齋書目》

清・趙宗建《舊山樓書目》

案：此類書目記錄較為簡略，故無法知其卷數版本。

以下再將明清私家藏書藏主籍貫作一整理，以見散佈姜夔詞之地域概況：

表格 5：明清私家藏書藏主籍貫：藏有姜夔詞之統計表格

明

藏主籍貫	江蘇昆山	江蘇常熟	江蘇昭文	上海華亭
書名	《菉竹堂書目》	《趙定宇書目》	《汲古閣校刻書目》	《秘閣書目》

清（含部分民國）

藏主籍貫	書　名			籍　貫	書　名
江蘇江寧	《千頃堂書目》			江蘇梁溪	《大公圖書館藏書目錄》
江蘇常熟	《也是園藏書目》	《述古堂藏書目》	《舊山樓書目》	湖南湘潭	《郋園讀書志》
江蘇吳縣	《佳趣堂書目》			貴州獨山	《邵亭知見傳本書目》
江蘇儀征	《揚州吳氏測海樓藏書目錄》			安徽婺源	《文祿堂訪書記》
江蘇長洲	《章氏四當齋藏書目》			浙江上虞	《善本書所見錄》
江蘇揚州	《嬰闇題跋》			廣東新會	《梁氏飲冰室藏書目錄》
浙江錢塘	《善本書室藏書志》	《八千卷樓書目》		江西南昌	《知聖道齋書目》
浙江吳興	《皕宋樓藏書志》			江西德化	《木樨軒藏書題記及書錄》〔註119〕
浙江邵興	《古越藏書樓書目》			福建長樂	《西諦書目》
浙江慈谿	《抱經樓藏書志》			福建	《帶經堂書目》

　　統計明清私家藏書，藏有姜夔詞之藏主籍貫，明代以江蘇地區最多。清代亦以江蘇最多、浙江地區其次。

〔註119〕《木樨軒藏書題記及書錄》只錄有白石詩：《白石道人詩集二卷》，未有詞。

小結

　　姜夔詞版本最繁盛時期，為清代乾隆時期，刻抄者大多為江蘇、浙江人。收錄姜夔詞之藏書家，亦是清代最多，地域分布上，一樣多屬江蘇、浙江地區。

　　歷代書目著錄姜夔詞之概況為：

　　自宋・陳振孫《直齋書錄解題》至元・馬端臨《文獻通考・經籍考》均記載《白石詞》五卷，明代則只記載一冊，直至清代才出現一卷、四卷、六卷本。

　　從明代書目中記載可知，僅有《白石道人歌曲》一冊或一本，並無六卷、四卷等分別，《秘閣書目》之書目甚乃見《姜白石詞》之名，未見卷冊等詳細內容。

　　清代書目中記載最多者乃一卷本（有十本書目記載）、與四卷本（有七本書目記載），可知清代以此兩版本流傳最廣。清代一卷本主要係依據明代一卷本系統而來，亦即選本記載之姜夔詞；四卷本主要乃因清乾隆八年陸鍾輝刻，將原本第二、六卷併入第四卷，之後始廣為流行。其他尚有六卷本，係原來未被合併之版本，多為厲鶚手抄本、張奕樞刻本而來。另有流傳較少的五卷本、三卷本。清代書目記載姜夔詞卷數種類繁多，且同一本書目中，又有多本姜夔詞版本，姜夔詞繁盛情況已超過明代。

　　可見姜夔詞在明清兩代流傳方式不同，明代傳播姜夔詞之方式，未如清代多樣。從明代毛晉之例可知一二，毛晉、毛扆之《汲古閣毛氏藏書目錄》、《汲古閣珍藏祕本書目》、《汲古閣校刻書目》，三本均未收錄姜夔詞刻本，然而觀毛晉所刻《宋六十名家詞》，卻選錄姜夔詞三十四闋，其來源乃參酌宋・黃昇《花庵詞選》使然，因此可知明代姜夔詞之流傳，主要仍藉單一選本進行流傳，並無其他刻本出現。

　　清初發現宋代錢希武刻本系統後〔註120〕，加上浙西詞派編選

〔註120〕夏承燾校輯：〈白石集版本小記〉，《白石詩詞集》（臺北：華正書局，1974年），頁188。

《詞綜》，推尊姜夔詞之推波助瀾，選本與刻抄本如火如荼，交雜地延續姜詞之生命力。清初康熙十七年（1678）朱彝尊《詞綜發凡》說：「惜乎《樂府》五卷，今僅存二十餘闋也。」直至同治十三年（1874）陳廷焯《詞壇叢話》又載：「白石詞中之仙也。惜其《樂府》五卷，今僅存二十餘闋，自國初已然，今更無論矣。當於各書肆中，以及窮鄉僻壤遍訪之。」〔註121〕屈興國於下注曰：「《雲韶集》除全錄《詞綜》23 闋外，又增入〈鬲溪梅令〉一闋，共 24 闋。《全宋詞》今錄白石詞87 闋。」〔註122〕可知同治時期之陳廷焯《雲韶集》中，是在《詞綜》23 闋基礎上，多加 1 闋，收入姜夔 24 闋詞。由此可證，清初姜夔詞在浙西詞派《詞綜》之推廣下，幫助散播流傳至晚清之功勞，也可知清初姜夔詞在浙西詞派倡導下，曝光率因此提高，以致姜詞版本數量增多。再加上乾隆下令在揚洲、鎮江、杭州三地建文匯、文宗、文瀾三閣儲藏《四庫全書》，廣徵天下圖書，刺激了私家藏書之發展，也不無影響了姜詞版本出現多量化結果。

〔註121〕〔清〕陳廷焯著、屈興國校注：《白雨齋詞話足本校注》（濟南：齊魯書社，1983 年），頁 821。
〔註122〕〔清〕陳廷焯著、屈興國校注：《白雨齋詞話足本校注》，頁 821。

第三章　建構典範接受之鏈：
　　　　選本接受（上）

　　選者在取捨過程中，依據某種標準，排列出作家作品，展示出自己選擇之觀點，每一本選本，是歷代讀者所透射出來之美學標準。姚斯（Hans Robortjauss，1920～）說：

> 第一個讀者的理解將在一代又一代的接受之鏈上被充實和豐富，一部作品的歷史意義就是在這過程中得到確定，它的審美價值也是在這過程中得以證實。〔註1〕

不同排列與取捨，反映了讀者接受創作者之態度，在接受之鏈上繼續充實和豐富先前理解。周慶華《文學理論》說：

> 接受可以有「去取」和「汰換」對象一類的價值選擇，以至它又有自成一個理論範域的本錢。〔註2〕

接受包含選擇、淘汰、忘記、丟失、重新發現，「選本」正是操選政者之接受成果。鄒雲湖《中國選本批評》也說：

> 選本，顧名思義就是經過選擇的（或被選擇過的）文本。從

〔註1〕〔聯邦德國〕H. R. 姚斯、〔美〕R. C. 霍拉勃著，周寧、金元浦譯：
　　　　《文學史作為向文學理論的挑戰》，《接受美學與接受理論》（瀋陽：
　　　　遼寧人民出版社，1987年），頁25。
〔註2〕周慶華：《文學理論》（臺北：五南圖書出版股份有限公司，2004年），
　　　　第六章〈文學的接受流程理論〉，頁240。

文學角度而言，選本是指選者按照一定的選擇意圖和選擇
標準，在一定範圍內的作品中選擇相應的作品編排而成的
作品集。因此，選本的界定必須具備目的性（有一定的選
擇意圖和標準）、限定性（在一定範圍內的作品中）、選擇性
（根據一定的選擇意圖和標準進行選擇）、群體性（最後以
作品集的形式出現）。〔註3〕

選本並不單純只是展示，傳播者藉著選本，顯揚滲透關於身體／權力
欲求之計謀，張揚某種價值判斷。蕭鵬在《群體的選擇——唐宋人詞
選與詞人群通論》說：

一般說來，任何詞選或多或少都帶有編選者自己的主觀意
志和個性色彩，它們在客觀紀錄和傳播作品的同時，通過
對不同詞人，不同詞作的取捨和排列，對作品的不同理解
和發揮，摻入編選者自己的審美理想，從而使這些詞作「再
生」。〔註4〕

李冬紅《花間集接受史論稿》在論接受史時論及：

選本是一種成熟的文學批評形式，即可以通過選本曲折地
表現選家的倫理道德觀念和人生價值取向，又可以通過選
本含蓄地表達選家的文學主張和審美追求，還可以通過選
本為後代文學提供創作典型示範而昭示文學不同的發展方
向。〔註5〕

選本的意義，並不僅僅是一種單純的傳播普及，而是一種
選擇、揄揚和評價。選錄哪些詩人，每位詩人各選多少，體
現出選注者的價值判斷和歷史評判。〔註6〕

選本不只顯現選者之批判價值，事實上也反映當時讀者之需要。

「文學經典」一般是指由優秀作家創作、得到學術界認可、並能

〔註3〕鄒雲湖：《中國選本批評》（上海：上海三聯書店，2002年6月），〈導
　　　言：選本——一種批評〉，頁1。
〔註4〕蕭鵬：《群體的選擇——唐宋人詞選與詞人群通論》（南京：鳳凰出版
　　　社，2009年4月），頁7。
〔註5〕李冬紅：《花間集接受史論稿》（濟南：齊魯書社，2006年），頁54。
〔註6〕李冬紅：《花間集接受史論稿》，頁54。

夠構成某種文學傳統之精品。〔註7〕金莉〈經典修正〉說：

> 評論家霍華德・費爾普林（Howard Felperin）指出：「建構
> 經典書目的必要性不是來自我們閱讀適合的文本的重要
> 性，而是來自我們閱讀同樣文本、或是有足夠的同樣文本的
> 需要，唯有如此才能使這個詮釋的群體的話語得以繼
> 續。」……文學作品的數量如此之多，需要某種篩選程序以
> 確定某些作家和作品比其他作家和作品更為重要。〔註8〕

群體之需要，是建構經典書目之必要性。判定經典書目，需回歸於當
時讀者。金莉又說：

> 經典化過程必然反映出某種意識形態、價值觀和社會走
> 向……在這個程序中某類作家和作品從一開始就比另外一
> 些人更具有入選的權利，無論他們是否擁有那些內在的價
> 值。〔註9〕

選本乃選者借古人之文章，寄寓自己之見解。「一個好的選本不僅能
為所選時代的文學創作保留其精華，而且透過選者的手眼，可以窺見
它被後人接受時的文化氛圍與審美心態，如果選家能附上有關資料及
評點，隨著歷史的延續，它的價值將愈益增大。」〔註10〕選本價值不
光在於能保存所選的資料，更主要的是，通過代表作的指認，能引導
人們去把握一時代的文學精神及基本走向。前人所謂「選詞所以存
詞，其即所以存經存史也夫。」（陳維崧《詞選序》）〔註11〕所以哪些
文學，是當時讀者所需要？反映出哪些意識形態、價值觀和社會走

〔註7〕 金莉：〈經典修正〉，收錄在趙一凡等主編：《西方文論關鍵詞》（北京：
　　　　外語教學與研究出版社，2006年（2007年9月重印）），頁294。
〔註8〕 金莉：〈經典修正〉，收錄在趙一凡等主編：《西方文論關鍵詞》，頁
　　　　294。
〔註9〕 金莉：〈經典修正〉，收錄在趙一凡等主編：《西方文論關鍵詞》，頁
　　　　295。
〔註10〕蔣哲倫：〈花庵詞選・導讀〉，收錄在〔宋〕黃昇選編、蔣哲倫導讀、
　　　　云山輯評：《花庵詞選》（上海：上海古籍出版社，2007年9月），
　　　　頁1。
〔註11〕蔣哲倫：〈花庵詞選・導讀〉，收錄在〔宋〕黃昇選編、蔣哲倫導讀、
　　　　云山輯評：《花庵詞選》，頁3。

向？選本正是提供我們觀察之門戶。

　　選本之選者、讀者與作者之關係，鄒雲湖《中國選本批評》說：「選本的批評機制由選者、讀者、作者三個要素構成，這三個要素以選本為紐帶構成一個環環相扣的『食物鏈』：首先選者通過選本向讀者傳達自己的批評信息，讀者通過閱讀選本接受這種信息，然後以此信息重新調整自己的判斷標準，對作家及其作品進行價值判斷，使其與選者的批評信息相符，達到選者對選本的期望值，選本的批評功能於是得以完成。」〔註12〕而如何得知選本所透露之批評信息，選本必須與評點、筆記、序跋、詞話共同檢視。選本與評點、筆記、序跋、詞話等，有互相補充效果，選本實踐理論，評點、筆記、序跋、詞話等在選本其中，作為理論指引，「選本的批點和評注部分則是作為批評家的選者與為選本提供作品的作者和閱讀選本的讀者直接對話、交流的層面。」〔註13〕在探討選本選取標準時，與其中之評點、筆記、序跋、詞話等論點分不開。因此這三個部分〔註14〕：選本的序跋部分、選本的入選作品部分、選本的批注和評點部分，是透視選者批評訊息之地方。

　　詞選的類型按照王兆鵬《詞學史料學》〔註15〕指出：

　　一、按入選作者的朝代劃分，可分斷代詞選、跨代詞選、通代詞選。

　　斷代詞選，是專選一個時代的詞作；跨代詞選，是合選兩個或三個時代的詞作；通代詞選，是匯選唐宋以來各代的詞作。

　　二、按入選的範圍劃分，則有專題詞選、郡邑詞選、氏族詞選等。

　　三、按編排的方式劃分，又有分詞人本、分調本、分類本。以人編次，即把同一詞人的作品編排在一起；其次是以調編次，即把不同

〔註12〕鄒雲湖：《中國選本批評》，頁6。

〔註13〕鄒雲湖：《中國選本批評》，頁10。

〔註14〕鄒雲湖：《中國選本批評》，頁310。

〔註15〕王兆鵬：《詞學史料學》（北京：中華書局，2004年），頁295～296。

作者而同一詞調的作品編排在一起；再次是以類編次，即把同一題材
或主題的作品編排在一起。

　　四、詞選的規模，有入選千首作品以上的大型選本、入選數百首
作品的中型選本、入選百首以下的微型選本。

　　以下按照時代分類，了解宋、元、明、清詞選之選者選錄姜夔詞
之批評訊息，以及讀者閱讀姜夔詞之期望值。因選本資料頗多，故分
為上下兩章論選本中之姜夔詞，上章主要是論宋、元、明詞選，下章
主要是論清詞選以及歷代詞譜。

第一節　宋元詞選中之姜夔詞

一、宋代詞選汰選姜夔詞情形

　　宋代詞選集中，有詞選成書時代早於姜夔，如：《雲瑤集》成書
年代，尚無確考，據任二北考證，其鈔寫年代最遲不會晚於五代後梁
龍德二年（922）。[註16]《花間集》五代·趙崇祚輯，於後蜀廣政三
年（940）編成。[註17]《尊前集》佚名編，錄唐五代詞，此書當成於
北宋。[註18] 南宋詞選之《梅苑》為詠梅之專題詞選，為宋·黃大輿
於建炎三年己酉（1129）編成[註19]。《樂府雅詞》有曾慥自序，編於
南宋高宗紹興十六年丙寅（1146）。據夏承燾所作姜夔繫年考[註20]，
姜夔生卒年為西元 1155 年～1221 年，故早於姜夔之《雲瑤集》、《花

[註16] 任二北：《敦煌曲初探》（上海：上海文藝聯合出版社，1954 年），第
　　　　五章《雜考與臆說·時代》，頁 226。

[註17] 〔五代〕趙崇祚：《花間集》（北京：古籍刊行社，1955 年影印紹興
　　　　十八年晁謙之刻本）序作於廣政三年。

[註18] 集中所藏李煜詞，題曰李工祠。因李煜至北宋人平興國三年（978）
　　　　七月去世才被追封為吳王。是此書當成於北宋。見王兆鵬：《詞學史
　　　　料學》（北京：中華書局，2004 年），頁 308。

[註19] 蕭鵬：《群體的選擇——唐宋人選詞與詞選通論》（臺北：文津出版
　　　　社，1992 年），頁 107～111。

[註20] 夏承燾：《姜白石詞編年箋校》（上海：上海古籍出版社，1998 年 12
　　　　月），頁 299～320。

間集》、《尊前集》、《梅苑》、《樂府雅詞》皆未選錄姜詞。因此本文只
對南宋詞選《草堂詩餘》、《花庵詞選》、《陽春白雪》、《絕妙好詞》四
種詞選進行分析。以下表格為宋代詞選基本資料：

表格 6：宋代詞選收錄姜詞資料表

序號	成書時間	詞選名稱	編選者	籍貫	排列方式	選詞數量	詞選規模	選域範圍	姜夔詞數量	姜夔名次
1	南宋慶元年間（1195～1200）	增修箋注妙選群英草堂詩餘〔註21〕	南宋書坊原編	不知	按類編排	375	中型	晚唐、五代、北宋、南宋	0	未選
2	晚於中興以來絕妙詞選	唐宋諸賢絕妙詞選〔註22〕	黃昇	福建建安	按詞人編排	515	中型	唐、五代、北宋	0	未選
3	宋淳祐九年已酉（1249）	中興以來絕妙詞選	黃昇	福建建安	按詞人編排	760	中型	南宋	34	4
4	理宗淳祐十年（1250）以後，至景定二年（1262）間	陽春白雪	趙聞禮	山東臨濮	欲按類編排，但混亂	671	中型	北宋、南宋	12	4
5	約編於元代至元代間後期	絕妙好詞	周密	濟南	按詞人編排	391	中型	南宋	13	3

（一）《草堂詩餘》：未錄姜夔詞

《草堂詩餘》原編已不復見，然而目前現存最早之版本為分類
本：《增修箋注妙選群英草堂詩餘》〔註23〕，類編專為應歌而設，取

〔註21〕〔宋〕書坊：《增修箋注妙選群英草堂詩餘》（臺北：國家圖書館藏，
元至正癸未（3年，1343年）盧陵泰宇書堂刊本）。

〔註22〕《唐宋諸賢絕妙詞選》十卷和《中興以來絕妙詞選》十卷，後人將兩
書合併，或因周密有《絕妙好詞》，取名《花庵詞選》，以示區別。

〔註23〕《增修箋注妙選群英草堂詩餘》目前最早之版本為一、元至正癸未
（三年，1343年）盧陵泰宇書堂刊本，僅存前集二卷，臺北：國家
圖書館藏。二、元至正辛卯（十一年，1351），雙璧陳氏刊本，存前

便歌者,如宋祥鳳、龍沐勛所主張〔註24〕,或者以示初學依類按題仿作之楷模讀本,如劉少雄所主張〔註25〕。

《增修箋注妙選群英草堂詩餘》,南宋書坊原編,宋何士信增修箋注,後間附詞話。分為前集二卷,後集二卷,是按春景、夏景、秋景、冬景、節序、天文、地理、人物、人事、飲饌器用、花禽十一大類分編,類選乃將同類主題作品並列一起,便於觀摩效法。據《四庫全書總目提要‧類編草堂詩餘》考證,該書至少在南宋慶元年間(1195～1200)已問世〔註26〕。何士信增修箋注,大致在南宋淳祐九

集二卷,後集二卷,臺北:國家圖書館藏。至明代,三、明洪武壬申(二十五年)遵正書堂刊本,吳昌綬輯《景刊宋元本詞》即據以影印,臺北:國家圖書館藏。四、明成化庚子(十六年)劉氏日新書堂刊本,臺北:國家圖書館藏。四、明嘉靖間安蕭荊聚春山所刻大字本,今四部叢刊本,即據上海涵芬樓借杭州葉氏所藏景印。據陶子珍研究,明代三種與辛卯本比較,除詞作多寡稍異外,其體制內容大致相同,見陶子珍:《明代詞選研究》(臺北:秀威資訊科技,2003 年),頁 55。本文在此乃以元至正辛卯為主。

〔註24〕以《草堂詩餘》為類編歌本者,為〔清〕宋祥鳳《樂府餘論》云:「《草堂》一集,蓋以徵歌而設,故別題春景、夏景等名,即隨時即景應歌以娛客,題吉席、慶壽,更是此意。其中詞語間與本集不同,其不同者恆平俗,亦以便歌,以文人觀之,適當一笑,而當時歌伎則必須此也。」見唐圭璋編:《詞話叢編》冊 4,頁 2470。龍沐勛在〈選詞標準論〉一文中,根據大晟府詞人「按月律進詞」之例,以為詞的曲情和詞情必然與節物相應,則凡宋代詞集是以時令物色分題,就是為了便於應歌。見龍沐勛編:《詞學季刊》(臺北:學生書局,1967 年)第一卷,第二號,頁 4～7。

〔註25〕劉少雄〈草堂詩餘的板本、性質和影響〉中以一、就「詩餘」這書名而言,以為與樂歌關係並不密切。二、就當時實際唱歌情況言,《草堂詩餘》大量選入無法譜唱的名家作品,而非「教仿樂工及閭井做賺人所作」為主。三、就體例言,依類編次,通常為了方便讀者緣體檢索取用、模仿學習的。因此認為《草堂詩餘》並非歌本,而是一部「以示初學者之楷模」的讀本。見劉少雄:〈草堂詩餘的板本、性質和影響〉,《中國文學研究》(1991 年 5 月)第五期,頁 7～11。

〔註26〕《四庫全書總目提要‧類編草堂詩餘》:「舊傳南宋人所編,考王楙野客叢書作於慶元間,已引《草堂詩餘》張仲宗〈滿江紅〉證粉蝶蜂黃之語。則此書在慶元以前矣。」見〔清〕永瑢等撰:《四庫全書總目提要‧類編草堂詩餘》(北京:中華書局,1965 年 6 月),頁 1824。

年（1249）至寶祐、景定（1253～1264）年間〔註27〕。

　　《草堂詩餘》之選域，為晚唐至金代，本文使用版本為元至正辛卯（十一年，1351），雙璧陳氏刊本，存前集二卷，後集二卷，臺北：國家圖書館藏。此本選錄詞家 116 人，375 闋詞，茲將選錄 10 首以上之詞家列表如下（詞人以時代歸類，並按總詞數之多寡排列）〔註28〕：

時　代	詞　人	詞　作	總　計
北宋	周邦彥	51	123
	蘇軾	25	
	秦觀	20	
	柳永	16	
	歐陽脩	11	
南宋	康與之	10	20
	辛棄疾	10	
	姜夔	0	

由上表統計，可知全書選錄在十闋以上之詞家，以北宋詞為主，尤其是周邦彥之作，佔了 51 首為全書之冠，秦觀、柳永、歐陽脩亦屬清婉秀麗、富艷精工之格調，蘇軾之〈水調歌頭·明月幾時有〉〈念奴嬌·憑高遠眺〉、辛棄疾〈醉江月·晚風吹雨〉之詞作亦見錄，但不比婉約詞作多。陶子珍歸納《草堂詩餘》之選詞標準〔註29〕，有二點：一、淺近通俗，順應風氣。二、孅麗婉約，柔情曼聲。

　　然《草堂詩餘》並未登錄姜夔詞，其因據朱彝尊（1629～1709）《詞綜·發凡》所云，可知其梗概：

　　　　填詞最雅，無過石帚，《草堂詩餘》不登其隻字，見胡浩
　　　　〈立春〉、〈吉席〉之作，蜜殊〈咏桂〉之章，亟收卷中，可

〔註27〕唐圭璋引用吳熊和考證箋注時間之研究，見上海古籍出版社編、唐圭璋等校點：《唐宋人選唐宋詞·增修箋注妙選群英草堂詩餘》（上海：上海古籍出版社，2004 年 10 月），頁 491。

〔註28〕參考陶子珍：《明代詞選研究》，頁 88。

〔註29〕陶子珍：《明代詞選研究》，頁 84。

謂無目者也。〔註30〕

《草堂詩餘》有眼無珠，此乃因姜夔雅詞不符《草堂詩餘》選擇宗旨。《草堂詩餘》所收作品，偏重於晚唐北宋詞人，在風格上獨好婉麗一體，且《草堂詩餘》乃是因或因徵歌需要而設，是作為燕賓娛客、應景選題之歌本，或擇淺近易解、流播最廣之詞作，供專研入學之讀本，所選乃當下最為「流行通俗」，以及「淺近易學」之詞，故寧棄曲高和寡、不易仿學之作，以期傳唱廣遠，浙西詞派之朱彝尊《詞綜·發凡》就說：

> 古詞選本，若《家宴集》……皆軼不傳，獨《草堂詩餘》所
> 收最下最傳。〔註31〕

吳昌綬論《草堂詩餘》說：

> 惟其出坊肆人手，故命名不倫。所采亦多蕪雜，取便時俗，
> 流傳寖廣。〔註32〕

《草堂詩餘》為「取便時俗」、「所收最下」，然姜詞為「以清虛為體，而時有陰冷處，格調最高。」〔註33〕、「祖騷人之遺，盡洗穢豔，而清空婉約之旨深。」〔註34〕，格調高冷，盡洗穢艷，又自創曲調〔註35〕，

〔註30〕〔清〕朱彝尊、汪森編：《詞綜·發凡》（上海：上海古籍出版社，2008年3月重印2005年11月），頁14。

〔註31〕〔清〕朱彝尊、汪森編：《詞綜·發凡》，頁11。

〔註32〕吳昌綬《草堂詩餘跋》說：「惟其出坊肆人手，故命名不倫。所采亦多蕪雜，取便時俗，流傳寖廣。」見吳昌綬、陶湘輯：《景刊宋金元明本詞·草堂詩餘跋》（上海：上海古籍出版社，1989年9月），頁456。

〔註33〕〔清〕陳廷焯：《白雨齋詞話》，唐圭璋《詞話叢編》（臺北：新文豐出版公司，1988年2月）冊4，頁3797。

〔註34〕〔清〕江順詒：《詞學集成》卷一，見唐圭璋：《詞話叢編》冊4，頁3273。

〔註35〕白石道人歌曲卷四，載有白製曲13首，陶宗儀鈔本目錄卷五、六也有標注自度曲，共13首。張奕樞、陸鍾煇兩刊本及江炳炎鈔本（即朱孝臧彊村叢書底本）皆出於陶鈔，見夏承燾：《姜白石詞編年箋校》（上海：上海古籍出版社，1998年），頁9～10。黃兆漢以為據現存白石詞之自度曲是從17首有旁譜詞中，刪除5首，共得12首：〈揚州慢〉、〈鬲溪梅令〉、〈杏花天影〉、〈長亭怨慢〉、〈淡黃柳〉、〈石湖仙〉、〈暗香〉、〈疏影〉、〈惜紅衣〉、〈角招〉、〈秋宵吟〉、〈翠樓吟〉皆存白

曲調與大眾不同，不利傳唱，不符時俗入門學習之楷模，故《草堂詩餘》不納姜夔雅詞。

另外清·宋翔鳳（1779～1860）《樂府餘論》又云：

> 《草堂詩餘》，宋無名氏所選，其人當與姜堯章同時。堯章自度腔，無一登入者。其時姜名未盛。以後如吳夢窗、張叔夏，俱奉姜為圭臬，則《草堂》之選，在夢窗之前矣。〔註36〕

宋翔鳳推論《草堂詩餘》選者概與姜夔同時，姜夔詞選於當時流傳未廣，因此編者未能收錄。前文提到《四庫全書總目提要》考定《草堂詩餘》編定於南宋寧宗慶元（1195～1200）以前〔註37〕，陶子珍也推斷《草堂詩餘》之編選，約當在南宋孝宗（1163）與光宗（1191）時，至遲亦在寧宗慶元（1195）以前。〔註38〕一般推斷姜夔生卒年為西元1155～1221年，故在姜夔四五十歲之前，《草堂詩餘》就已編成，因此宋翔鳳推論未及選錄姜詞。

石自注工尺旁譜，其餘所刪 5 首：〈醉吟商小品〉、〈霓裳中序第一〉是白石從當時樂工演奏曲子或商調截取出來，〈玉梅令〉為范成大自製，〈徵招〉是因北宋大晟府的舊曲音節駁雜，故白石用正宮〈齊天樂〉足成新曲的；〈惜涼犯〉是白石取各宮調之律合成一首宮調相犯的曲子。如果〈徵招〉和〈惜涼犯〉二曲也算白石自製曲的話，那麼白石就共有自製曲和自度曲 14 首。見黃兆漢，《姜白石詞詳注》（臺北：臺灣學生書局，1998 年），頁 1～2。〈揚州慢〉為陶抄本所標自度曲，而未有旁譜，〈杏花天影〉〈鬲溪梅令〉有旁譜，卻未被陶抄本標為自度曲。今自度曲部分，仍依錢希武刻本、陶宗儀鈔本等所標 13 首自度曲為主。

〔註36〕〔清〕宋翔鳳：《樂府餘論》，見唐圭璋編：《詞話叢編》（臺北：新文豐出版公司，1988 年 2 月），冊 3，頁 2500。

〔註37〕見〔清〕永瑢等撰：《四庫全書總目提要·類編草堂詩餘》（北京：中華書局，1965 年 6 月），頁 1824。

〔註38〕宋翔鳳推斷《草堂詩餘》編選時間在吳文英（夢窗）（1208～1224）之前，陶子珍根據其他資料推斷《草堂詩餘》之編選，約當在南宋孝宗（1163）與光宗（1191）時，至遲亦在寧宗慶元（1195）以前。見陶子珍：《明代詞選研究》（臺北：秀威資訊科技，2003 年），頁 48。王兆鵬以為：「其成書約在慶元元年（1195）以前，因慶元元年成書之王楙《野客叢書》卷二十四已引及《草堂詩餘》」見王兆鵬：《詞學史料學》，頁 312。

（二）《花庵詞選》：選錄姜夔詞三十四闋

《唐宋以來諸賢絕妙詞選》十卷、《中興以來絕妙詞選》十卷，後人合稱《花庵詞選》或《花庵絕妙詞選》，宋・黃昇編，「花庵」乃黃昇之齋居，《花庵詞選》有宋淳祐九年己酉（1249）黃昇自序，故書應成於此時。《唐宋以來諸賢絕妙詞選》收 134 家，凡 515 首詞；《中興以來絕妙詞選》收 88 家另附黃昇本人詞，凡 760 首，兩種共選唐五代至南宋後期詞人 223 家，詞 1277 首。《唐宋以來諸賢絕妙詞選》之資料多據前人詞選，如《花間集》、《樂府雅詞》、《復雅歌詞》〔註 39〕而來；而《中興以來絕妙詞選》則出自家藏別集，和搜集訪求。《中興以來絕妙詞選・黃昇序》云：「況中興以來，作者繼出，及乎近世，人各有詞，詞各有體，知之而未見，見之而未盡者，不勝算也。假日裒集，得數百家，名之曰《絕妙詞選》。佳詞豈能盡錄，亦嘗鼎一臠而已。」〔註 40〕又《中興以來絕妙詞選・跋》亦云：「玉林此編，亦姑據家藏文集之所有，朋游聞見之所傳。詞之妙者，固不止此。嗣有所得，當續刊之。」〔註 41〕可證之。

《花庵詞選》之選錄目的是：無美不收、以選為史。《中興以來

〔註 39〕〔宋〕黃昇〈花庵詞選序〉：「長短句始於唐，盛於宋。唐詞具載《花間集》，宋詞多見於曾端伯所編，而《復雅》一集又兼采唐宋，迄於宣和之季，凡四千三百餘首。吁，亦備矣！況中興以來，作者繼出，及乎近世，人各有詞，詞各有體，知之而未見，見之而未盡者不勝算也，假日裒集，得數百家，名之曰《絕妙詞選》。」自序中提及《花間集》、《樂府雅詞》、《復雅歌詞》為唐人五代詞、北宋詞、唐宋詞合編之總匯，亦顯示出黃昇選詞時所參考之書籍。引文見〔宋〕黃昇：《花庵詞選》（臺北：臺灣商務印書館，《景印文淵閣四庫全書》第1489 冊，1983 年），頁 306。

〔註 40〕〔宋〕黃昇編選：《中興以來絕妙詞選》（臺北：臺灣商務印書館，1967年，《四部叢刊集部》上海涵芬樓借無錫孫氏小淥天藏明翻宋本景印原書），頁 1。

〔註 41〕〔宋〕黃昇編選：《中興以來絕妙詞選》（臺北：臺灣商務印書館，1967年，《四部叢刊集部》上海涵芬樓借無錫孫氏小淥天藏明翻宋本景印原書），頁 114。書後有「萬曆二年七月既望，龍丘桐源舒氏伯明，新雕梁溪寓舍印行」。

絕妙詞選・胡德方序》曰：

> 玉林此選，博觀約取，發妙音於眾樂並奏之際，出至珍於萬
> 寶畢陳之中，使人得一編則可以盡見詞家之奇，厥功不亦茂
> 乎。〔註42〕

《花庵詞選》以盡見詞家之奇，各種作家面貌之匯展為目的。蕭鵬
說：「《花庵詞選》是一部意在存史的選本。它所要展示和反映的，不
是某一個作家群或某一種風格，某一種情趣，某一種體式。它是整個
歷史進程的實錄，是每一屆詞壇的各種層次、各路群體和各個作家的
完整面貌的全景紀錄和精品匯展。」〔註43〕《花庵詞選》是以人立
目，除卷九錄方外詞人，卷十錄女性詞人外，其他北宋詞人皆按年代
先後編選，南宋詞亦依此順序，詞人題名下，一般都系有小傳和總
評，具有珍貴史料價值。所選時代範圍涵括唐五代至南宋，比起《花
間》《尊前》只錄唐五代，《樂府雅詞》限於北宋、《絕妙好詞》僅及南
宋，還要廣泛。

　　統計《花庵詞選》中所選錄十五闋以上詞人之表格如下（詞人以
時代歸類，並按總詞數之多寡排列）：

時代（詞選名）	詞　人	詞　數	合　計
北宋（唐宋以來諸賢絕妙詞選）	蘇軾	31	82
	歐陽脩	18	
	周邦彥	17	
	秦觀	16	
南宋（中興以來絕妙詞選）	辛棄疾	42	421
	劉克莊	42	
	黃昇	38	

〔註42〕〔宋〕黃昇編選：《中興以來絕妙詞選》，收錄在上海古籍出版社編、
　　　　唐圭璋等主編：《唐宋人選唐宋詞》（上海：上海古籍出版社，2004年
　　　　10月），頁686。
〔註43〕蕭鵬：《群體的選擇──唐宋人詞選與詞人群通論》（南京：鳳凰出
　　　　版社，2009年4月），頁285。

姜夔	**34**	
嚴仁	30	
張孝祥	24	
盧祖皋	24	
康與之	23	
劉鎮	22	
張輯	21	
陸游	20	
高觀國	20	
劉仙倫	17	
史達祖	17	
吳禮之	16	
洪瑹	16	
張鎡	15	

據表格可知，整體而言，南宋收錄十五闋以上之詞人，詞作數與詞人數都多於北宋，符合他自序中所表露，試填補中以興以來這一段詞史之意圖。北宋以收蘇軾詞（31闋）最多，南宋收錄30闋以上者，以辛棄疾（42闋）、劉克莊（42闋）、黃昇（38闋）、姜夔（34闋）、嚴仁（30闋）最多，其中蘇軾詞「橫放傑出」〔註44〕、辛棄疾詞多豪放直發、劉克莊「史學猶精」〔註45〕，詞皆傾向豪放派，其餘如張孝祥、陸游諸人之豪放詞，在選集中佔有主流比重。另外，姜夔在數量上佔第四名，與姜夔相近之詞人，如張輯、盧祖皋、史達祖所佔數量亦多，〔清〕朱彝尊〈黑蝶齋詞序〉曾說：「詞莫善于姜夔，宗之者，張輯、盧祖皋、史達祖、吳文英、蔣捷、王沂孫、張炎、周密、陳允平、張

〔註44〕〔宋〕黃昇編選：《唐宋諸賢絕妙詞選》（臺北：臺灣商務印書館，1967年，《四部叢刊集部》上海涵芬樓借無錫孫氏小淥天藏明翻宋本景印原書），頁19。

〔註45〕〔宋〕黃昇編選：《中興以來絕妙詞選》（臺北：臺灣商務印書館，1967年，《四部叢刊集部》上海涵芬樓借無錫孫氏小淥天藏明翻宋本景印原書），頁76。

鬻、楊基，皆具夔之一體。基之後，得其門者寡矣。」〔註46〕本文再
統計《花庵詞選》收錄朱彝尊所提，這些「具夔一體」之宋詞人作品
狀況〔註47〕：

《花庵詞選》收錄詞風近姜夔者之統計表〔註48〕	
南宋詞人	作品數
姜夔	34
史達祖	17
盧祖皋	24
張輯	21
吳文英	9
張炎（1248～1320）	0
周密（1232～1298）	0
王沂孫（約1230～1291）	0
蔣捷（1245？～1301？）	0

〔註46〕見〔清〕沈岸登：《黑蝶齋詞》（臺北：新文豐出版公司，1989年，
《叢書集成續編》據橋李遺書排印），頁771。

〔註47〕《古今詞統》在「雜說」類，收有張炎之《樂府指迷》曰：「如秦少
游、高竹屋、姜白石、史邦卿、吳夢窗，格調不凡，句法挺異，俱能
特立清新之意，刪削靡曼之詞，自成一家。」見〔明〕卓人月、徐士
俊輯：《古今詞統》（上海：上海古籍出版社，2002年《續修四庫全
書》冊1728據上海圖書館藏明崇禎刻本影印），頁450。又〔清〕朱
彝尊〈黑蝶齋詞序〉曰：「詞莫善于姜夔，宗之者，張輯、盧祖皋、
史達祖、吳文英、蔣捷、王沂孫、張炎、周密、陳允平、張鬻、楊基，
皆具夔之一體。基之後，得其門者寡矣。」見〔清〕沈岸登：《黑蝶
齋詞》（臺北：新文豐出版公司，1989年，《叢書集成續編》據橋李
遺書排印），頁771。又劉少雄以為：「姜、史、吳、王諸家所為詞，
寫物述懷，兼字句音聲之美，使事用典，道委婉含蓄之情，極雅之能
事，亦盡人工之巧，向來論者不管是否欣賞這類作品的藝術技巧，皆
以為該派的特質之所在。」故以「南宋姜吳典雅詞派」命名該派。見
劉少雄：《南宋姜吳典雅詞派相關詞學論題之探討》（臺北：臺大出版
委員會出版，1995年），頁1。本文乃略取幾位，與白石風格相近之
南宋詞人，作為觀察對象，並統一簡稱為「雅詞派」。

〔註48〕詞人後加生卒年者，乃其生年與《花庵詞選》成書時間（宋淳祐九年
己酉，1249）相差較近者。

《花庵詞選》收有姜夔詞 34 闋，在全書中所佔數量為第四多，另外所收盧祖皋、張輯、史達祖作品數量，也各約有 20 幾闋，在 223 家詞人中也算是多了，而張炎、周密、王沂孫、蔣捷收錄數目為 0，乃因其生卒時代，晚於《花庵詞選》成書時間：宋淳祐九年己酉（1249），故無法收入。由此可知黃昇的確是對姜夔清空騷雅一派之重視，尤其黃昇《中興以來絕妙詞選》卷六對姜夔之介紹為：「姜堯章，名夔，號白石道人，中興詩家名流，詞極精妙，不減清真樂府，其間高處有美成所不能及，善吹簫，自製曲初則率意為長短句，然後協以音律。」〔註49〕把南宋姜夔與北宋周邦彥對舉評比，是很高的評比了。蔣哲倫說《花庵詞選》是「以豪放清雅為主流，多種風格並行發展的詞史結構」〔註50〕，顯現了南宋詞壇影響最大之作家，以辛棄疾與姜夔為代表兩種不同之風格流派。至於《花庵詞選》所選第四多之嚴仁，其詞多閨闈言情〔註51〕，黃昇注嚴仁曰：「詞集名《清江欸乃》，杜月渚為之序，其詞極能道閨闈之趣。」〔註52〕則體現了南宋婉約風格之存在。

　　黃昇除在詞選上，展示了姜夔對南宋詞壇之重要性，他自己也仿學姜夔，黃昇有《散花菴詞》自製詞四十首〔註53〕，其中有〈阮郎

〔註49〕〔宋〕黃昇編選：《中興以來絕妙詞選》（臺北：臺灣商務印書館，1967年，《四部叢刊集部》上海涵芬樓借無錫孫氏小淥天藏明翻宋本景印原書），頁 64。

〔註50〕〔宋〕黃昇編選；蔣哲倫導讀；雲山輯評：《花庵詞選》（上海：上海古籍出版社，2007 年 9 月），導讀，頁 5。

〔註51〕況周頤：「嚴次山詞……可謂工於言情。」見經莉編輯：《歷代詞人考略》（北京：全國圖書館文獻縮微複製中心，2003 年，原藏南京圖書館）卷三十七，頁 1538。

〔註52〕〔宋〕黃昇編選：《中興以來絕妙詞選》（臺北：臺灣商務印書館，1967年，《四部叢刊集部》上海涵芬樓借無錫孫氏小淥天藏明翻宋本景印原書），頁 58。

〔註53〕「昇所選絕妙詞，末附以己詞四十首，蓋用王逸編楚詞，徐陵編玉臺新詠，芮挺章編國秀集之例。此本全錄之，惟旁摭他書，增入三首耳。」記載黃昇有《散花菴詞》自製詞四十首，見〔清〕永瑢等撰：《四庫全書總目》（北京：中華書局，2008 年 11 月）卷一九九，集部，詞曲類二，頁 1821。然《文淵閣四庫全書‧花菴詞選續集》卷十所收

歸・傚姜堯章體〉:「粉香吹暖透單衣。金泥雙鳳飛。閒來花下立多
時。春風酒醒遲。桃葉曲，柳枝詞。芳心空自知。湘皋月冷佩聲微。
雁歸人不歸。」〔註54〕《四庫全書總目》評曰:「散花菴詞一卷……
其詞亦上逼少游，近摹白石。九功贈詩云:『晴空見冰柱』者，庶幾似
之。」〔註55〕黃昇作詞明言模仿姜夔體，學其體製神韻。且黃昇之人
格，《中興以來絕妙詞選・胡德方序》中曾曰:「閫學受齋游公（九功）
嘗稱其詩為晴空冰柱，閩帥秋房樓公聞其與魏菊莊（慶之）為友，併
以泉石清士目之。其人如此，其詞選可知矣。」〔註56〕胡德方從黃昇
之詞風、人格之特質，推論《花菴詞選》並非流俗，而具有清空高雅
本質。《四庫全書・花菴詞選提要》也評曰:「昇論詞最服膺姜夔，故
所錄多典雅清俊，非草堂詩餘專取俗體者可比。」〔註57〕黃昇因為服
膺姜夔，使得多人因此推論《花菴詞選》之格調不同於《草堂詩餘》，
可證姜夔影響之大。

　　黃昇服膺姜夔，還有一證，黃昇為魏慶之《詩人玉屑》所寫序，
論及詩法，曾引姜夔詩話，其文曰:

　　詩之有評，猶醫之有方也。評不精，何益於詩;方不靈，何
　　異於醫!然惟善醫者能審其方之靈，善詩者能識其評之精，
　　夫豈易言也哉!……方今海內詩人林立，是書既行，皆得靈
　　方，取寶囊玉屑之飯，瀹之以冰甌雪盌，薦之以菊英蘭露，

黃昇詞，只有三十八首。見《文淵閣四庫全書・花菴詞選續集》（台
北:台灣商務印書館，1983 年）第一四八九冊，頁 524～529。《全宋
詞》收錄黃昇詞三十九首，另有存目詞六首。見唐圭璋編:《全宋詞》
（北京:中華書局，1998 年 11 月）冊四，頁 2992～2999。

〔註54〕〔明〕毛晉:《宋六十名家詞》（上海:上海古籍出版社，1989 年 12
　　　　月），頁 375。
〔註55〕〔清〕永瑢等撰:《四庫全書總目》（北京:中華書局，2008 年 11 月）
　　　　卷一九九，集部，詞曲類二，頁 1821。
〔註56〕〔宋〕黃昇編選，鄧子勉效點:《中興以來絕妙詞選》，收錄在上海古
　　　　籍出版社編、唐圭璋等校點:《唐宋人選唐宋詞》（上海:上海古籍出
　　　　版社，2004 年 10 月），頁 686。
〔註57〕〔清〕紀昀等:〈花菴詞選提要〉（台北:台灣商務印書館，《景印文
　　　　淵閣四庫全書》第 1489 冊，1983 年），頁 306。

吾知其換骨而僊也必矣。姜白石云：不知詩病，何由能詩，

不觀詩法，何由知病？人非李杜，安能徑詣聖處！〔註58〕

《詩人玉屑》以輯錄體的形式，編錄了兩宋家家論詩的短札和談片，
也收錄姜夔詩說二十九條，魏慶之《詩人玉屑》編錄詩話，為詩人提
供了靈方良法。黃昇特別同意姜夔詩法，要知詩病、觀詩法，以醫病
關係，說明理論與創作關係。

　　黃昇對姜夔之重視，乃因南渡之後，「復雅」一時成為時代主旋
律，經過晚唐五代《花間集》、《尊前集》、《金奩集》，直至南宋慶元年
間之《草堂詩餘》，皆為應歌而設，取便歌者之流俗歌曲集。然而至文
人學士開始作詞，脫俗入雅之趨勢，便不可避免，南宋「崇雅」成為
風尚主流，《樂府雅詞》、《復雅歌詞》、《陽春白雪》、《絕妙好詞》等，
均以「雅」為標榜。《花庵詞選》以詞存史，對於北宋婉約一脈之保存
外，南宋豪放清雅風格之出現，亦如實呈現，姜夔之清空騷雅詞作，
在詞壇尚雅之推廣下，有相當數量得以保存下來。

（三）《陽春白雪》：選錄姜夔詞十二闋

　　《陽春白雪》八卷外集一卷本，趙聞禮編選宋時名人之詞，附以
己作。趙聞禮字立之，又號釣月，山東臨濮人（今山東臨濮），為南宋
後期理宗、度宗前後時期人。成書於理宗淳祐十年（1250）以後，至
景定二年（1262）間，晚於《花庵詞選》，早於《絕妙好詞》〔註59〕。
選詞範圍為北宋至南宋亡國前作品。

〔註58〕〔宋〕魏慶之：《詩人玉屑》（台北：九思出版有限公司，1978年11
　　　　月），頁2。

〔註59〕據上海古籍出版社編、唐圭璋等校點《唐宋人選唐宋詞》：「《陽春白
　　　　雪》的成書，據卷八丁默〈齊天樂〉『庚戌元夕遇趙立之』，知在理宗
　　　　淳祐十年（1250）以後，晚於《花庵詞選》，早於《絕妙好詞》。」見
　　　　〔宋〕趙聞禮輯：《陽春白雪》，上海古籍出版社編、唐圭璋等校點：
　　　　《唐宋人選唐宋詞》（上海：上海古籍出版社，2004年10月），頁
　　　　855。理宗淳祐十年（1250）為庚戌年。王兆鵬《詞學史料學》：「又
　　　　陳振孫《直齋書錄解題》卷二十一已著錄此書，而陳振孫卒於理宗景
　　　　定三年（1262），故《陽春白雪》成書最遲不會晚於景定三年。」見
　　　　王兆鵬：《詞學史料學》（北京：中華書局，2004年），頁324。

共選詞 671 闋，除 18 闋為無名氏外，共得 231 家。卷一至卷三多北宋詞，卷四以下多南宋詞。該選大體每卷先錄慢詞，後列小令〔註 60〕，然詞調與詞人常重出互見，不以人分，不以調列，以致混亂。謝章鋌《賭棋山莊詞話》卷十二：「若選本則周草窗《絕妙好詞》其最也。蓋在《花庵詞選》、《陽春白雪》諸書之上。《陽春白雪》尤蹖駁少條理。」〔註 61〕所說蹖駁少條理或指此。初讀似隨意摘選，誦讀再三之後，乃知作者欲將同題作品聚在一起，只是未標門類〔註 62〕。

詞選以《陽春白雪》為名，意在所選皆高雅精妙，取曲高寡和之意，非下里巴人之鄙俗篇章。清・陳匪石《聲執》卷下曰：

> 趙氏所錄各詞，頗有南宋人未見他本之作。且皆妍雅深厚，
> 與周密《絕妙好詞》相近。第四卷以前，兼收北宋，美成所
> 錄尤多。稼軒、改之、後村諸人，則取其溫厚蘊藉者。外集
> 則錄激昂慷慨大氣磅礴之作，取舍所在，尤為顯著。〔註 63〕

趙聞禮將「妍雅深厚、溫厚蘊藉」之婉約詞當作詞選正集，共選八卷，「激昂慷慨、大氣磅礴」之豪放詞一卷則為外集，透露了以婉約為正，豪放為變之審美觀念，以及正變兼收之心態，正如詹安泰說：「趙氏一方面有偏重于追求音律形式美的傾向，而另一方面又不能無視那些真正刻志著時代精神而為人們所愛好的作品，在他選錄觀點的本身就是存在著矛盾的。」〔註 64〕既主張婉約清麗為陽春白雪，又不忍割捨慷慨磊落之豪放體。

蕭鵬說《陽春白雪》：「為徵歌而設，兼以選為史，并流露出宗派傾向，《陽春白雪》就是這樣一個選型獨特的三位一體的江湖詞

〔註 60〕 王兆鵬：《詞學史料學》（北京：中華書局，2004 年），頁 324。

〔註 61〕 〔清〕謝章鋌：《賭棋山莊詞話》，收錄在唐圭璋：《詞話叢編》冊 4，頁 3479。

〔註 62〕 〔宋〕趙聞禮輯：《陽春白雪》，上海古籍出版社編、唐圭璋等校點：《唐宋人選唐宋詞》（上海：上海古籍出版社，2004 年 10 月），頁 855。

〔註 63〕 〔清〕陳匪石：《聲執》，收錄在唐圭璋：《詞話叢編》冊 5，頁 4957。

〔註 64〕 詹伯慧編：《詹安泰詞學論集》（汕頭：汕頭大學出版社，1997 年 10 月），頁 318。

選。」〔註65〕且統計出《陽春白雪》所選詞人，以南宋江湖之士為主要選擇對象，江湖詞人佔全部入選者 60%〔註66〕。這群自由不拘世俗禮法、屬於社會中下層小人物，大多數出身卑微、家境貧寒，多為布衣詞客之江湖詞人，大多依循周邦彥尋求雕琢為美之藝術創作，但也作蕭散放曠之粗豪偉唱。

以下就《陽春白雪》收錄十闋詞以上詞人作表格，可知其大致收錄概況（詞人以時代歸類，並按總詞數之多寡排列）：

《陽春白雪》收錄主要詞人表			
時代（詞選名）	詞　人	詞　數	統　計
北宋	周邦彥	21	21
南宋	史達祖	17	155
	辛棄疾	13	
	吳文英	13	
	胡翼龍	13	
	譚宣子	13	
	姜夔	**12**	
	張榘	12	
	翁元龍	12	
	康與之	10	
	高觀國	10	
	盧祖皋	10	
	趙以夫	10	
	利登	10	

據表格可知，《陽春白雪》選錄十闋以上之詞人，共有十四位，以南宋詞人最多。陳振孫《直齋書錄解題》說《陽春白雪》：「取《草堂詩餘》

〔註65〕蕭鵬：《群體的選擇——唐宋人詞選與詞人群通論》（南京：鳳凰出版社，2009 年 4 月），頁 298。
〔註66〕蕭鵬著有《陽春白雪箋校》一種，凡集中詞人事跡可考者，有爬梳箋注，江湖詞人身分之確認，即依據箋注所搜集史料。見蕭鵬：《群體的選擇——唐宋人詞選與詞人群通論》，頁 298。

所遺及近人之詞。」〔註67〕《陽春白雪》的確是以收錄南宋詞人較多，有補《草堂詩餘》重北宋之遺憾。且《唐宋人選唐宋詞》稱《陽春白雪》：「所收詞不以大家、名家選錄，而是兼收並蓄，諸多不名於世之詞人，如……詞作雖多寡不一，却都賴此以傳。」〔註68〕其中史達祖、吳文英、胡翼龍、譚宣子、姜夔、翁元龍、張榘、盧祖皋、高觀國、趙以夫、利登共十一位，皆為蕭鵬所確認之江湖詞人身分〔註69〕。然而重音律、講求詞藻形式美之周邦彥（21闋），是詞選所收詞作最多之詞人，再者是史達祖（17闋）；辛棄疾、吳文英、胡翼龍、譚宣子（13闋）；姜夔、張榘、翁元龍（12闋）排名第四。所收如卷四姜夔〈點絳脣〉：「金谷人歸，綠楊低掃吹笙道。數聲啼鳥。也學相思調」〔註70〕、又史達祖〈點絳脣〉：「香銷後。亂愁依舊，閒損胡酥手」〔註71〕、又吳文英〈點絳脣〉：「燕子重來，往事東流去。征衫貯。舊寒一縷。淚濕風簾絮」〔註72〕、卷四翁元龍〈菩薩蠻〉：「春心莫共花爭發。花間不管連環缺。夢斷小樓空。杜鵑啼曉紅」〔註73〕；卷八胡翼龍〈南歌子〉：「愁眼垂楊見，苦心紅燭知。翻成怕見別離時。只寄一聲將息當相思。」〔註74〕

〔註67〕〔宋〕陳振孫：《直齋書錄解題》（京都：中文出版社，1984 年 5 月）卷 21，頁 752。

〔註68〕上海古籍出版社編、唐圭璋等校點：《唐宋人選唐宋詞》，頁 856。

〔註69〕江湖詞人群之興起，與宋理宗初年，臨安書商陳起刊刻《江湖集》有很大關係，起了網絡呼應東南在野文士作用。江湖時代屬於社會中下層小人物，大多數詞人出身卑微、家境貧寒、多為布衣詞客。江湖時期，是指光宗、寧宗、理宗、度宗四個朝代。見蕭鵬：《群體的選擇——唐宋人詞選與詞人群通論》，頁 299、248～251。

〔註70〕〔宋〕趙聞禮：《陽春白雪》卷 4，收錄於上海古籍出版社編、唐圭璋等校點：《唐宋人選唐宋詞》，頁 930。

〔註71〕〔宋〕趙聞禮：《陽春白雪》卷 4，收錄於上海古籍出版社編、唐圭璋等校點：《唐宋人選唐宋詞》，頁 930。

〔註72〕〔宋〕趙聞禮：《陽春白雪》卷 4，收錄於上海古籍出版社編、唐圭璋等校點：《唐宋人選唐宋詞》，頁 930。

〔註73〕〔宋〕趙聞禮：《陽春白雪》卷 4，收錄於上海古籍出版社編、唐圭璋等校點：《唐宋人選唐宋詞》，頁 927。

〔註74〕〔宋〕趙聞禮：《陽春白雪》卷 4，收錄於上海古籍出版社編、唐圭璋等校點：《唐宋人選唐宋詞》，頁 1002。

都是這些婉約清麗、含蓄蘊藉之詞作。

　　與姜夔相近之詞家，〔註75〕，其中史達祖、高觀國、吳文英、盧祖皋在《陽春白雪》中皆為收錄十闋以上之高量詞家，與姜夔一樣佔有一定數量之影響力。前文提及陳匪石《聲執》卷下也說：「稼軒、改之、後村諸人，則取其溫厚蘊藉者。」〔註76〕連豪放詞家辛棄疾、劉過、劉克莊也選其溫厚蘊藉者，《陽春白雪》所保留之藝術美主要在於「斥哇去鄭、歸于雅音」〔註77〕，具有婉約溫厚、妍雅清麗之詞作，因此符合擇選標準之姜夔，在這本選集之上佔有相當位置。以下就《陽春白雪》收錄詞風近姜夔者之統計如下：

《陽春白雪》收錄詞風近姜夔者〔註78〕之統計表〔註79〕	
南宋詞人	作品數
姜夔	12
史達祖	17
盧祖皋	10

〔註75〕如〔宋〕張炎《詞源》卷下曾說：「秦少游、高竹屋、姜白石、史邦卿、吳夢窗，此數家格調不侔，句法挺異，俱能特立清新之意，刪削靡曼之詞，自成一家，各名於世。」見〔宋〕張炎：《詞源》，收錄在唐圭璋編：《詞話叢編》冊一，頁255。及前曾提及〔清〕朱彝尊〈黑蝶齋詞序〉所言「具夔之一體」之詞人。見〔清〕沈岸登：《黑蝶齋詞》（臺北：新文豐出版公司，1989年，《叢書集成續編》據橋李遺書排印），頁771。

〔註76〕〔清〕陳匪石：《聲執》，收錄在唐圭璋：《詞話叢編》冊5，頁4957。

〔註77〕〔清〕伍崇曜：〈陽春白雪跋〉「彭甘亭《小謨觴館集》有《徵刻宋人詞學四書啟》，稱是書與《樂府雅詞》斥哇去鄭，歸于雅音，宋代選家，此其職志。」見施蟄存主編：《詞籍序跋萃編》（北京：中國社會科學出版社，1994年12月），頁681。

〔註78〕所列以〔清〕朱彝尊〈黑蝶齋詞序〉：「詞莫善于姜夔，宗之者，張輯、盧祖皋、史達祖、吳文英、蔣捷、王沂孫、張炎、周密、陳允平、張翥、楊基，皆具夔之一體。夔之後，得其門者寡矣。」中所提之宋詞人為主，見〔清〕沈岸登：《黑蝶齋詞》（《叢書集成續編》據橋李遺書排印），頁771。

〔註79〕詞人後加卒年者，乃其生年與《陽春白雪》成書時間（理宗淳祐十年（1250）以後，至景定二年（1262）間）相差較近者。

張輯	3
吳文英	13
張炎（1248～1320）	0
周密（1232～1298）	0
王沂孫（約1230～1291）	5
蔣捷（1245？～1301？）	0

除了生年時代較晚，如張炎、蔣捷、周密等〔註80〕，其餘朱彝尊所提詞人，如史達祖、吳文英、盧祖皋，大多在《陽春白雪》中皆佔有數量多之優勢。

　　《陽春白雪》所收十二闋姜夔詞，有七闋與《花庵詞選》相同，另有五闋不存於《花庵詞選》，顯見《陽春白雪》也參考他書收入姜夔詞。然而以雅音高曲為主之《陽春白雪》，成為姜夔一派詞人之展示舞臺，無可懷疑。

（四）《絕妙好詞》：選錄姜夔詞十三闋

　　《絕妙好詞》七卷，周密選，周密，字公謹，號草窗，又號四水潛夫、弁陽老人、華不住山人，是宋末元初時期著名詞人詩客和野史巨擘〔註81〕。該書大約編於元代至元代間後期〔註82〕，以人為序，始於張孝祥（1132～1169），終至仇遠（1247～1326）。殿以己作，共133

〔註80〕《陽春白雪》成書於前所提理宗淳祐十年（1250）以後，至景定二年（1262）間，那麼張炎（1248）、蔣捷（1245？）之生年太接近成書時間，也就不太可能被選入。且張炎《詞源》卷下曾提及「近代詞人用功者多，如《陽春白雪》集，如《絕妙詞選》，亦自可觀，但所取不精一。豈若周草窗所選《絕妙好詞》之為精粹。」（見〔宋〕張炎：《詞源》，收錄在唐圭璋編：《詞話叢編》冊1，頁266。）故張炎之時代必定晚於趙聞禮《陽春白雪》與周密《絕妙好詞》，張炎未被入選也就不意外了。

〔註81〕蕭鵬：《群體的選擇——唐宋人詞選與詞人群通論》（南京：鳳凰出版社，2009年4月），頁348。

〔註82〕蕭鵬：《群體的選擇——唐宋人詞選與詞人群通論》，頁354。此書雖編於元代，但主要選錄南宋詞家，且周密為南宋末詞人，故《絕妙好詞》仍放在宋代詞選討論之。

家，391 首詞。詞選範圍幾乎為南宋詞家，卷一至卷四大體依詞人世次遞降，姜夔詞放在第二卷第一位，收詞 13 闋。卷五至卷七，則基本上為周密自己之詞友，如臨安西湖吟社為重心。理宗景定五年（1264），楊纘、張樞、施岳、周密、李彭老等結盟於西湖之上，開西湖吟社，講論詞法、商榷音律、刪潤詞譜、分題唱和。西湖吟社是一群居住在臨安之騷客雅士組成，社課以詞之創作為主，強調詞之音律功能，宋亡後，成了藉以相互傾訴亡國悲痛之文學與政治活動。西湖吟社最初記載，乃是周密詞集《蘋洲漁笛譜》卷一采綠吟詞序：「甲子（景定五年，1164）夏霞翁會吟社諸友逃暑于西湖環碧。……採蓮葉探題賦詞。」〔註83〕夏承燾以為西湖吟社即成立於此時，蕭鵬以為這是吟社結成後，第一次歃盟聯吟活動。〔註84〕參與西湖吟社者有：〔註85〕楊纘、張樞、施岳、李彭老、周密、張炎、王沂孫等。從西湖吟社最初成立，直到入元後《樂府補題》之分詠活動，周密一直是重要成員之一。〔註86〕

　　以下將《絕妙好詞》收錄十闋以上之詞人錄出，以見收錄大概，列表如次（按收錄數量多寡排列）：

《絕妙好詞》收錄主要詞人表		
詞　人	詞　數	備　註
周密	22	西湖吟社
吳文英	16	西湖吟社

〔註83〕〔宋〕周密：《蘋洲漁笛譜》（臺北：臺灣商務印書館，1981 年）卷 1，頁 32。

〔註84〕蕭鵬：〈西湖吟社考〉，收錄於夏承燾、唐圭璋、施蟄存、馬興榮主編：《詞學》（上海：華東師範大學出版社，2009 年）第 7 輯，頁 95～96。

〔註85〕參與西湖吟社者有：楊纘、張樞、施岳、李彭老、周密、徐宇、奚淢、毛敏仲、徐天民、徐理、薛夢桂、張炎、王沂孫、王易簡、仇遠、馮應瑞、唐藝孫、呂同老、陳恕可、唐鈺、趙汝鈉、李居仁。關係不明確者有五人：李鈺、汪元量、陳允平、李萊老、王英孫。

〔註86〕蕭鵬：〈西湖吟社考〉，收錄於夏承燾、唐圭璋、施蟄存、馬興榮主編：《詞學》（上海：華東師範大學出版社，2009 年）第 7 輯，頁 88～101。

姜夔	**13**	
李萊老	13	西湖吟社
李彭老	12	西湖吟社
施岳	11〔註87〕	西湖吟社
史達祖	10	
盧祖皋	10	
王沂孫	10	西湖吟社

據表格可知,周密自選詞最多(22),其次吳文英(16),姜夔(13)。
其中除了年代較早之姜夔、史達祖、盧祖皋外,年代較後期之吳文
英、李萊老、李彭老、施岳、王沂孫皆為西湖吟社周密之詞友。《絕妙
好詞》所收錄主要詞人,其中不乏後代認定與姜夔詞風相近之詞家,
如承上文曾提及〔清〕朱彝尊所言「具夔一體」〔註88〕之詞人,以及
汪森《詞綜序》:「鄱陽姜夔出,句琢字煉,歸于醇雅。于是史達祖、
高觀國羽翼之,張輯、吳文英師之于前,趙以夫、蔣捷、周密、陳允
衡、王沂孫、張炎、張翥效之于後,譬之于樂,舞《節》至于九變,
而詞之能事畢矣。」〔註89〕、以及杜詔《山中白雲詞序》所云:「詞
盛于北宋,至南宋乃極其工。姜夔堯章最為杰出,宗之者史達祖、高
觀國、盧祖皋、吳文英、蔣捷、周密、陳允平諸名家,皆具夔之一體。」
〔註90〕其中所舉史達祖、盧祖皋、吳文英、張輯等,都與姜夔有師承

〔註87〕 錢增述古堂元鈔本《絕妙好詞》中,施岳〈清平樂〉缺五首,原來應
　　　　有 11 首,目前可見只剩 6 首,見上海古籍出版社編、唐圭璋等校點:
　　　　《唐宋人選唐宋詞》,頁 1081。

〔註88〕〔清〕朱彝尊〈黑蝶齋詞序〉:「詞莫善于姜夔,宗之者,張輯、盧祖
　　　　皋、史達祖、吳文英、蔣捷、王沂孫、張炎、周密、陳允平、張翥、
　　　　楊基,皆具夔之一體。基之後,得其門者寡矣。」見〔清〕沈岸登:
　　　　《黑蝶齋詞》(臺北:新文豐出版公司,1989 年,《叢書集成續編》
　　　　據橋李遺書排印),頁 771。

〔註89〕〔清〕汪森:《詞綜·序》(上海:上海古籍出版社,2008 年 3 月),
　　　　頁 1。

〔註90〕 施蟄存主編:《詞籍序跋萃編》(北京:中國社會科學出版社,1994 年
　　　　12 月),頁 397。

關係。未被朱彝尊提及「具夔之一體」之李彭老，在《絕妙好詞續鈔》中，也被張直夫評曰：「靡麗不失為國風之正，閒雅不失為騷雅之賦，摹擬《玉臺》不失為齊梁之工，則情為性用，未聞為道之累。」〔註91〕所錄李彭老之詞，也正在於不失「雅正」。《絕妙好詞》幾乎就是宗夔之「雅詞」一派，以及以臨安西湖詞人群為主之詞選。

　　西湖吟社有詞法（楊纘《作詞五要》）、詞譜（《紫霞洞譜》），然而沒有詞選，《絕妙好詞》為周密有心建構臨安詞人之範本，意在標舉典範，亦有整理保存文獻之用意。戈載云：周密「所輯《絕妙好詞》，採掇菁華，無非雅音正軌。」〔註92〕朱彝尊亦云：「周公謹《絕妙好詞》選本雖未全醇，然中多俊語，方諸《草堂》所錄，雅俗殊分。」〔註93〕餘集序《絕妙好詞》也說：「草窗編輯原本七卷，人不求備，詞不求多，而蘊藉雅飭，遠勝《草堂》、《花菴》詭刻。」〔註94〕所選以「雅」著稱。《絕妙好詞》大量收錄內容是「薄醉尊前，按紅牙之小拍；清歌扇底，度白雪之新聲。」〔註95〕之麗情小調；是「不無荊棘之悲，用志黍離之感。文弦鼓其淒調、玉笛發其哀思。」〔註96〕之黍離悲歌；也有「登山臨水」之勝情，與「惜別懷人」之秀句。〔註97〕

〔註91〕〔宋〕周密編、〔清〕查為仁、厲鶚箋：《絕妙好詞箋》七卷序目一卷附續鈔一卷補錄一卷（臺北：世界書局，1958 年，世界文庫四部刊要），頁 125。

〔註92〕〔清〕戈載：《宋七家詞選・周公謹詞選跋》（臺北：河洛圖書出版社，1978 年）卷 5，頁 25。

〔註93〕〔清〕朱彝尊：〈絕妙好詞跋〉，《曝書亭集》（臺北：商務印書館，1967 年）卷 43，頁 353。

〔註94〕〔宋〕周密編、〔清〕查為仁、厲鶚箋：《絕妙好詞箋》七卷序目一卷附續鈔一卷補錄一卷（臺北：世界書局，1958 年，世界文庫四部刊要），頁 4。

〔註95〕柯煜：〈絕妙好詞序〉，《絕妙好詞》（清吟堂刊本），收錄在施蟄存：《詞籍序跋萃編》（北京：中國社會科學出版社，1994 年），頁 683。

〔註96〕柯煜：〈絕妙好詞序〉，《絕妙好詞》（清吟堂刊本），收錄在施蟄存：《詞籍序跋萃編》，頁 683。

〔註97〕柯煜：〈絕妙好詞序〉，《絕妙好詞》（清吟堂刊本），收錄在施蟄存：《詞籍序跋萃編》，頁 683。

整體來說，蕭鵬說《絕妙好詞》之特色為：借選詞申述江湖雅人騷雅幽怨之格調、嚴格協律之形式、言志言品之立意，以此三大主體特徵為核心之詞選。〔註98〕

　　周密師承姜夔之關係，人多論之，如王昶云：「姜氏夔、周氏密諸人，始以博雅擅名，往來江湖，不為富貴所熏灼，是以其詞冠于南宋，非北宋之所能及。」〔註99〕，王鳴盛云：「北宋詞人原只有豔冶、豪蕩兩派。自姜夔、張炎、周密、王沂孫方開清空一派，五百年來以此為正宗。」〔註100〕而周密所作之詞風亦近姜夔，周密〈弁陽老人自銘〉云：「間作長短句，或謂似陳去非（陳與義）、姜堯章（姜夔）。」〔註101〕以承接姜夔之清空博雅，為周密最為人所道，而其所選《絕妙好詞》正在於顯現他所學習之楷模樣貌，張炎曾舉例說明姜夔之作：「白石詞如〈疏影〉、〈暗香〉、〈揚州慢〉、〈一萼紅〉、〈琵琶仙〉、〈探春慢〉、〈八歸〉、〈淡黃柳〉等曲，不惟清空，且又騷雅，讀之使人神觀飛越。」〔註102〕其中除了〈琵琶仙〉、〈探春慢〉、〈八歸〉外，皆收錄在《絕妙好詞》中，周密所標舉姜夔之處，正在於「清空騷雅」之內涵。高士奇序《絕妙好詞》就曾說：「公謹（周密）生於宋末，以博雅名東南。所作音節淒清，情寄深遠，非徒以綺麗勝者。」〔註103〕「博雅淒清」、「情寄深遠」這正是姜夔一派之傾向。

〔註98〕參考蕭鵬：《群體的選擇──唐宋人詞選與詞人群通論》，頁357～358。

〔註99〕〔清〕王昶：〈江賓谷梅鶴詞序〉（《春融堂集》）卷41收錄在張羽新、張雙志主編：《唐宋元明清藏事史料彙編》（北京：學苑出版社，2009年），頁284。

〔註100〕〔清〕謝章鋌：《賭棋山莊詞話》續編四引《嚾塾山人詞集》評語，收錄在唐圭璋《詞話叢編》冊4，頁3549。

〔註101〕〔明〕朱存理：《珊瑚木難》（臺北：商務印書館股份有限公司，1987年《影印文淵閣四庫全書》冊815）卷5，頁142。

〔註102〕〔宋〕張炎：《詞源・清空》，收錄在唐圭璋《詞話叢編》冊1，頁259。

〔註103〕〔宋〕周密編、〔清〕查為仁、厲鶚箋：《絕妙好詞箋》七卷序目一卷附續鈔一卷補錄一卷（臺北：世界書局，1958年，世界文庫四部刊要），頁1。

　　黃昇《花庵詞選》與《絕妙好詞》兩本書相關處極多〔註104〕，
周密《絕妙好詞》所選 13 闋姜夔詞中，有 11 闋出自黃昇《花庵詞
選》，周密參閱《花庵詞選》選錄姜夔詞之可能性極高。而兩書之不同
在於，宋淳祐九年已酉（1249）之《花庵詞選》其所選中心，以蘇辛
豪放派與姜夔雅詞派為主流，並存其它各家詞，兼收體現各家面目。
然而宋末元初之《絕妙詞選》却僅以姜夔雅詞派為唯一中心。

（五）小結

　　由南宋到宋末元初，統計所收錄姜詞之詞數，從南宋寧宗《草堂
詩餘》之零首，到南宋《花庵詞選》、《陽春白雪》第四名、《絕妙好
詞》第三名，可見姜詞越來越受重視。且《花庵詞選》時蘇辛與姜夔
並存；《陽春白雪》有八卷收婉約詞派之清麗詞，只有外集收錄豪放
詞一卷，其中姜夔之數量在全集中佔第四名；至《絕妙好詞》所收則
以江湖雅詞一派為主，可知姜夔雅詞一派之慢慢獨大，這除了與詞選
本身設定選擇趨向有關外，亦受時代風尚、環境影響。

　　南宋靖康之變（1126）後，因《草堂詩餘》仍以收北宋詞為主，
且專收俗體、流行歌曲，故未收錄姜詞。然而不可否認豪放派已受重
視，吳熊和《唐宋詞通論》說：「靖康之變，北宋淪亡。激於國仇家恨
的南方詞人，無復剪紅刻翠、含宮咀商的心情，詞風為之翕然一變。
這時的詞論，也為正視現實和志在恢復的精神所傾注，對花間、柳永
一派詞採取了批判的態度，語狀聲洪、發揚蹈厲的蘇、辛詞風，則得
到了高度的贊揚。」〔註105〕淳祐《花庵詞選》以存史之目的，將各派

〔註104〕胡樂平曾說：周密《絕妙好詞》在某些方面有承續《花庵詞選》的
　　　　跡象。從書名言，《絕妙詞選》到《絕妙好詞》，二者名稱異同非偶
　　　　然。就斷代言，《花庵詞選》以唐、五代、北宋和南渡以後，宋淳祐
　　　　前為主；《絕妙詞選》成於宋亡後，以南渡後諸公，以及同時代人為
　　　　主。就體例言，皆以詞人先後為序。見胡樂平：〈周密詞論思想探討〉，
　　　　收錄於夏承燾、唐圭璋、施蟄存、馬興榮主編：《詞學》（上海：華
　　　　東師範大學出版社，2009 年）第 8 輯，頁 121～122。
〔註105〕吳熊和：《唐宋詞通論》（上海：上海古籍出版社，2010 年 11 月），
　　　　頁 292。

詞作大量收錄，除蘇辛一派大量存錄，南宋姜夔亦在此選中佔有不少份量，也標誌著南宋詞之多樣發展狀況。

至宋末《陽春白雪》與《絕妙詞選》轉以重「雅」詞為主。《陽春白雪》大量收錄江湖詞人之「妍雅深厚、溫厚蘊藉」詞作，姜夔詞亦被收錄 12 首；《絕妙好詞》也以江湖雅人騷雅幽怨中心，姜夔詞被收錄 13 首，數量之多都在前四名內。這與周密為宋末臨安詞人，有心體現臨安詞學觀點與審美趣味之目的有關，但與時代風尚亦相關，因當時提倡雅詞，例如張炎提倡姜夔「清空騷雅」〔註106〕之作，主張「詞欲雅而正」〔註107〕；楊纘之《作詞五要》：擇腔、擇律、按詞填譜、隨律押韻、立新意。〔註108〕並存錄於張炎《詞源》卷下，吳文英所說「音律欲其協，下字欲其雅」〔註109〕之標準，被保存於沈義父之《樂府指迷》中。這些衰世中之南宋末詞人，繼承了周姜之婉約詞風，將注意力集中於創作藝術技巧之精進，詞法重音律、尚典雅，於偏安之臨安地區淺酌低唱，也因南宋之滅亡而淒泣哀吟，所散發之情感，已不同南北宋之交之愛國詞風，辛派詞人之恢弘揚厲了，所以宋末詞人喜愛雅詞，專研音律，保存陽春白雪、絕妙好詞之高度文化作品，以寄託故國之思。因此就可以清楚看到，姜詞從未選錄一首之窘況，到宋末躍升為領航詞選前幾名之轉變。

二、元代詞選汰選姜夔詞情形

元代詞選選域大多晚於姜夔，多從收錄南宋遺民開始，因此在擇

〔註106〕〔宋〕張炎：《詞源·清空》，收錄在唐圭璋《詞話叢編》冊1，頁259。

〔註107〕〔宋〕張炎：《詞源·清空》，收錄在唐圭璋《詞話叢編》冊1，頁266。

〔註108〕《楊守齋作詞五要》附錄在〔宋〕張炎《詞源》卷下後，見唐圭璋《詞話叢編》冊1，頁267～268。

〔註109〕〔宋〕沈義父《樂府指迷》：「余自幼好吟詩。……癸卯，識夢窗。暇日相與倡酬，率多填詞，因講論作詞之法。然後知詞之作難於詩。蓋音律欲其協，不協則成長短之詩。下字欲其雅，不雅則近乎纏令之體。……」收錄於唐圭璋主編：《詞話叢編》冊1，頁277。

詞之時代範圍中，多不含姜詞。或者屬於專題詞選，如《宋舊宮人贈汪水雲南還詞》、《鳴鶴餘音》，亦未收有姜詞。以下略論之：

　　元・《樂府補題》為專題詞選，為詠五物之作，選錄範圍為南宋末，選域晚於姜夔。作者為陳恕可（1258～1339）、或仇遠（1247～1320 後）二人所輯，乃宋亡後等十四位遺民詞人，分詠龍涎香、白蓮、蓴、蟬、蟹，結集 37 闋詞而成，其中並未有姜夔作品。

　　元・《宋舊宮人贈汪水雲南還詞》專題詞選，為汪元量送別之作，選錄範圍為元代，選域晚於姜夔。乃至元二十五年（1288），汪元量自大都南歸，宋舊宮人分別賦詩詞為之送行。姜夔（1155～1221）生卒年皆早於此，故未有姜夔作品。

　　金・《中州樂府》一卷，金元好問（1190～1257）輯，斷代詞選，選域晚於姜夔，選錄時代為金代。是元好問所輯金代詩選《中州集》十卷的附錄，為金代唯一詞選，選錄金代詞人 36 家 113 首，未收錄姜夔詞。

　　元・《精選名儒草堂詩餘》三卷，元盧陵鳳林書院輯，習稱《元草堂詩餘》。選域晚於姜夔、選錄時代為南宋遺民至元代。以人編次，選錄至元、大德間諸人所作，為南宋遺民、由金入元及元代之文人，如文天祥、劉剡等 63 家詞作 191 首。姜夔非南宋遺民，故未選錄。

　　元・《大下同文》，選域晚於姜夔、選錄時代為南宋遺民至元代。乃從元周南瑞《天下同文》卷四十八至卷五十輯出，7 家詞作 29 首，其他卷一至卷四十七為詩。這七家為元人盧摯（1242～1314）、姚雲、王夢應（宋度宗咸淳十年 1274 進士）、顏奎（1234～1308）、羅至可、詹玉、李琳。所選詞家為南宋遺民、或由金入元及元代之文人，姜夔年代非其選擇範圍之內。

　　元・《鳴鶴餘音》為專題詞選，選錄羽流方外之言為主，選錄時代為唐至元代，姜夔非真人道士故不錄。元・彭致中集，入選 39 人，收詞 400 餘闋，所錄為真人道士方外之言。虞集《鳴鶴餘音・敘》云：

「仙游士彭致中採集古今仙真歌辭，并而刻之。」〔註110〕《四庫全書總目·鳴鶴餘音八卷》提要謂：「舊本題仙游山道士彭致中編，不詳時代，采輯唐以來羽流所著詩餘，至元而止，朱存理《野航存稿》有此詩跋，疑為明初人也，所錄多方外之言，不以文字工拙論，而寄託幽曠亦時有可觀。」〔註111〕總之，元代詞選所選範圍較著重於南宋末、金、元，多從南宋遺民開始選錄，所以並未選錄姜夔詞。

第二節　明代詞選中之姜夔詞

　　明代詞家特別強調詩詞文體區別，以「婉麗流暢」為詞家當行、本色。世宗嘉靖庚戌（二十九年，1550）何良俊《草堂詩餘序》云：

> 樂府以皦逕揚厲為工，詩餘以婉麗流暢為美。即《草堂詩餘》所載，如周清真、張子野、秦少游、晁叔原諸人之作，柔情曼聲，摹寫殆盡，正辭家所謂當行、所謂本色也。〔註112〕

何氏對於詞體特色之論，得到明代詞家廣泛認同。如王世貞（1526～1590）《藝苑卮言》曰：「言其業，李氏、晏氏父子、耆卿、子野、美成、少游、易安至矣，詞之正宗也。溫、韋豔而促，黃九精而險，長公麗而壯，幼安辨而奇，又其次也，詞之變體也。」〔註113〕又說：「詞須宛轉綿麗，淺至儇俏，挾春月烟花于閨襜內奏之，一語之豔，令人魂絕；一字之工，令人色飛，乃為貴耳。至于慷慨磊落，縱橫豪爽，抑亦其次，不作可耳。作則寧為大雅罪人，勿儒冠而胡服也。」〔註114〕詞寧為大雅罪人，也要豔麗魂絕、工巧色飛；徐師曾（1517～1580）《文體明辨序》亦曰：「至論其詞，則有婉約者，有豪放者。婉約者欲其詞情蘊藉，豪放者欲其氣象恢弘。蓋雖各因其質，而詞貴感

〔註110〕〔元〕虞集：《鳴鶴餘音·序》，收錄在《四庫全書存目叢書》（臺南：莊嚴文化事業有限公司，1997 年）冊 422，頁 482。
〔註111〕〔清〕永瑢：《四庫全書總目·鳴鶴餘音八卷》，頁 559。
〔註112〕〔明〕何良俊：《類選箋釋草堂詩餘·序》（明萬曆 42 年刊本，顧從敬編，錢允治續補，國立中央圖書館館藏），頁 2。
〔註113〕〔明〕王世貞：《藝苑卮言》，收錄在唐圭璋：《詞話叢編》冊 1，頁 385。
〔註114〕〔明〕王世貞：《藝苑卮言》，收錄在唐圭璋：《詞話叢編》冊 1，頁 385。

人，要當以婉約為正。否則雖極精工，終乖本色，非有識者所取也。」
〔註115〕張綖也說：「詞尚豐潤」（1539）〔註116〕、毛晉說：「詞尚綺豔」
（1630）〔註117〕皆可見明人之詞學風尚。

再者，明人普遍認為詞體「近俗」。所謂近俗就是「要適應下層
讀者或聽眾的欣賞習慣，曲調柔靡，語言通俗易懂。」〔註118〕。王
世貞《藝苑卮言》說詞：「柔靡而近俗也。」〔註119〕、清·王昶《明
詞綜序》也說：「永樂以後，南宋諸名家詞，皆不顯于世，惟《花
間》、《草堂》諸集盛行，至楊用修、王元美諸公，小令中調頗有可
取，而長調則均雜於俚俗矣。」〔註120〕後人評論卓人月、徐士俊詞
也說：「珂月《蕊淵》、野君《雁樓》二集，亦復風致淋漓，豔詄競
響。但過於尖透處，未免浸淫元曲耳。」〔註121〕以詞似曲，乃在於其
俚俗特色。

陶子珍《明代詞選研究》指出：「是以明代除《增修箋註妙選群
英草堂詩餘》有洪武壬申（二十五年，1392）遵正書堂刊本，及成化

〔註115〕〔明〕徐師曾：《文體明辨序論》（北京：人民文學出版社，1982 年），
頁 165。

〔註116〕〔明〕張綖：〈淮海詞跋〉（明嘉靖十八年，1539 已亥張綖鄂州刊《淮
海集》），見金啟華、張惠民、王恒展、張宇聲、王增學：《唐宋詞集
序跋匯編》（臺北：臺灣商務印書館，1993 年），頁 45。

〔註117〕〔明〕毛晉：〈淮海詞跋〉見毛晉：《宋六十名家詞》（上海：商務印
書館，1937 年），頁 15，《淮海詞》卷末，《宋六十名家詞》為西元
1630 年編。

〔註118〕孫克強：〈明代詞學思想論略〉，《河南大學學報》第 44 卷第 1 期
（2004 年 1 月），頁 60。

〔註119〕〔明〕王世貞：「花間以小語致巧，世說靡也。草堂以麗字取妍，六
朝陰也。即詞號稱詩餘，然而詩人不為也。何者，其婉孌而近情也，
足以移情而奪嗜。其柔靡而近俗也，詩嗶緩而就之，而不知其下也。」
見〔明〕王世貞：《藝苑卮言》，收錄在唐圭璋：《詞話叢編》冊 1，
頁 385。

〔註120〕〔清〕王昶：《明詞綜·序》（臺北：中華書局，1981 年《四部備要》
本），頁 1。

〔註121〕〔清〕鄒祗謨：《遠志齋詞衷》，收錄在唐圭璋：《詞話叢編》冊 1，
頁 655。

庚子（十六年，1480）劉氏日新書堂刊本外，嘉靖以前幾無詞選。」
〔註122〕於是陶子珍將明代大量詞選大致分為嘉靖、萬曆、崇禎、明末
清初四個時期，因此以下探究明代選本狀況，分為嘉靖、萬曆、崇禎
三個時期，明末清初放在清代前期詞選收錄姜夔詞概況論之。

　　明人以「綺靡」與「近俗」為詞體風尚，創作與擇詞時，不免契
合此特點，然在此詞學風尚之下，明代詞選接受姜夔之程度又是如
何？以下乃依詞選成書時間順序論之。

一、明嘉靖時期詞選汰選姜夔詞情形

　　明代《草堂詩餘》之類選箋釋版本甚多，除此之外，嘉靖（1522
～1567）中還有著意收錄《草堂詩餘》未收錄，選錄南宋詞為主之詞
選，以補《草堂詩餘》之不足，如楊慎之《詞林萬選》與《百琲明珠》，
以及裒合名家選本之《天機餘錦》。

　　除了《草堂詩餘》箋釋版本外，以下為明代嘉靖時期詞選基本
資料：

表格 7：明代嘉靖時期詞選收錄姜詞表

序號	成書時間	詞選名稱	編選者	籍貫	排列方式	選詞數量	詞選規模	選域範圍	姜夔詞數量
1	嘉靖癸卯二十二年（1543）〔註123〕	詞林萬選	楊慎	四川新都	混雜	234	中型	晚唐、五代、宋、金、元、明	0
2	嘉靖三十年(1551)以前	天機餘錦	佚名（托名程敏政）〔註124〕	徽州休寧（安徽休寧）	按調編排（但混亂）	1255	大型	晚唐、五代、宋、金、元、明	1

〔註122〕陶子珍：《明代詞選研究》（臺北：秀威資訊科技，2003 年），頁9。
〔註123〕《詞林萬選》卷首有任良幹序，作於嘉靖癸卯（1543）季春吉。見
　　　　〔明〕任良幹：《詞林萬選・序》，收錄於王文才、萬光治等編注：
　　　　《楊升庵叢書》（成都：天地出版社，2002 年 12 月）冊 6，頁 990。
〔註124〕《天機餘錦》是否為程敏政所編，黃文吉在〈詞學的新發現──明
　　　　抄本《天機餘錦》之成書及其價值〉中，推斷不應出自程敏政之手，

3	嘉靖時期（1551年前左右）	百琲明珠	楊慎	四川新都	混雜（大致以調排列，再配合詞人先後次第）	159	中型	南北朝、隋、唐、五代、宋、金、元、明	1

據表格可知，姜夔詞最多只被收入 1 闋，在明代嘉靖時期曝光量極少。

（一）《草堂詩餘》：嘉靖本承襲南宋，未收錄姜夔詞

明代翻刻《草堂詩餘》翻刻之版本眾多，有分類本、分調本、批點本〔註125〕，然而目前現存最早之版本為分類本：《增修箋注妙選群英草堂詩餘》有明代明洪武壬申（二十五年，1392）遵正書堂刊本〔註126〕，至明嘉靖二十九年（1550）上海顧從敬打亂類編秩序，從新以小令、中調、長調分類，是為分調本。

《草堂詩餘》版本蝥繁，至少有五十二種版本〔註127〕，據孫克強考察，今日尚存的明版本就有二十餘種之多〔註128〕，且許多文人士子，如李攀龍、楊慎、唐順之、湯顯祖等加以注解、評點、校正，形成《草堂詩餘》獨盛的局面。由此凸顯了明代的審美取向，《草堂詩餘》所收作品在時代上，偏重於晚唐北宋，北宋詞之風格，明末陳子龍說：「或穠纖婉麗，極哀艷之情；或流暢澹逸，窮盼倩之趣。然皆境由情生，辭隨意啟，天機偶發，元音自成，繁促之中尚存高渾，斯

而為當時書賈、或貪圖利益之士人所編。見黃文吉：〈詞學的新發現——明抄本《天機餘錦》之成書及其價值〉，《宋代文學研究叢刊》第 3 期（1997 年 9 月），頁 392～394。

〔註125〕見陶子珍：《明代詞選研究》，頁 46～78。

〔註126〕《增修箋註妙選羣英草堂詩餘》（明洪武壬申（二十五年，1392）遵正書堂刊本），收錄於吳昌綬、陶湘輯：《景刊宋金元明本詞》（上海：上海古籍出版社，1989 年），頁 407～456。

〔註127〕參考劉少雄：〈《草堂詩餘》版本論著目錄初編〉，《中國文哲研究通訊》第 3 卷第 1 期（1993 年 3 月），頁 51～57。劉少雄總共收集《草堂詩餘》有五十二種版本，另外還有不知所據版本之七種，此未列入。

〔註128〕孫克強：〈《草堂詩餘》的盛衰和清初詞風的轉變〉，《中國文哲研究通訊》（1992 年 3 月）第二卷第一期，頁 138。

為最盛也。」〔註129〕明人所喜愛北宋詞之原因，在於穠纖婉麗、流暢生動、率真自然，周邦彥、秦觀等婉約詞作多被選入《草堂詩餘》，正與明人口味相同。南宋「寄慨者抗率而近於傖武，諧俗者鄙淺而入於優伶。」〔註130〕則不為明人所愛，孫克強以為《草堂詩餘》只收婉約一體，豪放詞或如「姜夔詞清空騷雅，有別於婉麗柔曼而另具情貌」〔註131〕《草堂詩餘》也一概排斥，棄而不收。

　　以下僅就所見之《草堂》相關詞集加以翻查，然尚有許多版本，或亡佚、或不明出處，或收藏於大陸地區圖書館，以致難以取得。目前僅就所見之《草堂詩餘》是否收錄姜夔詞列表如次（見以下表格 8：明代《草堂詩餘》收錄姜夔詞一覽表）。

表格 8：明代《草堂詩餘》收錄姜夔詞一覽表

序號	書　名	姜夔詞	卷數	輯成時代	版本、作者	編排	附　註
1	增修箋註妙選羣英草堂詩餘	0	二卷	明洪武壬申（二十五年，1392）	遵正書堂刊本	分類編次	
2	草堂餘意	0	二卷	明嘉靖九年（1530）前	陳鐸唱和，明萬曆刻本	分類編次	和《草》
3	精選名賢詞話草堂詩餘	0	二卷	明嘉靖十七年（1538）	閩沙陳鍾秀校刊	分類編次	
4	草堂詩餘別錄	0	二卷	明嘉靖十七年（1538）	張綖編	混雜	刪《草》
5	類編草堂詩餘	0	六卷	明嘉靖二十九年（1550）	顧從敬類選	分調編次	
6	詞壇合璧・草堂詩餘（評點本）	0	五卷	底本據明嘉靖二十九年《類編草堂詩餘》	顧從敬類選、楊慎批點，明金閶世裕堂刊	分調編次	評點本
7	增修箋註妙選羣英草堂詩餘	0	二卷	明嘉靖末（1522～1567）	安肅荊聚春山所刻大字本	分調編次	

〔註129〕陳子龍：〈幽蘭草詞序〉，收錄在施蟄存主編：《詞籍序跋萃編》（北京：中國社會科學出版社，1994 年 12 月），頁 505。
〔註130〕陳子龍：〈幽蘭草詞序〉，收錄在施蟄存主編：《詞籍序跋萃編》，頁 505。
〔註131〕孫克強：〈《草堂詩餘》的盛衰和清初詞風的轉變〉，《中國文哲研究通訊》（1992 年 3 月）第二卷第一期，頁 140。

8	草堂詩餘（評點本）	0	五卷	明萬曆	顧從敬類選，吳興閔映璧刊、楊慎批點	分調編次	評點本
9	類選箋釋草堂詩餘	0	六卷	明萬曆四十二年（1614）	上海顧從敬類選	分調編次	三本合刻
10	類選箋釋續選草堂詩餘	2	二卷		長湖外史所輯、錢允治箋釋	分調編次	
11	類編箋釋國朝詩餘	0	五卷		錢允治編、陳仁錫釋	分調編次	
12	草堂詩餘正集	0	六卷	明崇禎己巳（二年，1629年）之前	顧從敬類選、沈際飛評正	分調編次	古香岑草堂詩餘四集（翁少麓刊本）
13	草堂詩餘續集	2	二卷		長湖外史類輯、天羽居士評箋	分調編次	
14	草堂詩餘別集	7	四卷		沈際飛評選、秦士奇訂定	分調編次	
15	草堂詩餘新集	0	五卷		沈際飛評選、錢允治原編	分調編次	
16	草堂詩餘	0	六卷	清乾隆四十九年（1784）	評點本（四庫全書本）	分調編次	
17	草堂詩餘（評點本）	0	五卷	清光緒十三年（1887）	顧從敬類選、山陰宋澤元輯刊、《懺花盦》本，據明閔映璧本覆刻校刊（見《叢書集成續編》第161冊）	分調編次	評點本
18	增修箋註妙選羣英草堂詩餘	0	二卷	民國四年（1915）	吳昌綬《景刊宋金元明本詞》（用洪武本影印）	分調編次	
19	草堂詩餘	0	二卷	民國五十五年（1966）	四部備要本（據因樹樓詞苑英華重刻毛氏汲古閣本）台灣中華書局	分調編次	
20	增修箋註妙選羣英草堂詩餘	0	二卷	民國五十六年（1967）	四部叢刊（據明荊聚本）	分調編次	

以下依據序號說明版本：

1. 《增修箋註妙選羣英草堂詩餘》（明洪武壬申（二十五年，1392）遵正書堂刊本），收錄於吳昌綬、陶湘輯：《景刊宋金元明本詞》（上海：上海古籍出版社，1989年），頁407～456。

2. 未見原書，參考甘松：〈《草堂餘意》與明前中期詞學演變──以陳鐸、張綖等人為例〉，《合肥師範學院學報》（2010年1月）第28卷第1期。

3. 〔宋〕何士信編選：《精選名賢詞話草堂詩餘》（明嘉靖十七年閩沙陳鍾秀刊本），收錄在〔清〕王鵬運：《四印齋所刻詞》（上海：上海古籍出版社，1989 年）。

4. 〔明〕張綖：《草堂詩餘別錄》，轉引自林玫儀：〈罕見詞話──張綖《草堂詩餘別錄》〉，《中國文哲研究通訊》（2004 年 12 月）第 14 卷第 4 期。

5. 〔宋〕不著編人：《類編草堂詩餘》（臺北：故宮博物館藏，明嘉靖庚戌（二十九年）武陵顧從敬刊本）。

6. 楊慎批點：《草堂詩餘》底本據明嘉靖二十九年（1550）《類編草堂詩餘》，收錄在〔明〕朱之蕃編選：《詞壇合璧》（明金閶世裕堂刊，最早成書於萬曆四十八年，1620）。

7. 《增修箋註妙選羣英草堂詩餘》參考《唐宋人選唐宋詞·草堂詩餘》，《唐宋人選唐宋詞·草堂詩餘》以安肅荊聚校刊本底本，參校泰宇書堂本（簡稱至正本）和遵正書堂本（簡稱洪武本）。見上海古籍出版社編、唐圭璋等校點：《唐宋人選唐宋詞·草堂詩餘》（上海：上海古籍出版社，2004 年 10 月），頁 495～570。

8. 據第 19 本：〔宋〕不著編人：《草堂詩餘》見《四部備要》（臺北：中華書局，1981 年）集部，冊 589。

9.10.11.〔明〕顧從敬、錢允治輯，錢允治、陳仁錫箋釋：《類選箋釋草堂詩餘》，收錄於《續修四庫全書》（上海：上海古籍出版社，2002 年 3 月，據上海圖書館藏明萬曆四十二年刻本影印）。

12.13.14.15.〔明〕沈際飛：《鐫古香岑批點草堂詩餘四集》（明末崇禎吳門童湧泉刊本，臺北：臺大圖書館館藏）。

16. 〔宋〕不著編人：《草堂詩餘》《景印文淵閣四庫全書》（臺北：商務印書館，1983 年）冊 1489。

17. 〔明〕顧從敬類選：《草堂詩餘》《叢書集成續編》第 161 冊（臺北：新文豐出版社，1989 年，山陰宋澤元輯刊《懺花盦》本，據明閔映璧本覆刻校刊）。

18.《增修箋註妙選羣英草堂詩餘》（用洪武本影印），收錄在吳昌綬：《景刊宋金元明本詞》（上海：上海古籍出版社，1989 年）。

19. 〔宋〕不著編人：《草堂詩餘》見《四部備要》（臺北：中華書局，1981 年）集部，冊 589。

20. 〔宋〕不著編人：《增修箋註草堂詩餘》，見王雲五主編：《四部叢刊初編》（臺北：臺灣商務印書館，1967 年）。

　　據表可知，明代目前流傳算早且保存完整之明洪武壬申（二十五年，1392）《增修箋註妙選羣英草堂詩餘》〔註132〕未收錄姜夔詞。明

〔註132〕《增修箋註妙選羣英草堂詩餘》（明洪武壬申（二十五年，1392）遵正書堂刊本），收錄於吳昌綬、陶湘輯：《景刊宋金元明本詞》（上海：上海古籍出版社，1989 年），頁 407～456。

代中葉嘉靖時期，陳鍾秀校刊《精選名賢詞話草堂詩餘》〔註133〕、顧從敬類選《類編草堂詩餘》〔註134〕、《增修箋註妙選羣英草堂詩餘》〔註135〕也未收有姜夔詞。至明末時期，才有續編《草堂》收姜夔詞，例如萬曆四十二年（1614）長湖外史《類選箋釋續選草堂詩餘》〔註136〕選錄姜夔詞二闋、崇禎間（早於西元1629年）沈際飛《古香岑草堂詩餘別集》〔註137〕選錄七闋、《古香岑草堂詩餘續集》〔註138〕選錄二闋，然而這些《草堂》版本，皆屬超佚《草堂》原本選源，凸顯南宋詞之續選本或別集本，與原來《草堂詩餘》偏重北宋婉約詞之宗旨，不太相同了。可知只要忠於南宋《草堂詩餘》者，皆未選錄姜夔詞。

明代最為流行之草堂詩餘選本，為嘉靖庚戌（二十九年，1550）顧從敬刊刻之《類編草堂詩餘》〔註139〕四卷，此選本流傳甚盛，如沈際飛曾云：「《正集》裁自顧汝所手，此道當家，不容輕為去取。其附見諸詞，並鱗次其中。」〔註140〕證明顧氏此選為明代《草堂》當家。

〔註133〕〔宋〕何士信編選：《精選名賢詞話草堂詩餘》（明嘉靖十七年閬沙陳鍾秀刊本），收錄在〔清〕王鵬運：《四印齋所刻詞》（上海：上海古籍出版社，1989年）。

〔註134〕〔宋〕不著編人：《類編草堂詩餘》（臺北：故宮博物館藏，明嘉靖庚戌（二十九年）武陵顧從敬刊本）。

〔註135〕《增修箋註妙選羣英草堂詩餘》（明洪武壬申（二十五年，1392）遵正書堂刊本），收錄於吳昌綬、陶湘輯：《景刊宋金元明本詞》（上海：上海古籍出版社，1989年），頁407～456。

〔註136〕〔明〕顧從敬、錢允治輯，錢允治、陳仁錫箋釋：《類選箋釋草堂詩餘》，收錄於《續修四庫全書》（上海：上海古籍出版社，2002年3月，據上海圖書館藏明萬曆四十二年刻本影印）。

〔註137〕〔明〕沈際飛：《鐫古香岑批點草堂詩餘四集》（明末崇禎吳門童湧泉刊本，臺北：臺大圖書館館藏）。

〔註138〕〔明〕沈際飛：《鐫古香岑批點草堂詩餘四集》（明末崇禎吳門童湧泉刊本，臺北：臺大圖書館館藏）。

〔註139〕顧從敬《類編草堂詩餘》版本，據〔明〕顧從敬、錢允治輯，錢允治、陳仁錫箋釋：《類選箋釋草堂詩餘》推知，收錄於《續修四庫全書》（上海：上海古籍出版社，2002年3月，據上海圖書館藏明萬曆四十二年刻本影印）。

〔註140〕沈際飛：〈古香岑草堂詩餘四集發凡〉（明末崇禎吳門童湧泉刊《鐫古香岑批點草堂詩餘四集》本，臺北：臺大圖書館館藏），頁3～4。

明代中後期《草堂詩餘》，多受此書影響，例如：明萬曆甲寅（四十二年，1614）之《類選箋釋草堂詩餘》〔註141〕即為顧氏版本；崇禎時期（早於 1629 前）沈際飛所編選之《草堂詩餘四集》〔註142〕中之《草堂詩餘正集》，也為顧氏版本，因顧本並未收錄姜夔詞，故後來據顧氏版本為底本者，亦皆未選錄姜夔詞。

另外，明代嘉靖時期還有唱和本《草堂餘意》，完成於嘉靖九年（1530）之前〔註143〕，陳鐸次韻唱和《草堂詩餘》，成《草堂餘意》二卷，卷一為春意，卷二為夏意、秋意、冬意，為分類編次本，因襲《草堂詩餘》，亦未收錄姜夔詞。還有張綖編於嘉靖十七年（1538）之《草堂詩餘別錄》，乃刪除《草堂詩餘》中「猥雜不粹」之作，而留「和平高麗之調」，「可則而可歌」〔註144〕者，材料範圍皆粹取自《草堂詩餘》，當然也未錄姜夔詞。《草堂詩餘》其他萬曆、崇禎時期版本則分為下節另述。

（二）《天機餘錦》：姜夔詞因瞿佑詞附存

《天機餘錦》收錄姜夔詞〈滿江紅・仙姥來時〉一闋。《天機餘錦》四卷，明佚名輯。最遲在嘉靖三十年（1551）仲春，楊慎《詞品》引用此書之前已經完成。所以大約在嘉靖二十九年（1550）前。是書

〔註141〕〔明〕顧從敬、錢允治輯，錢允治、陳仁錫箋釋：《類選箋釋草堂詩餘》，收錄於《續修四庫全書》（上海：上海古籍出版社，2002 年 3 月，據上海圖書館藏明萬曆四十二年刻本影印）。

〔註142〕沈際飛：〈古香岑草堂詩餘四集發凡〉（明末崇禎吳門童湧泉刊《鐫古香岑批點草堂詩餘四集》本，臺北：臺大圖書館館藏）。

〔註143〕甘松以為：「明人陳霆在其《渚山堂詞話》對陳鐸和《草》進行了評價（《渚山堂詞話》卷二有「陳大聲和草堂詩餘」條），《渚山堂詞話》完成於嘉靖九年（1530）或之前（陳霆自序題署時間為「嘉靖庚寅秋七月吉日」），這就說明，陳鐸和《草》活動應當在嘉靖九年之前。」見甘松：〈《草堂餘意》與明前中期詞學演變──以陳鐸、張綖等人為例〉，《合肥師範學院學報》（2010 年 1 月）第 28 卷第 1 期，頁 22。

〔註144〕〔明〕張綖：《草堂詩餘別錄・跋》，轉引自林玫儀：〈罕見詞話──張綖《草堂詩餘別錄》〉，《中國文哲研究通訊》（2004 年 12 月）第 14 卷第 4 期，頁 194。

分調編次，每調之下，大體依詞人年代先後排列，然調之編排不知所據為何，詞人先後次序，時有錯亂，共收 1256 首，237 調〔註 145〕。《天機餘錦》有意選錄常用調，並以宋詞為主的通代詞選。〔註 146〕

　　入選唐宋金元明詞。其選詞標準，根據其序可歸納出兩點〔註 147〕：一、衷合《草堂》之選與詞人別集。二、去諧謔、取雅正。

　　《天機餘錦》主要取材于宋何士信編選之《增修箋注妙選群英草堂詩餘》、元鳳林書院輯刊《精選名儒草堂詩餘》等總集，和周邦彥、劉過、曾揆、劉克莊、張炎、元好問、張雨、張翥、馮延登、瞿佑等宋金元明詞人的別集〔註 148〕，黃師文吉以為這宋金元明詞人十餘家別集，並非編者用心挑選，編輯體例也雜亂無章，因此斷定為書賈或士人逐利倉促編成。〔註 149〕王兆鵬也說《天機餘錦》所收詞作無固定選錄標準，所選並非盡是名人名作，亦非名人名作就多選，大約是就手邊所藏詞集予以選錄。〔註 150〕

〔註 145〕見黃文吉師：〈詞學的新發現——明抄本《天機餘錦》之成書及其價值〉，收錄在張高評主編：《宋代文學研究叢刊》（高雄：麗文文化事業公司，1997 年 9 月）第 3 期，頁 383。王兆鵬以為：全書共收 1256首。其中重出 3 首，實為 1253 首。全書先後錄 245 調，其中 6 調重複，實收 239 調。見王兆鵬：〈詞學祕籍《天機餘錦》考述〉，《文學遺產》（1998 年第 5 期），頁 44。陶子珍以為：全書共收 1255 首，213 調。見陶子珍：《明代詞選研究》，頁 149。大概全書中同調異名是否合併、重出部分是否要省去、以及調名錯誤者、部分缺漏不全者等，造成學者計算結果不同。

〔註 146〕王兆鵬統計所選 35 調，共錄詞 798 首，佔全書 63.5%，其他 234 調錄詞僅 458 首，每調錄詞不到 2 首，而以 35 調平均錄詞近 23 首。而這 35 調中，又是宋詞中使用頻率最高的詞調。見王兆鵬：〈詞學祕籍《天機餘錦》考述〉，《文學遺產》（1998 年第 5 期），頁 45。

〔註 147〕陶子珍：《明代詞選研究》，頁 154～159。

〔註 148〕〔明〕舊題程敏政編；王兆鵬、黃文吉、童向飛校點：《天機餘錦》（瀋陽：遼寧教育出版社，2000 年 1 月），「本書說明」。

〔註 149〕黃文吉師：〈詞學的新發現——明抄本《天機餘錦》之成書及其價值〉，收錄在張高評主編：《宋代文學研究叢刊》第 3 期，頁 401。

〔註 150〕王兆鵬：〈詞學祕籍《天機餘錦》考述〉，《文學遺產》（1998 年第 5期），頁 45。

《天機餘錦》取材主要來源，宋·何士信編選之《增修箋注妙選群英草堂詩餘》〔註151〕、元·鳳林書院輯刊之《精選名儒草堂詩餘》〔註152〕、明·顧從敬之《類選箋釋草堂詩餘》（1614年）〔註153〕皆未收錄任何一首姜夔詞。那麼《天機餘錦》所收錄之姜夔詞是來自何處？

《天機餘錦》收錄姜夔詞〈滿江紅〉一闋，其詞序為：

泛巢湖題神姥廟用平聲。

詞曰：

仙姥來時，正一望、千頃翠瀾。旌旗與〔註154〕、亂雲俱下，依約前山。命駕群龍金作軛，相從諸娣玉為冠〔註155〕。向夜深、風定悄無人，聞佩環。　　神奇處，君試看。奠淮右，阻江南。遣六丁雷電。別守東關。卻笑英雄無好手，一篙春水走曹瞞。又怎知、人在小紅樓，簾影間。

曾選錄了姜夔部分詞作之宋·黃昇《中興以來絕妙詞選》、宋·趙聞禮《陽春白雪》、宋·周密《絕妙好詞》，亦未收錄此詞。

然而《天機餘錦》中，同樣卷二〈滿江紅〉詞調內，所收四十六

〔註151〕〔宋〕何士信選編：《增修箋註妙選羣英草堂詩餘》，收錄於《續修四庫全書》（上海：上海古籍出版社，2002年3月，據上海圖書館藏明洪武二十五年遵正書堂刻本影印）。

〔註152〕〔元〕鳳林書院輯：《精選名儒草堂詩餘》，收錄於《續修四庫全書》（上海：上海古籍出版社，2002年3月，據北京圖書館藏元刻本影印）。

〔註153〕〔明〕顧從敬、錢允治輯，錢允治、陳仁錫箋釋：《類選箋釋草堂詩餘》，收錄於《續修四庫全書》（上海：上海古籍出版社，2002年3月，據上海圖書館藏明萬曆四十二年刻本影印）。

〔註154〕《全宋詞》作「旌旗共」，見唐圭璋編：《全宋詞》（北京：中華書局，1998年11月）冊3，頁2176。王兆鵬、黃文吉、童向飛校點：《天機餘錦》：作「旌旗與」。見〔明〕舊題程敏政編；王兆鵬、黃文吉、童向飛校點：《天機餘錦》，頁108。

〔註155〕《全宋詞》作「相從諸娣玉為冠」，見唐圭璋編：《全宋詞》冊三，頁2176。王兆鵬、黃文吉、童向飛校點：《天機餘錦》：作「相從諸娣王為冠」。見〔明〕舊題程敏政編；王兆鵬、黃文吉、童向飛校點：《天機餘錦》，頁108。

闋作品，最後一闋詞（首句：香火依然），原列瞿佑詞後，未題作者，
後經黃師文吉、王兆鵬考證為瞿佑詞，其詞序曰：

> 昔姜堯章泛巢湖，作平聲滿江紅，為神燒壽，百年以來，罕
> 有能賦之者。至正壬寅冬，自四明回錢塘，舟過曹娥江，至
> 李女祠下，遂效其體作此詞，書于殿壁，俟來知音者共裁度
> 之。〔註156〕

　　姜夔此首押平韻〈滿江紅〉，被保留在祠中，故瞿佑才能再次見
到此詞，進而仿效。夏承燾《姜白石詞編年箋校》所收姜夔詞〈滿江
紅〉前有序云：

> 滿江紅舊調用仄韻，多不協律。如末句云「無心撲」三字，
> 歌者將心字融入去聲，方協音律。予欲以平韻為之，久不能
> 成。因泛巢湖，聞遠岸簫鼓聲。問之舟師，云：居人為此湖
> 神姥壽也。予因祝曰：得一席風徑至居巢，當以平韻滿江紅
> 為迎送神曲。言訖，風與筆俱駛，頃刻而成。末句云「聞佩
> 環」，則協律矣。書以綠牋，沈于白浪。辛亥正月晦也。是
> 歲六月，復過祠下，因刻之柱間。有客來自居巢云：「土人
> 祠姥，輒能歌此詞。」……。〔註157〕

可證光宗紹熙辛亥，即紹熙二年（1191）六月，姜夔過祠下，將〈滿

〔註156〕黃文吉師：「此詞原未標注作者，詞題云：『自四明回錢塘』，瞿佑為
　　　　錢塘人，此詞必為瞿佑作無疑。」見黃文吉師：〈《天機餘錦》見存
　　　　瞿佑等明人詞〉，《書目季刊》（1998年6月）第32卷第1期，頁
　　　　34。王兆鵬亦有提及，見王兆鵬：〈詞學祕籍《天機餘錦》考述〉，
　　　　《文學遺產》（1998年第5期），頁49。瞿佑〈滿江紅〉其詞為：「香
　　　　火依然，對古殿、簾影翠重。江濤內、客帆來往，共仰靈蹤。德祖聰
　　　　明憐小慧，阿瞞跋扈玷華宗。記當年、絕妙好辭成，加顯封。　　遨
　　　　遊地，冉□逢。折楊柳，采芙蓉。向鶴汀鳧渚，想像音容。扶輦勒
　　　　回覽綵鳳，負舟呼起兩黃龍。料神魂、只在會稽山，三兩峯。」見
　　　　〔明〕瞿佑著、喬光輝校註：《瞿佑全集校註》（杭州：浙江古籍出
　　　　版社，2010年4月），頁351。
〔註157〕夏承燾所收姜夔詞，以朱氏彊村叢書出于江炳炎手抄本為主，校以
　　　　張奕樞、陸鍾輝兩刊本，補校屬樊榭手錄姜夔道人歌曲一冊。見夏
　　　　承燾箋校：《姜白石詞編年箋校》（上海：上海古籍出版社，1998年
　　　　12月），頁32。

江紅〉刻之柱間，此詞因之保留下來，而瞿佑於至正壬寅冬，即元順帝至正二十二年（1362），經過 171 年，復見此詞，因而又仿效其體，創作一首書于殿壁。《天機餘錦》之編者可能憑藉瞿佑仿作此詞，順勢將姜夔詞抄錄於內。《天機餘錦》所收瞿佑詞最多（一百四十五首）〔註 158〕，應曾見過瞿佑詞集，瞿佑集內不知是否載有姜夔詞，不得而知。又或《天機餘錦》編者，曾到曹湖，見祠中所刻瞿佑所仿姜夔詞，而將它雙雙錄於《天機餘錦》中。抑或有其他選本或他書載有姜夔此詞，《天機餘錦》作者曾見？

　　然在無其他選本證明收有此詞前，《天機餘錦》編者可能未見姜夔詞集，而是收錄瞿佑詞時，將瞿佑所仿之姜夔詞，一同並存下來，以見姜夔創〈滿江紅〉平聲韻之獨特性。

　　《天機餘錦》卷二〈滿江紅〉收有姜詞與瞿佑詞之排列如下表〔註 159〕：

滿江紅	詞　人	首句	以仄韻為常〔註 160〕
1	呂居仁（呂本中）	東里先生	
2	周美成（周邦彥）	晝日移陰	
3	趙元鎮（趙鼎）	慘結秋陰	
4	張仲宗（張元幹）	斗帳高眠	
5	張仲宗（張元幹）	春水連天	

〔註 158〕《天機餘錦》共收瞿佑詞五十五調、一四五首（含〈殿前歡〉曲一首）。黃文吉師以為《天機餘錦》的編者或許看到瞿佑《天機雲錦》的殘卷，所以大量收錄瞿氏作品，並將書名題為《天機餘錦》。見黃文吉：〈《天機餘錦》見存瞿佑等明人詞〉，《書目季刊》（1998 年 6 月）第 32 卷第 1 期，頁 25。

〔註 159〕詞人中加〔　〕者，此依〔明〕舊題陳敏政編；王兆鵬、黃文吉、童向飛校點：《天機餘錦》（瀋陽：遼寧教育出版社，2000 年 1 月）條例：以臺北中央圖書館所藏明藍格抄本為底本，凡原未署作者而作者可考之詞，在詞調下補署作者姓名，并用方括號括之，與原書所署作者區別。如原未署名，則仍舊空缺。詞人後加（　）為原名。

〔註 160〕備註以仄韻為常，特別標出者為使用平韻之格式，（　）內為詞題或詞序。

6	晁無咎（晁補之）	東武南城	
7	〔劉克莊〕	金甲雕戈	
8	〔劉克莊〕	滿腹詩書	
9	〔劉克莊〕	落日登樓	
10	〔劉克莊〕	天壤王郎	
11	〔劉克莊〕	鶴馭來時	
12	〔劉克莊〕	怪雨盲風	
13	〔劉克莊〕	往日封章	
14	〔劉克莊〕	三黜歸來	
15	〔劉克莊〕	疇昔臚傳	
16	〔劉克莊〕	下見西山	
17	〔劉克莊〕	八十加三	
18	〔劉克莊〕	著破青鞋	
19	姜堯章（姜夔）	仙姥來時	平韻（序云：泛巢湖題神姥廟用平聲）
20	康伯可（康與之）	惱殺行人	
21	馮子俊（馮延登）	庭戶初涼	
22		安石風流	
23	劉改之（劉過）	獵獵風蒲	
24	〔劉過〕	辭西風輕	
25	張叔夏（張炎）	江上相逢	
26	元遺山（元好問）	天上飛烏	
27	〔元好問〕	老樹荒台	
28	〔元好問〕	枕上吳山	
29	彭元遜	翠袖餘寒	平韻（詞題：平韻賦牡丹）
30	李琳	碧蘸江山	平韻（詞題：題宜春臺用平韻）
31	彭芳遠	愁滿江山	平韻（詞題：風前斷笛平韻）
32	戴山隱	醉倚江樓	
33	〔黃子行〕	津鼓匆匆	
34	〔張半湖〕	新綠池塘	
35	蕭允之	冷逼疏帘	

36	張仲舉（張翥）	前度劉郎	
37	〔張翥〕	望入西泠	
38	張伯雨（張雨）	笑向桃花	
39	〔張雨〕	玉導緯長	
40	周晴川（周玉晨）	風約湖光	平韻（詞題：上巳客中平聲韻）
41	〔宋無名氏〕	一點陽和	
42	瞿佑	人事匆匆	
43		楓落吳江	
44		一劍騰空	
45		祖帳凌空	
46		香火依然	平韻（序云：昔姜堯章泛巢湖，作平聲滿江紅，為神媧壽，百年以來，罕有能賦之者。至正壬寅冬，自四明回錢塘，舟過曹娥江，至李女祠下，遂效其體作此詞，書于殿壁，俟來知音者共裁度之。）

卷二大致依據詞人年代排列，姜夔是早於瞿佑，而瞿佑仿姜夔平韻〈滿江紅〉則列在最後一闋。

《天機餘錦》收錄十五闋以上之作家〔註161〕有以下幾位：

時　代	詞　人	收錄十五闋以上詞數
北宋	周邦彥	45
	蘇軾	20
	秦觀	17
	歐陽脩	16
南宋	張炎	129
	劉克莊	77
	劉過	26
	彭元遜	15
金代	元好問	72

〔註161〕陶子珍：《明代詞選研究》（臺北：秀威資訊科技，2003 年），頁 157。

元代	張翥	83
	張雨	25
明代	瞿佑	145〔註162〕

從以上表格，可以看出某些詞人作品呈現數量特多的現象，似乎是選錄整本詞集了，故黃師文吉說《天機餘錦》除詞選集外，可能取材自別集之詞家〔註163〕，相對於姜夔，《天機餘錦》只收錄姜詞一闋詞，且此闋又與瞿佑詞有所關係，故不得不讓人聯想，姜詞是因瞿佑注意到姜夔作平韻〈滿江紅〉之獨特性，而被收入《天機餘錦》中。

（三）《詞林萬選》：未見姜夔詞

《詞林萬選》明、楊慎（1488～1559）輯，卷首有嘉靖癸卯（二十二年，1543）序。是書以人分列，但多有重出，詞人姓氏題名，亦頗不一致。選詞範圍，由晚唐至明代。〔註164〕

明・任良榦《詞林萬選・序》曰：

> 升庵太史公家藏有唐宋五百家詞，頗為全備，暇日取其尤綺練者四卷，名曰《詞林萬選》，皆《草堂詩餘》之所未收者也。問出以示走，走驟而閱之，依綠水，泛芙蓉，不足為其麗也；茹九畹之靈芝，咽三危之瑞露，不足為其甘也；分織女之機絲，秉鮫人之卷絹，不足為其巧也。〔註165〕

《草堂詩餘》選錄「流麗平易」之作〔註166〕，《詞林萬選》乃選錄「尤綺練」之作，「麗、甘、巧」為其特點，且所選未與草堂重複，然兩選本皆未收錄姜夔詞。其故何在？

〔註162〕瞿佑部分參考黃文吉統計，見黃文吉：〈《天機餘錦》見存瞿佑等明人詞〉，《書目季刊》（1998年6月）第32卷第1期，頁23～56。

〔註163〕黃文吉：〈詞學的新發現——明抄本《天機餘錦》之成書及其價值〉，收錄在張高評主編：《宋代文學研究叢刊》（高雄：麗文文化事業公司，1997年9月）第3期，頁387。

〔註164〕陶子珍：《明代詞選研究》，頁124。

〔註165〕〔明〕任良榦：《詞林萬選・序》，收錄於王文才、萬光治等編注：《楊升庵叢書》（成都：天地出版社，2002年12月）冊6，頁990。

〔註166〕上海古籍出版社編、唐圭璋等校點：《唐宋人選唐宋詞》，頁491～492。

　　楊慎是否看過南宋黃昇《花庵詞選》？楊慎《詞品》卷四，有品評姜堯章語，大抵是黃昇《花庵詞選》卷六姜堯章下所作注語。〔註167〕且《詞品》卷四有評黃昇語：

> 黃玉林，名昇，字叔暘，有散花庵，人止稱花庵云。嘗選唐宋詞名曰《絕妙詞選》，與《草堂詩餘》相出入。今《草堂》詞刻本多誤字及失名字者，賴此可證。此本世亦罕傳，予得錄於王吏部相山子（名嘉賓）。〔註168〕

楊慎《詞品》記載黃昇《花庵詞選》（《絕妙詞選》、《玉林詞選》，名稱不一而實同）此本罕傳，乃得錄於王嘉賓，且用以來與《草堂詩餘》對校訂正錯誤與缺失，故楊慎在著《詞品》之前，翻閱過黃昇《花庵詞選》，也就從中略知姜夔詞了。楊慎《詞品‧序》作於「嘉靖辛亥（1551年）仲春花朝　洞天真逸楊慎序」〔註169〕，然而楊慎《詞林萬選》時間上完成於（1543年），所以楊慎《詞林萬選》早《詞品》之前完成，亦早於《宋六十家詞》（1603年）之前。因此楊慎編《詞林萬選》之時，可能未見過黃昇《花庵詞選》以及其中之姜夔詞。

　　然《詞品》中曾提到《玉林詞選》（《花庵詞選》），玉林即黃昇，如卷四論賀方回：

> 賀方回〈浣溪沙〉云：「鶯外紅銷一縷霞。……」此詞句句綺麗，字字清新，當時賞之，以為《花間》《蘭畹》不及，信然。近見《玉林詞選》，首句二字作「樓角」，非也。「樓角」與「鶯外」，相去何啻天壤。〔註170〕

可知楊慎當時撰寫《詞品》時，才見到黃昇《花庵詞選》（《玉林詞選》），並糾正黃昇之誤。比《詞品》早八年完成之《詞林萬選》，或許

〔註167〕楊慎略改數字而已，改動之處，見〔明〕楊慎：《詞品》卷4，收錄於王文才、萬光治等編注：《楊升庵叢書》冊6，頁500。

〔註168〕〔明〕楊慎：《詞品》卷4，收錄於王文才、萬光治等編注：《楊升庵叢書》冊6，頁523、524。

〔註169〕〔明〕楊慎：《詞品》卷4，收錄在唐圭璋：《詞話叢編》冊1，頁408。收錄於王文才、萬光治等編注：《楊升庵叢書》冊6，頁305。

〔註170〕〔明〕楊慎：《詞品》卷4，收錄於王文才、萬光治等編注：《楊升庵叢書》冊6，頁480。

還未見到黃昇《花庵詞選》，也就未見到姜夔詞了。

（四）《百琲明珠》：依收錄標準存姜夔詞一闋

《百琲明珠》也是楊慎所編，收錄姜夔詞〈解連環〉（玉鞭重倚）一闋。《百琲明珠》凡五卷，輯成時間根據卷末趙尊嶽（字叔雍，1895～1965）書云：「裴雲宗兄乃出眎明刊此本，題嘉靖朝蜀楊慎選集，萬曆朝楚杜祝進訂補，有祝進一序。」[註171] 杜祝進〈刻楊升庵百琲明珠引〉寫道：「刻於萬曆癸丑冬」，是知刻於明神宗萬曆癸丑（四十一年，1613），故楊慎集《百琲明珠》應完成於萬曆癸丑前之嘉靖朝（1522～1561，楊慎卒於 1559 年）。

《百琲明珠》所選時代由南北朝至明代，較《詞林萬選》涵括略廣。編排方式，混雜不一，大致以詞調排列，再依詞人先後編排[註172]。《百琲明珠》評點較《詞林萬選》為多（《詞林萬選》甚少評語），其選詞標準，依據陶子珍《明代詞選研究》歸納[註173]，一為擇《草堂詩餘》所未收者，《詞林萬選》與《百琲明珠》彼此重複收錄之詞，只有四闋，且都有後者糾正前者之意[註174]。《詞林萬選》選

[註171] 〔明〕楊慎：《百琲明珠》，趙尊嶽輯：《明詞彙刊》（上海：上海古籍出版社，1992 年）上冊，頁 807。

[註172] 謝仁中：〈楊慎《百琲明珠》初探〉，《東吳中文研究集刊》第 8 期（2001 年 6 月），頁 195。

[註173] 陶子珍：《明代詞選研究》，頁 131～134。

[註174] 陶子珍四闋為：一為顧敻〈醉公子·河漢秋雲澹〉、二為唐莊宗〈如夢令·曾宴桃源深洞〉、三為蘇易簡〈越江吟·非煙非霧瑤池宴〉、四為朱淑真〈生查子·年年玉鏡臺〉；岳淑珍則以為兩闋，所重複的兩首是糾正詞作者的，一首是〈生查子·年年玉鏡臺〉，《詞林萬選》題為朱希真，而此糾正為朱淑真；一首是〈如夢令·曾宴桃源深洞〉，《詞林萬選》題為呂洞賓，而此選糾正為唐莊宗。見陶子珍：《明代詞選研究》，頁 132。岳淑珍：〈從《詞林萬選》到《百琲明珠》——楊慎詞選論〉，《紹興文理學院學報》第 28 卷第 5 期（2008 年 9 月），頁 43。今查看〈醉公子·河漢秋雲澹〉，《詞林萬選》（卷一）題為顧敻，《百琲明珠》（卷一）糾正為無名氏；蘇易簡〈越江吟·非煙非霧瑤池宴〉，《詞林萬選》（卷四）與《百琲明珠》（卷二）同載此詞，然有兩處字句有出入，《詞林萬選》題「蝦鬚半捲天香散」《百琲明

詞在五闋以上者，以北宋最多，《百琲明珠》選詞在三闋以上者，以
明、元為多。二為取綺練之詞，規握明珠。杜祝進〈刻楊升庵百琲明
珠引〉曰：「若乃規明珠之在握，遊象罔以中繩，則博人通名，換名定
格，君子審樂，從易識難，未必非升庵是集之雅言矣。」〔註175〕是知
此選乃詞人集中第一之作。

　　岳淑珍以為楊慎《百琲明珠》應在《詞品》成書以後（《詞品》
成書於 1551 年），一因楊慎於《詞品》中認為詞體起源於六朝，《百
琲明珠》亦從六朝選錄，二是《百琲明珠》之評注，多來自《詞品》。
〔註176〕然而張靜曾說：「詞品中提到有《詞林萬選》《百琲明珠》《草
堂詩餘》等多部詞集」〔註177〕翻查《詞品》卷三，論及蘇易簡〈越江
吟〉一首，有「見予所選《百琲明珠》」〔註178〕字句，卷五論及戴復
古（石屏）「〈臨江仙〉一首差可，見予所選《百琲明珠》。餘無可取
者」〔註179〕，故《百琲明珠》成書時間不是早於《詞品》，就是與《詞
品》成書時間差不多。

　　《詞品》中確實評論了姜夔詞〔註180〕，也引用了黃昇《花菴詞

珠」題「蝦須半掩天香散」、《詞林萬選》題「霓旌影斷」《百琲明珠》
題「旌影斷」，此首見《苕溪漁隱叢話》前集卷一六引《冷齋夜話》，
見〔明〕楊慎：《百琲明珠》，《楊升庵叢書》冊 6，頁 1196。且〈生
查子‧年年玉鏡臺〉，《詞林萬選》卷四題「遙想楚雲深」，《百琲明
珠》卷五題「却恨楚雲深」。見〔明〕楊慎：《百琲明珠》，《楊升庵
叢書》冊 6，頁 1254～1255。《百琲明珠》四闋與《詞林萬選》重複
者，的確都有糾正之意。

〔註175〕〔明〕楊慎：《百琲明珠》，趙尊嶽輯：《明詞彙刊》上冊，頁 787。
〔註176〕岳淑珍：〈從《詞林萬選》到《百琲明珠》——楊慎詞選論〉，《紹興
　　　　文理學院學報》第 28 卷第 5 期（2008 年 9 月），頁 43。
〔註177〕張靜：〈評點與詞話——楊慎評點《草堂詩餘》與撰著《詞品》之關
　　　　係〉，《中國韻文學刊》第 22 卷第 2 期（2008 年 6 月），頁 80。
〔註178〕〔明〕楊慎：《詞品》卷 3，收錄於王文才、萬光治等編注：《楊升庵
　　　　叢書》冊 6，頁 442。
〔註179〕〔明〕楊慎：《詞品》卷 5，收錄於王文才、萬光治等編注：《楊升庵
　　　　叢書》冊 6，頁 546。
〔註180〕「姜夔，字堯章，號白石道人，南渡詩家名流。詞極精妙，不減清真
　　　　樂府，其間高處有周美成不能及者。……其腔皆自度者。傳至今，不

選》；《百琲明珠》選錄姜夔〈解連環・玉鞭重倚〉一闋：

> 玉鞭重倚。卻沈吟未上，又縈離思。為大喬、能撥春風，小
> 喬妙移箏，雁啼秋水。柳怯雲鬆，更何必、十分梳洗。道郎
> 攜羽扇，那日隔簾，半面曾記。西窗夜涼雨霽。歎幽歡未
> 足，何事輕棄。問後約、空指薔薇，算如此溪山，甚時重
> 至。水驛燈昏，又見在、曲屏近底。念唯有、夜來皓月，照
> 伊自睡。

此闋詞亦收錄在南宋・黃昇《花庵詞選》。且《百琲明珠》卷四選史
達祖〈杏花天〉（軟波拖碧蒲芽短）後，也錄姜夔對史達祖之評語「史
邦卿之詞奇秀清逸，有李長吉之韻。蓋能融情景於一家，會句意於兩
得。」〔註181〕，故楊慎在集《百琲明珠》當時也知道姜夔詞。

　　楊慎《詞品》卷四曾引宋・陳模（子宏）《懷古錄》卷中錄評稼
軒詞云：

> 近日作詞者，惟說周美成、姜堯章，而以東坡為詞詩，稼軒
> 為詞論。此說固當，蓋曲者曲也，固當以委曲為體。然徒狃
> 于風情婉孌，則亦易厭。回視稼軒所作，豈非萬古一清風哉。
> 或云周、姜曉音律，自能撰詞調，故人尤服之。〔註182〕

晚宋時許多作詞者非常推崇周邦彥與姜夔了，或者能自撰詞調，故受
人尊敬。然而楊慎却一反眾人常態，《詞林萬選》未收周邦彥、姜夔
詞，《百琲明珠》亦僅收錄周邦彥二闋、姜夔詞一闋、辛稼軒詞一闋，
此乃因楊慎《詞品》卷四所云：

> 姜夔，字堯章，號白石道人，南渡詩家名流。詞極精妙，
> 不減清真樂府，其間高處有周美成不能及者。……其腔皆

　　　　　得其調，難入管絃，祇愛其句之奇麗耳。」〔明〕楊慎：《詞品》卷4，
　　　　　收錄於王文才・萬光治等編注：《楊升庵叢書》冊6，頁499～500。
〔註181〕〔明〕楊慎：《百琲明珠》卷4，王文才、萬光治等編注：《楊升庵叢
　　　　　書》冊六，頁1239。楊慎《詞品》卷四亦引用此語，最後再加上「姜
　　　　　亦當時詞手，而服之如此。」見〔明〕楊慎：《詞品》卷4，王文才、
　　　　　萬光治等編注：《楊升庵叢書》冊6，頁499。
〔註182〕〔明〕楊慎：《詞品》卷4，收錄在唐圭璋：《詞話叢編》冊1，頁
　　　　　502。王文才、萬光治等編注：《楊升庵叢書》冊六，頁525～527。

自度者。傳至今，不得其調，難入管絃，祇愛其句之奇麗耳。〔註183〕

楊慎肯定姜夔為南渡詩家名流，詞極精妙，可媲美周邦彥，然而姜夔之自創曲調，傳到明代，調曲樂譜已失，明人難以再入樂，回復原調，也就難以體會其中悠揚宛轉之韻味，削弱了姜夔詞之音樂性，只能琢磨流傳下來之文字，所能感受處，就只姜詞字句較為「奇麗」。

就選錄數量標準而言，《百琲明珠》選錄詞家共一百一十一位，各家選錄作品，大抵一人一闋為原則，所選詞牌也一調一闋詞為原則，刻意表現不同詞家優秀作品，並存史之企圖〔註184〕，所以楊慎見到姜詞之作，亦以存史之態度錄之一首。

整體而言《詞林萬選》、《百琲明珠》仍承襲《草堂詩餘》婉約柔美之特色〔註185〕，標舉六朝之風華情致，據楊慎《詞品》卷一曰：「大率六朝人詩，風華情致，若作長短句，即是詞也。宋人長短句雖盛，而其下者，有曲詩、曲論之弊，終非詞之本色。予論填詞，必溯六朝，亦昔人窮探黃河源之意也。」〔註186〕欲從正本清源救「婉孌」，然而《詞林萬選》選詞最多的為晚唐顧夐、韋莊（端己）、北宋柳永（耆卿）、蘇軾（子瞻）、黃庭堅（魯直）、南宋蔣捷（勝欲）、張孝祥（安國）、辛棄疾（幼安）、元代王惲（仲謀）；而《百琲明珠》選最多的則是明・貝瓊（廷臣）〈天淨沙〉十三首、元・劉秉忠（仲晦）〈乾荷葉〉七首，皆是元人小令，屬於聯章體，其次北宋呂渭老（聖求）五闋、歐陽脩（永叔）四闋；李煜（重光）、王詵（晉卿）、程垓（正伯）等收三闋；秦觀（少游）、晏幾道（小山）、周邦彥（美成）二闋。看起來《詞林萬選》、《百琲明珠》刻意避開重複選錄名家之作。

〔註183〕〔明〕楊慎：《詞品》卷4，收錄於王文才、萬光治等編注：《楊升庵叢書》冊6，頁499～500。
〔註184〕謝仁中：〈楊慎《百琲明珠》初探〉，《東吳中文研究集刊》第8期，頁195。
〔註185〕陶子珍：《明代詞選研究》，頁135～136。
〔註186〕〔明〕楊慎：《詞品》卷1，王文才、萬光治等編注：《楊升庵叢書》冊6，頁336。

　　《百琲明珠》中，姜夔、高觀國、辛棄疾只錄一首，而呂渭老却選五闋詞〔註187〕，並於《詞品》卷一「側寒」條評之曰：「聖求（呂渭老）在宋，人不甚著名，而詞甚工。如……〈選冠子〉、〈百宜嬌〉……，佳處不減秦少游。」〔註188〕又《詞品》卷二，評周美成〈十六字令〉，曰：「詞簡思深，佳詞也。其《片玉集》中不載，見《天機餘錦》。」〔註189〕可證此選非全為名家而作，而以保存詞作、發掘被忽略之佳詞，為其功用之一。對於自度腔又留有唐詞之意者，楊慎亦覺難能可貴，亟需保留，如對劉秉忠七首中四首〈乾荷葉〉評曰：「此詞曲秉忠自度之腔，四首專詠乾荷葉，猶有唐詞之意也。」〔註190〕也對選了三首之王詵（晉卿）〈人月圓〉下評曰：「此曲王晉卿製，詞名〈人月圓〉，即詠元宵也，猶是唐人之意。」〔註191〕皆是以存詞觀念主導選詞。

　　所以楊慎《詞林萬選》未選姜夔詞之因，可能未見姜夔詞，《百琲明珠》只選一首，乃詞選擇錄標準為一人一闋，讚嘆姜夔字句之奇麗、尊重其知曉音律之地位。

（五）小結

　　明代中葉嘉靖時期，陳鍾秀校刊《精選名賢詞話草堂詩餘》、顧從敬類選《類編草堂詩餘》承襲南宋版本，未增錄姜夔詞。而屬於補《草堂》之遺：楊慎之《詞林萬選》未選錄；只有楊慎另一選集《百琲明珠》以及裒合名家選本之《天機餘錦》各存一闋，可見姜夔詞之

〔註187〕謝仁中：〈楊慎《百琲明珠》初探〉，《東吳中文研究集刊》第 8 期，頁 206～207。

〔註188〕〈選冠子〉、〈百宜嬌〉二闋，《百琲明珠》亦選，見〔明〕楊慎：《詞品》卷 1，王文才、萬光治等編注，《楊升庵叢書》冊六，頁 374。

〔註189〕此闋詞《百琲明珠》亦選，見〔明〕楊慎：《詞品》卷 2，王文才、萬光治等編注：《楊升庵叢書》冊六，頁 421。

〔註190〕〔明〕楊慎：《百琲明珠》卷 5，王文才、萬光治等編注：《楊升庵叢書》冊六，頁 1260。

〔註191〕〔明〕楊慎：《百琲明珠》卷 2，王文才、萬光治等編注：《楊升庵叢書》冊六，頁 1208。

不受選家青睞。而其原因，乃是未見姜夔詞，如楊慎編《詞林萬選》時，未見姜夔詞，直至編《百琲明珠》才見到。這乃當時姜夔詞集之傳播不廣，最多只依靠黃昇《花菴詞選》所收錄姜夔三十四闋詞蔓延，而未有其他選本有關。

再者，嘉靖時期詞選，仍然以《花間》、《草堂》流麗婉約之詞風為主，與清空騷雅之姜夔詞，宗旨不同。如何良俊《草堂詩餘序》謂：「樂府以曒邌揚厲為工，詩餘以婉麗流暢為美，即《草堂詩餘》所載，如周清真、張子野、秦少游、晁叔原諸人之作，柔情曼聲，摹寫殆盡，正辭家所謂當行，所謂本色也。」〔註192〕陳水雲在〈唐宋詞籍在明末清初傳播述略〉也說：「《花間》、《草堂》傳遞的主要是婉約為正，豪放為變的詞體觀念，這一觀念在明代嘉靖年間便非常流行。」〔註193〕本色當行在當時非常流行，因此姜夔詞也就不受大眾歡迎。

《草堂詩餘》在明嘉靖時期之影響甚大，收錄具有「流行通俗」，以及「淺近易學」之詞。姜夔之盛名，乃其知曉音律，創自度曲，然至明代譜調盡失，難以傳唱其名作，以致無法蔚然成風。

《草堂詩餘》具有強大排他性，未被收錄於當紅《草堂詩餘》之姜夔詞，掩蓋其曝光率，因此少人知曉。孫克強曾說：「《草堂詩餘》所選作品的風格看，絕大多數是婉約一體，其它風格均遭排斥。周、秦等人之婉約詞多被選入，辛詞中為人所稱道的豪放詞皆棄而未收，所取亦皆婉約之作；姜夔詞風清空騷雅，有別於婉麗柔曼而另具情貌，《草堂》中也一概不取。」〔註194〕就算針對《草堂》未收之詞，延伸至南宋及元、明之《天機餘錦》、《詞林萬選》、《百琲明珠》，展現

〔註192〕何良俊此序作於嘉靖庚戌（二十九年，1550），見何良俊：《類選箋釋草堂詩餘・序》（《續修四庫全書》據上海圖書館藏明萬曆四十二年刻本影印），頁67。

〔註193〕陳水雲：〈唐宋詞籍在明末清初傳播述略〉，《湖南文理學院學報（社會科學版）》（2007年9月）第32卷第5期，頁54。

〔註194〕孫克強：〈《草堂詩餘》的盛衰和清初詞風的轉變〉，《中國文哲研究通訊》（1992年3月）第2卷第1期，頁140。

對尊北宋詞之修正與突破，所選詞作以南宋詞為夥〔註195〕，然也未注意到姜夔典雅詞派之詞人。

二、明萬曆時期詞選汰選姜夔詞情形

萬曆時期之詞選，根據陶子珍《明代詞選研究》，目前可見有《花草粹編》、《草堂詩餘》續補本、《詞的》。另外還有《花間集補》、《唐詞紀》、《唐宋元明酒詞》，然而因本文以姜夔為詞人觀察重心，故補《花間》未備之《花間集補》，以及唐五代詞彙萃之《唐詞紀》，因所收錄範圍，大體以晚唐、五代、北宋為主，未及南宋姜夔，在此不予討論。另專收飲酒歌詞之《唐宋元明酒詞》，與兼具選詞與訂譜之譜體詞選：《詩餘圖譜》、《詩餘》、《嘯餘譜》，皆未收錄任何一闋姜夔詞，譜體詞選留下章敘述。《唐宋元明酒詞》專題詞選，擇取標準有特定目的，在此先不予討論。

以下為明萬曆時期詞選基本資料：

表格9：明萬曆時期收錄姜夔詞一覽表

序號	成書時間	詞選名稱	編選者	籍貫	排列方式	選詞數量	詞選規模	選域範圍	姜夔詞數量	名次
1	曆癸未十一年（1583）	花草粹編	陳耀文	確山（河南汝南縣西）	分調編次（小令、中調、長調）	3702	大型	晚唐、五代、宋、金、元、明	19	未達前20
2	萬曆四十二年刊（1614）	類選箋釋草堂詩餘	顧從敬	雲間（上海松江）	分調編次	443	中型	晚唐、五代、宋	0	未選
3	萬曆四十二年刊（1614）	類編箋釋續選草堂詩餘	長湖外史、錢允治箋釋	昆陵（江蘇常州）	分調編次	221	中型	晚唐、五代、宋	2	15

〔註195〕促使豪放詞漸露頭角，如楊慎《詞林萬選》選了七闋辛棄疾詞，並對稼軒讚譽有加，楊慎《詞品》卷四：「回視稼軒所作，豈非萬古一清風哉。」見唐圭璋：《詞話叢編》（臺北：新文豐出版公司）第1冊，頁503。

4	萬曆晚期（1573～1620）	詞的	茅暎	西吳（浙江吳興）	分調編次	392	中型	晚唐、五代、宋、元、明	0	未選

　　萬曆時期之詞選，有存詞巨編之《花草粹編》、補《草堂》不足之《草堂詩餘》續補本、評選俗艷詞作之《詞的》。《花草粹編》收入19闋姜夔詞，《類編箋釋續選草堂詩餘》收入2闋詞，《詞的》則未收入任何一闋詞。此時期仍然受《花間》、《草堂》影響，以婉約為詞家正宗，然已慢慢將姜詞納入詞選中，顯示編者選取標準正在轉變中。明萬曆時期，可謂為詞選接納姜夔詞之轉變期。

（一）《花草粹編》：自《花庵》選錄姜夔詞十九闋

　　《花草粹編》十二卷，凡三千兩百八十餘首。〔註196〕前有萬曆癸未冬日陳耀文〈自序〉，因之成書於萬曆癸未十一年（1583）〔註197〕。《花草粹編》以調編排，分小令（卷一至卷六）、中調（卷七至卷八）、長調（卷九至卷十二），編此書動機為「以『花』（《花間集》）代唐詞，以『草』（《草堂詩餘》）代宋詞」〔註198〕，並「銓粹二集，以一備一代之典章」〔註199〕，選詞標準有二：一是備「詞調」與「詞人」之佚，二是「麗則兼收，不無有乖於大雅」〔註200〕。

〔註196〕見〔明〕陳耀文輯；龍建國、楊有山點校：《花草粹編》（保定：河北大學出版社，2006年12月），〈《花草粹編》校訂序〉，頁3。《花草粹編》主要版本有四：明萬曆十一年刻本、《四庫全書》、清咸豐七年金繩武之評花仙館本，和1933年南京國學圖書館陶風樓影印明萬曆十一年本。然除《四庫全書》本為二十四卷外，其他三本皆十二卷本，以陶風樓本較為保存該書原貌，因此本文所用版本以陶風樓本為底本。

〔註197〕明萬曆癸未（十一年，1583）刊本，前有萬曆癸未冬日陳耀文〈自序〉，因之書當成於此年。見陶子珍：《明代詞選研究》，頁195。

〔註198〕〔明〕陳耀文輯：《花草粹編》，收錄在《文津閣四庫全書》（北京：商務印書館，2005年）冊498，頁633，〈花草粹編提要〉。

〔註199〕〔明〕陳耀文輯：《花草粹編》，收錄在《文津閣四庫全書》冊498，頁633，陳耀文〈花草粹編序〉。

〔註200〕〔明〕陳耀文輯：《花草粹編》，收錄在《文津閣四庫全書》冊498，

　　據陶子珍統計，《花草粹編》選詞在五十闋以上的有〔註201〕（詞人以時代歸類，並按詞數之多寡排列）：

時　代	詞　人	詞　數	合　計
晚唐五代	馮延巳	82	133
	溫庭筠	51	
北宋	柳永	155	757
	周邦彥	104	
	晏幾道	102	
	張先	76	
	秦觀	70	
	晏殊	69	
	歐陽脩	65	
	蘇軾	61	
	黃庭堅	55	
南宋	程垓	62	131
	史達祖	50	
	姜夔	**19**	

　　是知《花草粹編》之選詞趨向，傾向晚唐、五代及北宋詞為基準，著重婉約柔媚之詞風，體現了《花間》、《草堂》「詞以婉約為正」之審美取向。詞風與姜夔相近之詞人，本文略稱為「雅詞派」〔註202〕，

頁 633，陳耀文〈花草粹編序〉。以及參見〔明〕陳耀文輯；龍建國、楊有山點校：《花草粹編》，〈《花草粹編》校訂序〉，頁 2。
〔註201〕陶子珍：《明代詞選研究》，頁 218。
〔註202〕《古今詞統》在「雜說」類，收有張炎之《樂府指迷》曰：「如秦少游、高竹屋、姜白石、史邦卿、吳夢窗，格調不凡，句法挺異，俱能特立清新之意，刪削靡曼之詞，自成一家。」見〔明〕卓人月、徐士俊輯，《古今詞統》（上海：上海古籍出版社，2002 年《續修四庫全書》冊 1728 據上海圖書館藏明崇禎刻本影印），頁 450。又〔清〕朱彝尊〈黑蝶齋詞序〉曰：「詞莫善于姜夔，宗之者，張輯、盧祖皋、史達祖、吳文英、蔣捷、王沂孫、張炎、周密、陳允平、張翥、楊基，皆具夔之一體。基之後，得其門者寡矣。」見〔清〕沈岸登：

然而《花草粹編》對於南宋雅詞派之態度為何呢?

由以下(表格 10:明代詞選入選南宋雅詞派作品表格)即可知,《花草粹編》、《古今詞統》所收錄南宋雅詞派詞人作品:姜夔、史達祖、吳文英、張炎、蔣捷等,數量皆較他本為多,故陳耀文選取了較多南宋雅派詞人之詞,體現了「復雅」之一種回歸〔註 203〕,突破了《草堂》藩籬,將姜夔所領之「清空」「雅正」詞風帶給大眾。

表格 10:明代詞選入選南宋雅詞派作品表格

成書年代	詞 選	詞 人						
		姜夔	史達祖	吳文英	張炎	周密	蔣捷	總計
嘉靖二十二年(1543)	詞林萬選	0	0	0	0	0	11	11
嘉靖三十年(1551)	天機餘錦	1	0	0	132	0	4	137
嘉靖時期(1551 年前左右)	百琲明珠	1	2	0	0	0	1	4
萬曆癸未十一年(1583)	花草粹編	19	50	8	10	2	27	119
萬曆四十二年(1614)	類選箋釋續選草堂詩餘	2	0	0	0	0	1	3
萬曆晚期(1573~1620)	詞的	0	2	0	1	0	5	8
崇禎(早於古今詞統,1629)	草堂詩餘別集	7	11	6	0	0	38	62
崇禎己巳二年(1629)	古今詞統	10	29	48	0	0	50	137
崇禎九年(1636)	古今詩餘醉	5	10	6	0	0	29	50
崇禎四年(1631)	詞菁	0	1	0	0	0	1	2

《黑蝶齋詞》(臺北:新文豐出版公司,1989 年,《叢書集成續編》據橋李遺書排印),頁 771。又劉少雄以為:「姜、史、吳、王諸家所為詞,寫物述懷,兼字句音聲之美,使事用典,道委婉含蓄之情,極雅之能事,亦盡人工之巧,向來論者不管是否欣賞這類作品的藝術技巧,皆以為該派的特質之所在。」故以「南宋姜吳典雅詞派」命名該派。見劉少雄:《南宋姜吳典雅詞派相關詞學論題之探討》(臺北:臺大出版委員會出版,1995 年),頁 1。本文乃略取幾位,與姜夔風格相近之南宋詞人,作為觀察對象,並統一簡稱為「雅詞派」。

〔註 203〕丁放、鮑菁:〈論《花草粹編》選詞的主導傾向〉,《安徽教育學院學報》第 25 卷第 5 期(2007 年 9 月),頁 70。

　　《花草粹編》所收姜夔詞，共有 19 首〔註204〕，在所有 3702 首
詞，626 詞家中，姜詞數量排名已在前 20 名之外。姜詞這 19 首，除
了一首〈玲瓏四犯〉外，皆曾被宋黃昇《花庵詞選》所選，故其姜夔
詞資料來源，乃源自宋・黃昇《花庵詞選》。

　　姜夔詞現存八十四首詞中，共有十四首自度曲，《中興以來絕妙
詞選》選入三十四首，其中有十一首自度曲，《花草粹編》又從中選
了十九首，其中有六首自度曲，前者自度曲所佔比率為 32.3%，後者
所佔比率為 31.5%。（詳見以下《中興以來絕妙詞選》與《花草粹編》
所選自度曲比較表）兩書所收姜夔自度曲之比例相差不大。

　　然而《花草粹編》以調為序，所選詞調下之作品範例，只存有姜
夔詞一闋者，有〈清波引〉、〈淡黃柳〉、〈長亭怨慢〉、〈秋宵吟〉、〈琵
琶仙〉、〈翠樓吟〉、〈探春慢〉、〈八歸〉、〈湘月〉（念奴嬌之鬲指聲），
共有九首〔註205〕，以姜夔詞為詞調例中第一位作品序位者，有〈暗
香〉、〈眉嫵〉、〈一萼紅〉、〈疏影〉，共有四首〔註206〕，若兩者相加，

〔註204〕〔明〕陳耀文輯；龍建國、楊有山點校《花草粹編》所記〈念奴嬌〉
　　　　調下有姜夔詞（五湖舊約），屬〈湘月〉調，為〈念奴嬌〉之鬲指聲。
　　　　見〔明〕陳耀文輯；龍建國、楊有山點校，《花草粹編》，頁 817。
　　　　〈一萼紅〉調有兩首例作，一體為姜堯章，第二體下無注名，無注
　　　　名有兩種可能，一是仍為姜堯章，一是無名氏所寫，然觀《花草粹
　　　　編》其他編排，亦有詞下注名無名氏之例。陶風樓本、四庫本無作
　　　　者姓名，評花仙館本作「姜夔」。然而此兩體，第一句句式就不太一
　　　　樣，姜堯章所寫為：「古城陰。有官梅幾許，紅萼未宜簪。」是「3。
　　　　5，5。」第二首則為「斷雲漏日，青陽布，漸入融和天氣。」是「4，
　　　　3，6。」應不是同一位作者所作，故第二首非姜堯章所寫。〈一萼紅〉
　　　　第二體：「斷雲漏日，青陽布，漸入融和天氣。糝綴夭桃，金綻垂楊，
　　　　妝點亭臺佳致。曉露染、風裁雨疊，是牡丹、偏稱化工美。向此際
　　　　會，末教　萼，紅開鮮蕊。遲遞。漸成春意。放秀色妖豔，大真難
　　　　比。粉蕊蝶翅，香上蜂鬚，忍把芳心縈碎。爭似便，移歸深院，將
　　　　綠蓋青幃護風日。恁時節，占斷與、倩紅倚翠。」〔明〕陳耀文輯；
　　　　龍建國、楊有山點校：《花草粹編》，頁 938、939。
〔註205〕其中〈淡黃柳〉、〈翠樓吟〉、〈長亭怨慢〉、〈秋宵吟〉又是姜夔自度
　　　　曲。
〔註206〕其中〈暗香〉、〈疏影〉為姜夔自度曲。

共有十三首詞調（內含六首姜夔自度曲），以姜夔詞為調例下創作代表或創作之先。《花草粹編》所收姜夔十九首詞調中，有十三首詞調是以姜夔詞為模範作品，可見此選所收姜夔詞之態度，乃多秉著存調備佚之考量。正呼應了《花草粹編》以「備調」入選之擇錄原則〔註207〕。

　　除此之外，這十九首作品更是張炎所標舉之「清空騷雅」之例作。張炎在《詞源》中說到：

> 白石詞如〈疏影〉、〈暗香〉、〈揚州慢〉、〈一萼紅〉、〈琵琶仙〉、〈探春慢〉、〈八歸〉、〈淡黃柳〉等曲，不惟清空，且又騷雅，讀之使人神觀飛越。〔註208〕

文中所提，除了〈揚州慢〉，其他都收入《花草粹編》〔註209〕，故由編中所選姜夔詞可知，陳耀文乃贊同了姜夔、張炎一派之「清空騷雅」觀念。

表格 11：《中興以來絕妙詞選》與《花草粹編》所選姜夔自度曲一覽表

	朝　代	宋	明
	詞選名稱	中興以來絕妙詞選	花草粹編
	作者	黃昇	陳耀文
	排列方式	詞人為序	詞調為序
序號〔註210〕	揚州慢·淮左	○	

〔註207〕陶子珍歸納《花草粹編》選錄表準：一、以通俗名作入選，二以「備調」入選，三以「備人」入選，四以蒐佚入選。見陶子珍：《明代詞選研究》，頁 213。

〔註208〕〔宋〕張炎：《詞源·清空》，收錄在唐圭璋：《詞話叢編》冊 1，頁 259。

〔註209〕丁放、鮑菁以為：「《花草粹編》對姜夔等風雅派詞人作品的選入，亦使選體出現『復雅』的傾向，這是陳氏在『花草』盛行的背景下獨特的詞學觀。」丁放、鮑菁，〈論《花草粹編》選詞的主導傾向〉，頁 70。

〔註210〕序號中打「*」者，為姜夔自度曲。姜夔：《白石道人全集》（臺北：臺灣商務印書館，1968 年，嘉泰壬辰錢希武刻本），白石道人歌曲

1*	一萼紅・古城	○	○第一〔註211〕
2	霓裳中序第一・亭皋		
3	湘月・五湖	○	○獨一
*4	清波引・冷雲	○	○獨一
5	八歸・芳蓮	○	○獨一
6	小重山令・人繞	○	
7	眉嫵・看垂	○	○第一
8	浣溪沙・著酒		
9	探春慢・衰草	○	○獨一
10	翠樓吟・月冷	○	○獨一
11*	踏莎行・燕燕	○	○
12	杏花天影・綠絲		
13	惜紅衣・簟枕	○	
14*	石湖仙・松江	○	
15*	點絳脣・燕雁	○	
16	夜行船・略彴		
17	浣溪沙・春點		
18	琵琶仙・雙槳	○	○獨一
19	鷓鴣天・京洛	○	
20	念奴嬌・鬧紅	○	○
21	浣溪沙・釵燕		
22	滿江紅・仙姥		
23	淡黃柳・空城	○	○獨一
24*	長亭怨慢・漸吹	○	○獨一

卷四，載有自製曲 13 首。陶宗儀鈔本目錄卷五、六也有標汪自度曲，共 13 首。張奕樞、陸鍾煇兩刊本及江炳炎鈔本（即朱孝臧彊村叢書底本）皆出於陶鈔，見夏承燾：《姜白石詞編年箋校》（上海：上海古籍出版社，1998 年 12 月），頁 9～10。

〔註211〕《花草粹編》下：「第一」是指詞調下，姜夔詞作品排列次序為第一；「獨一」是指詞調下，只獨選姜夔詞作品一首為代表，再無他人作品。

25*	醉吟商小品 · 又正		
26	摸魚兒 · 向秋		
27	淒涼犯 · 綠楊	○	
28*	秋宵吟 · 古簾	○	○獨一
29*	點絳脣 · 金谷		
30	解連環 · 玉鞍（鞭）	○	
31	玉梅令 · 疏疏	○	
32	暗香 · 舊時	○	○第一
33*	疏影 · 苔枝	○	○第一
34*	水龍吟 · 夜深		
35	玲瓏四犯 · 疊鼓		○
36	聲聲繞紅樓 · 十畝		
37	角招 · 為春		
38*	鷓鴣天 · 曾共		
39	阮郎歸 · 紅雲		
40	阮郎歸 · 旌陽		
41	齊天樂 · 庾郎	○	○
42	慶宮春 · 雙槳		
43	江梅引 · 人間		
44	鬲溪梅令 · 好花	○	
45	浣溪沙 · 花裏		
46	浣溪沙 · 翦翦		
47	浣溪沙 · 雁怯		
48	鷓鴣天 · 柏綠		
49	鷓鴣天 · 巷陌		
50	鷓鴣天 · 憶昨	○	
51	鷓鴣天 · 肥水		
52	鷓鴣天 · 輦路	○	
53	月下笛 · 與客		
54	喜遷鶯慢 · 玉珂		
55	徵招 · 潮回		

56*	驀山溪・與鷗	○	
57	漢宮春・雲曰		
58	漢宮春・一顧		
59	洞仙歌・花中		
60	念奴嬌・昔遊		
61	永遇樂・雲鬲		
62	虞美人・闌干		
63	水調歌頭・日落		
64	卜算子・江左		
65	卜算子・月上		
66	卜算子・蘚骿		
67	卜算子・家在		
68	卜算子・摘蕊		
69	卜算子・綠萼		
70	卜算子・象筆		
71	卜算子・御苑		
72	好事近・涼夜		
73	虞美人・西園		
74	虞美人・摩挲		
75	憶王孫・冷紅	○	
76	少年遊・雙螺	○	○
77	訴衷情・石榴		
78	念奴嬌・楚山		
79	法曲獻仙音・虛閣	○	○
80	側犯・恨春	○	
81	小重山令・寒食	○	
82	驀山溪・青青		
83	永遇樂・我與		
84	34 首	19 首	
84 首姜夔詞中，從中選入有：		11 首	6 首
13 首自度曲中，從中選入有：		32.3%	31.5%

（二）《類編箋釋續選草堂詩餘》：選錄姜夔詞二闋

南宋《草堂詩餘》未選錄姜夔詞，明代目前流傳算早且保存完整之明洪武壬申（二十五年，1392）《增修箋註妙選羣英草堂詩餘》〔註212〕亦未見姜夔詞。至明嘉靖戊戌（十七年，1538）陳鍾秀校刊之《精選名賢詞話草堂詩餘》二卷、明嘉靖庚戌（二十九年，1550）顧從敬刊刻之《類編草堂詩餘》四卷，此兩選本亦未收錄姜夔詞。是知明嘉靖時期之《草堂詩餘》皆未收姜夔詞，那麼萬曆時期呢？

明萬曆時期之長湖外史所輯、錢允治箋釋《類編箋釋續選草堂詩餘》，收錄姜夔詞兩首，為〈惜紅衣〉、〈琵琶仙〉。

《類編箋釋續選草堂詩餘》與顧從敬選、陳繼儒校、陳仁錫參訂《類選箋釋草堂詩餘》六卷以及錢允治編、陳仁錫釋《類編箋釋國朝詩餘》五卷等三種合刻，為明萬曆甲寅（四十二年，1614）刊本，臺北：國家圖書館藏〔註213〕。《類編箋釋續選草堂詩餘》所選作品皆為顧從敬《類選箋釋草堂詩餘》未收者，共計選詞221闋。顧從敬所選《類選箋釋草堂詩餘》並未選姜夔詞，而「類編續選本」有姜夔詞補遺二闋。

長湖外史，明常州人，姓氏生卒皆不詳，所選《類編箋釋續選草堂詩餘》必在明萬曆甲寅（四十二年，1614）錢允治箋釋之前。「類編續選本」所選範圍，自唐、五代、宋、金、元至明，仍以北宋婉約派詞人為多。「類編續選本」為分調本，收錄上卷小令三十五調、下卷收錄中調十九調、長調十九調。調下範例最多，乃小令〈菩薩蠻〉，共有十八闋，其次是〈浣溪沙〉，共有十四闋。長調〈惜紅衣〉、〈琵琶仙〉此兩調皆只取姜詞一闋為例，有「備調」入選之意。「類編續選本」將詞題皆簡化為兩字，姜詞此兩首被簡化為「本

〔註212〕　《增修箋註妙選羣英草堂詩餘》（明洪武壬申（二十五年，1392）遵正書堂刊本），收錄於吳昌綬、陶湘輯：《景刊宋金元明本詞》（上海：上海古籍出版社，1989年），頁407～456。

〔註213〕　〔明〕顧從敬編、錢允治續補：《類選箋釋草堂詩餘》等三種合刻（明萬曆甲寅42年刊本，臺北：國家圖書館藏）。

意」〔註214〕。

　　《續集》乃在續選《正集》中所遺漏之佳詞，沈際飛曾於〈古香岑草堂詩餘四集發凡〉曰：「《續集》視顧選尤精約，悉仍其舊。」〔註215〕因此仍是仿《草堂詩餘》，以北宋詞為主。黃河清《續草堂詩餘序》說：

　　　　所刻續集中，如李後主之秋閨、李易安之閨思、晏叔原之春
　　　　景、蕭竹屋之紀夢懷舊、周美成之春情、無名氏之有感、張
　　　　子野之楊華、歐陽永叔之閨情采蓮、蘇子瞻之佳人、楊孟載
　　　　之暮春、朱淑真之閨情、程正伯之秋夜，以此數闋，授一小
　　　　青娥，撥銀箏，倚綠窗，作曼聲，則繞樑遏雲，亦足令多情
　　　　人銷魂也，豈必皆古淥水之節哉！〔註216〕

　　《續集》所錄多春花秋月，佳人閨情，令人銷魂，並非皆似〈古淥水〉琴曲般和平中節，與《草堂詩餘》獨尚婉麗柔靡之特色相同，可見其承襲續補之意。明代詩道振，而詞為小道，地位低，黃河清《續草堂詩餘序》即曰：「嗟乎！詩工于唐，詞盛于宋，至我明詩道振而詞道闋。……詩則騷人遷客之所抒情倡酬，蘭臺石室之彥，所借以獻至尊者。以故得不與詞而俱廢。夫詞體纖弱，壯夫不為，獨惜篇什寂寥。彼歌《金縷》、唱《柳枝》者，其聲宛轉易窮耳。所刻續集中，如李後

〔註214〕姜夔〈惜紅衣‧枕簟邀涼〉詞題為「本意」，沈際飛《草堂詩餘續集》更正為「吳興荷花，作本意誤」。見〔明〕沈際飛評選：《草堂詩餘續集》（明末崇禎吳門童湧泉刊《鑴古香岑批點草堂詩餘四集》本）卷下，頁21。〈琵琶仙‧雙槳來時〉詞題為「本意」，沈際飛《草堂詩餘續集》更正為「吳興感遇，作本意誤」。見明‧沈際飛評選：《草堂詩餘續集》卷下，頁27。

〔註215〕〔明〕沈際飛評選：《古香岑草堂詩餘四集》（明末崇禎吳門童湧泉刊《鑴古香岑批點草堂詩餘四集》本），「分帙」項，頁3。

〔註216〕〔明〕黃河清：〈續草堂詩餘序〉，見〔明〕長湖外史類輯，沈際飛評箋：《草堂詩餘續集》（明末崇禎吳門童湧泉刊《鑴古香岑批點草堂詩餘四集》本），頁4、5。剞劂：雕琢刻鏤。白居易〈聽彈〈古淥水〉琴曲名〉：「聞君古淥水，使我心和平。」蕭竹屋，名允之，《續集》中有其詞〈點絳唇‧花徑相逢〉，沈際飛評曰：「夢境真境。」見〔明〕沈際飛評選：《草堂詩餘續集》卷上。

主之秋閨……，以此數闋，授一小青娥，撥銀箏，倚綠窗，作曼聲，則繞樑遏雲，亦足令多情人銷魂也，豈必皆古淥水之節哉！」〔註217〕詞體雖小道不振，且纖弱寂寥，《續集》中亦如是，然而詞中情感真摯、多情銷魂、曼聲繞樑，使得明人仍然喜愛不捨，這樣的態度，也助長模仿《草堂詩餘》續集之盛行。以下表格〔註218〕乃將《類編箋釋續選草堂詩餘》選取五闋詞以上之詞人以及姜夔列出，與其合輯之顧從敬所選《類選箋釋草堂詩餘》作一比較，以見原書與續補之異同（詞人以時代歸類，並按顧從敬類選《類選箋釋草堂詩餘》詞數之多寡排列）：

時代	詞人	顧從敬類選、陳繼儒重校、陳仁錫參訂		明長湖外史所輯、錢允治箋釋	
		類選箋釋草堂詩餘	總計	類編箋釋續選草堂詩餘	總計
五代	李煜	8	8	11	11
北宋	周邦彥	63			
	秦觀	30		20	
	蘇軾	29		21	
	柳永	23			
	歐陽脩	15		26	
	黃庭堅	12		7	
	張先	11			
	晏幾道	9		7	
	李清照	9			
	賀鑄	7		7	
南宋	康與之	16			
	辛棄疾	13		6	

〔註217〕張璋：《歷代詞話》（鄭州：大象出版社，2002 年），頁 493。剗剗：雕琢刻鏤。白居易〈聽彈《古淥水》琴曲名〉：「聞君古淥水，使我心和平。」
〔註218〕修改自李娟娟：《草堂四集及古今詞統之研究》（高雄：高雄師範大學國文系碩士論文，1996 年），頁 73～75。

	朱敦儒	10		7	
	姜夔	**0**		**2**	
明	楊基	0	0	10	10

由上表可知，明長湖外史所輯《類編箋釋續選草堂詩餘》亦如同顧本，大多選取北宋詞人，選取重心不似顧本較著重在周邦彥詞上，而較多在歐陽脩、蘇軾、秦觀三人，然而主要仍以「婉麗流暢」、「柔情曼聲」〔註219〕為擇取標準。

黃河清曾指出《續草堂詩餘》之價值：

> 世有匯輯《唐宋名賢詞》者，凡四十冊，人凡若干卷，卷凡若干首，余嘗卒業之，泱泱大觀哉。又《花間集》者，片片皆小璣，可弦而歌也。第《唐宋名賢詞》，卷帙重大，剞劂未施，綴詞之士，罕窺其全。《花間集》止及唐而不及宋，猶詩之漢魏乘矣。是為詩餘者，續《花間集》者與？續詩餘者，又其續與？嗟乎詩工於唐，詞盛於宋。〔註220〕

黃河清《續草堂詩餘序》中言及明吳訥（1368～1454）有《唐宋元明百家詞》四十卷，然而卷帙浩大，未加雕琢，詞人罕窺其全，而《花間集》又只搜羅至晚唐五代，因此《續草堂詩餘》此編選集，改善了兩者缺點，其優點為續補《花間》、《草堂》，又可綜觀晚唐至明代詞，卷帙精簡，方便參閱。只不過吳訥《唐宋元明百家詞》並未選錄姜夔詞。

那麼明代時期《草堂詩餘》收錄姜夔詞狀況為何呢？據前文可

〔註219〕〔明〕何良俊之《草堂詩餘序》謂：「樂府以曒迢揚厲為工，詩餘以婉麗流暢為美，即《草堂詩餘》所載，如周清真、張子野、秦少游、晁叔原諸人之作，柔情曼聲，摹寫殆盡，正辭家所謂當行，所謂本色也。」何良俊此序作於嘉靖庚戌（二十九年，1550），見〔明〕何良俊：《類選箋釋草堂詩餘・序》（《續修四庫全書》據上海圖書館藏明萬曆四十二年刻本影印），頁67。其中「晁叔原」應為「晏叔原」之誤。

〔註220〕〔明〕黃河清：〈續草堂詩餘序〉，見〔明〕長湖外史類輯，沈際飛評箋：《草堂詩餘續集》（明末崇禎吳門童湧泉刊《鐫古香岑批點草堂詩餘四集》本），頁2、3。

知，明代中葉嘉靖時期，未收錄任何一闋姜夔詞，然至明晚期萬曆年間，慢慢收錄姜夔詞二闋，再至崇禎年間，收錄更多姜夔詞，多達七闋。可見其《草堂詩餘》至晚明，收錄標準已有改變，萬曆時期是開始接納姜夔詞之轉變期。

那麼萬曆崇禎時期《類編箋釋續選草堂詩餘》對於雅詞派之態度如何呢？以下將「類編續選本」萬曆崇禎時期《草堂》收錄雅詞派狀況，表列如次：

《類編箋釋續選草堂詩餘》與萬曆崇禎時期《草堂》收錄雅詞派數量表					
成書時間	明萬曆甲寅四十二年(1614)《合刻類編箋釋草堂詩餘》三種之一	明萬曆甲寅四十二年(1614)《合刻類編箋釋草堂詩餘》三種之一	崇禎（早於1629年）《古香岑草堂詩餘四集》之一	崇禎（早於1629年）《古香岑草堂詩餘四集》之一	崇禎（早於1629年）《古香岑草堂詩餘四集》之一
作者	顧從敬選、陳繼儒重校	長湖外史編、錢允治箋釋	顧從敬選、沈際飛評	長湖外史編、沈際飛評	沈際飛評選
詞集名	類選箋釋草堂詩餘	類編箋釋續選草堂詩餘	草堂詩餘正集	草堂詩餘續集	草堂詩餘別集
雅詞派	姜夔	0	2	0	2	7
	史達祖	2	0	2	0	11
	吳文英	0	0	0	0	6
	王沂孫	0	0	0	0	0
	張炎	0	0	0	0	0
	蔣捷	0	1〔註221〕	0	1〔註222〕	38

由上表可知，「類編續選本」對於雅詞派收錄不多。要到崇禎時期沈際飛評選之《草堂詩餘別集》才更著重選錄南宋雅詞派詞人。「類編續選本」反映了晚明萬曆時期，選者已經不同前期，將姜夔詞慢慢加

〔註221〕〈柳梢青‧學唱新腔〉誤題為「蔣達」，應為「蔣捷」詞。見〔明〕長湖外史所輯、錢允治箋釋：《類編箋釋續選草堂詩餘》（明萬曆甲寅42年刊本，臺北：國家圖書館藏）卷二，頁26。

〔註222〕《草堂詩餘續集》於〈柳梢青‧學唱新腔〉注「蔣竹山，刻蔣達誤」。見沈際飛評：《草堂詩餘續集》（明末崇禎吳門童湧泉刊《鐫古香岑批點草堂詩餘四集》本）卷上，頁27。

入《草堂詩餘》續補行列中。然而其數量還是算少，其因之一，如清·
譚獻《復堂詞話》所說：

> 《草堂》所錄，但茷去柳耆卿、黃山谷、胡浩然、康伯可、
> 僧仲殊諸人惡札，則兩宋名章迴句，傳誦人間者略具，宜其
> 與《花間》並傳，未可廢也。《詩餘》續編二卷，不知出何
> 人，擇言雅矣。然原選正不諱俗，蓋以盡收當時傳唱歌曲
> 耳。續采及元人，疑出明代。然卷中錄稼軒、白石諸篇，陳
> 義甚高不隨流俗，明世難得此識曲聽真之人。〔註223〕

《續集》中所收皆唐宋名賢「淺近易學」、「流播最廣」之作，盡收當
時傳唱歌曲，譚獻以為稼軒與姜夔詞陳義甚高，姜夔詞被評為「清空
騷雅」〔註224〕，詞情蘊藉，曲高和寡，不隨流俗，明人難以識曲聽
真，故采錄便少。

　　然而《類編箋釋續選草堂詩餘》整體風格，雖承襲顧本《草堂詩
餘》之柔婉妍麗〔註225〕特點，其中却收有極少數豪放派之詞，《續集》
收辛詞六闋中有〈菩薩蠻〉（鬱孤臺下）：「鬱孤臺下清江水，中間多少
行人淚，西北是長安，可憐無數山。」錢允治評曰「金人追孟太后至造
口而返」。〔註226〕〈念奴嬌〉（我來弔古）：「我來弔古上危樓，贏得閒
愁千斛，龍蟠虎踞何處是，只有興亡滿目」錢允治評曰「雖有江山，無
人主持，長歎而已。」〔註227〕豪放詞作已雜入其中，故陶子珍說：

> 明代所編之《草堂詩餘》之續選、補選本，已汰其近俳近俚
> 者，另擇詞清意遠、高曠典雅諸作替之，是以由宋至明，因

〔註223〕〔清〕譚獻：《復堂詞話》，收錄在唐圭璋編，《詞話叢編》冊4，頁
　　　　4001。

〔註224〕〔宋〕張炎：《詞源·清空》，收錄在唐圭璋《詞話叢編》冊1，頁259。

〔註225〕王世貞：「花間以小語致巧，世說靡也，草堂以麗字取妍，六朝陋
　　　　也。即詞號稱詩餘，然而詩人不為也。何者，其婉孌而近情也，足
　　　　以移情而奪嗜，其柔靡而近俗也。」

〔註226〕〔明〕長湖外史所輯、錢允治箋釋：《類編箋釋續選草堂詩餘》卷
　　　　上，頁17。

〔註227〕〔明〕長湖外史所輯、錢允治箋釋：《類編箋釋續選草堂詩餘》卷
　　　　下，頁26。

> 詞風之改變，與社會風氣之轉移，《草堂》選詞之依歸，已
> 然發生變異。〔註228〕

晚明選者漸漸不再侷限於婉約一派，「類編續選本」所收自北宋至明代，所見眼界已更為寬廣，兼容並蓄之想法漸漸顯露，姜詞在此風氣轉移下，也慢慢浮出檯面。姜夔入選之二闋詞，其中之一係自度曲〈惜紅衣〉，並未收錄於更早之《花草粹編》，却在此選中，疑是從宋黃昇《花庵詞選》中選錄而來，卻也反映明人漸漸選取姜夔之自度曲了。

（三）《詞的》：未收姜夔詞

《詞的》，凡四卷，卷內首頁題「茅暎遠士評選」，茅暎，字遠士，西吳（今浙江吳興縣）人。明‧朱之蕃（1560～？）字元介（一作元升），號蘭嵎，茌平（今山東茌平縣）人，將《詞的》與《草堂詩餘》（明‧楊慎批點，文仲閔校訂）、《四家宮詞》（明‧楊慎批點，朱萬選校訂）、《花間集》（後蜀‧趙崇祚集，明‧湯顯祖評）等，共四種十五卷，合輯成《詞壇合璧》。合輯楊慎、湯顯祖所評點之書，分別完成於嘉靖與萬曆間，陶子珍由此時間推斷，以為《詞的》最遲至萬曆（1573～1620）晚期已成書。〔註229〕

《詞的》是依調編排之「分調本」詞選，按小令（卷一、卷二）、中調（卷三）及長調（卷四）之字數多寡編排，總計收錄 392 闋詞，詞家 145 人，其中《詞的》偏愛小令，有 243 闋之多。選錄範圍為晚唐、五代迄於明代，缺金人作品。其選錄標準，由〈凡例〉第一條可知之：

> 幽俊香豔為詞家當行，而莊重典麗次之。〔註230〕

〔註228〕陶子珍：《明代詞選研究》，頁 85。

〔註229〕《詞的》最遲至萬曆（1573～1620）晚期已成書之說，見陶子珍：《明代詞選研究》，頁 319。而馬興榮《中國詞學大辭典》「詞的」條載：「有萬曆四十八年（1620）《詞壇合璧》本，朱墨套印。」《詞壇合璧》成書於萬曆四十八年，見馬興榮主編：《中國詞學大辭典》（杭州：浙江教育出版社，1996 年 10 月），頁 276。

〔註230〕第一條下面又有：「故古今名公，悉多鉅作，不敢攔入。匪曰偏狗，

〈凡例〉第二條又曰：

> 詞協黃鍾，倘隻字失律，便乖元韻，故先小令、次中令、次
> 長調，俱輪宮合度，字字相符，以定正的。〔註231〕

是知《詞的》之選詞目的為「定正的」，為詞立下規範和準繩，而具備
「正的」之詞必須「幽俊香豔」與「輪宮合度」。陶子珍說：「當時譜
體詞選盛行，張綖審音定律之餘，並力主以婉約之詞為本色，《詞的》
難免受其影響」〔註232〕，《詞的》會被與「小語致巧」之《花間集》、
「麗字取妍」之《草堂詩餘》、「纖麗幽沉」之《四家宮詞》合編為《詞
壇合璧》，即可知其性質大約亦是偏向輕靡俗艷之作。〔註233〕

　　茲將《詞的》選詞十闋以上之詞家，表列如次（詞人以時代歸
類，並按詞數之多寡排列）〔註234〕：

時　代	詞　人	詞　數	合　計
晚唐五代	韋莊	10	10
北宋	周邦彥	13	35
	歐陽修	11	
	秦觀	11	
南宋	李清照	10	20
	辛棄疾	10	
明代	楊基	12	12

　　　　　亦存正調。」見〔明〕茅暎輯評：《詞的》（《四庫未收書輯刊》北京：
　　　　　北京出版社，2000 年，清萃閣堂鈔本）第 8 集第 30 冊，頁 470。
〔註231〕〔明〕茅暎輯評：《詞的》（《四庫未收書輯刊》清萃閣堂鈔本，北京：
　　　　　北京出版社，2000 年）第 8 集第 30 冊，頁 470。
〔註232〕陶子珍：《明代詞選研究》，頁 323。
〔註233〕其他二本之輕艷特色，可由詞評得知，如王世貞《藝苑卮言》曾說：
　　　　　「《花間》以小語致巧……《草堂》以麗字取妍」，見唐圭璋，《詞話
　　　　　叢編》（臺北：新文豐出版公司，1988 年 2 月）第 1 冊，頁 385。陳
　　　　　薦夫〈四家宮詞序〉也說：「皆取材纖麗，構思幽沉」見〔明〕朱之
　　　　　蕃編：《詞壇合璧》（明金閶世裕堂刊本，臺北：中央研究院歷史語
　　　　　言研究所傅斯年圖書館）第 4 冊，頁 4。
〔註234〕參考陶子珍：《明代詞選研究》，頁 325。

據表可知《詞的》以北宋之婉約秀麗格調為主。對於南宋詞，最為注意乃是李清照與辛棄疾，那麼關於南宋雅詞派之詞人，收錄狀況如何呢？前文（明代詞選入選南宋雅詞派作品表格）曾予以表列，以下簡列之：

成書年代	萬曆（1573～1620 年）晚期
詞人　　　　　　詞　選	《詞的》
姜夔	0
史達祖	2
吳文英	0
王沂孫	0
張炎	1
周密	0
蔣捷	5

由上表可知，《詞的》並未注意雅詞派詞人。而觀其所選辛棄疾詞，亦皆屬婉約綺靡之作，如〈祝英臺近〉（寶釵分）詞題「春晚」：「是他春帶愁來，春歸何處，又不解帶將愁去。」〔註235〕茅暎評曰：「蘭荃氣韻」，溫庭筠有詞集「握蘭集」「金荃集」，此評是說該詞風格近於溫庭筠之柔婉綺艷。又〈念奴嬌〉（野棠花落）詞題「春恨」：「舊恨春江流不盡，新恨雲山千疊。」〔註236〕〈減字花木蘭〉（盈盈淚眼）：「盈盈淚眼，往日青樓天樣遠，秋月春花，輸與尋常姊妹家。」〔註237〕也是此種風格。而被《詞的》評為最佳者，其詞如次：

〔註235〕「寶釵分」為首句，詞調名後，皆為首句，以下不再復述。〔明〕茅暎輯評：《詞的》（《四庫未收書輯刊》清萃閣堂鈔本）第 8 集第 30 冊，頁 517。
〔註236〕〔明〕茅暎輯評：《詞的》（《四庫未收書輯刊》清萃閣堂鈔本）第 8 集第 30 冊，頁 527。
〔註237〕〔明〕茅暎輯評：《詞的》（《四庫未收書輯刊》清萃閣堂鈔本）第 8 集第 30 冊，頁 487。

無名氏〈菩薩蠻〉

有情潮落西陵浦，無情人向西陵去，去也不教知，怕人留
戀伊。　　憶了千千萬，恨了千千萬，畢竟憶多時，恨時無
奈何。

評曰：的中有最佳者，偏屬無名，惜哉！

受《詞的》讚譽者，乃屬於俚俗輕艷之詞，真是符合了茅暎〈詞的序〉
所言：「蓋旨本淫靡，寧虧大雅，意非訓詁，何事莊嚴。」〔註238〕之
宗旨。

　　《詞的》之前已有陳耀文《花草粹編》收有姜詞 19 闋，然而《詞
的》未選姜夔詞之因，乃因萬曆晚期仍然崇拜「花草」之風，全書選
源自《花間集》與《類編草堂詩餘》中輯出，二者約佔全書比例達 55%
〔註239〕，而《花間集》與《類編草堂詩餘》皆未收錄姜詞。《詞的》
增錄南宋、元代與明代之詞，亦遵循「花草」之「幽俊香豔」選詞原
則，故偏於「清空騷雅」之姜夔詞，甚至其餘雅詞派詞人，就不在考
慮之列。

（四）小結

　　明中葉嘉靖時期，姜夔詞幾乎未入任何詞選中，然而至明萬曆時
期，出現存詞甚巨之《花草粹編》，收詞三千多首，選源突破了《花間
集》、《草堂詩餘》之局限，廣泛搜集，許多詞人作品因此被保留下來，
姜夔詞亦在受益者之列，被收錄了十九闋。另外盛行明代之《草堂詩
餘》，至萬曆時期出現續編本：長湖外史所輯、錢允治箋釋《類編箋釋
續選草堂詩餘》，收錄標準乃續選《草堂詩餘》中所遺漏之佳詞，雖然

〔註238〕茅暎〈詞的序〉，見〔明〕茅暎輯評：《詞的》（《四庫未收書輯刊》
　　　　清萃閣堂鈔本）第 8 集第 30 冊，頁 469。

〔註239〕《詞的》自《花間集》中，輯選 68 闋；自《類編草堂詩餘》中，選
　　　　錄 148 闋。見陶子珍，《明代詞選研究》，頁 327。《花間集》之版本
　　　　為：〔五代〕趙崇祚編：《花間集》（明末虞山毛氏汲古閣刊《詞苑英
　　　　華》本，臺北：國家圖書館藏）。《類編草堂詩餘》之版本為：〔宋〕
　　　　不著編人，《類編草堂詩餘》（明嘉靖庚戌 29 年武陵顧從敬刊本，臺
　　　　北：國家圖書館藏）。

亦沿襲北宋婉約靡麗之詞風，然而所選詞作，在《花草粹編》影響下，所選《草堂》亦有所轉變，收錄了姜夔二闋詞。且按調編排之《花草粹編》與《類編箋釋續選草堂詩餘》，皆收錄了姜夔之自度曲，可見以詞存調之概念，慢慢增加了收錄姜夔詞之動機。

然而以選評俗艷詞作之《詞的》，應晚明社會浪漫思潮，反對傳統道德，要求個性自由解放〔註240〕下，所選仍偏向輕靡俗艷之作，以幽俊香豔為當行詞作，循「花草」之風，拓展內容，因此姜夔清空騷雅詞作，就不符合收錄標準。

萬曆時期詞選收錄姜夔詞，是創新，然而也是一個試驗期，此時期仍深受《花間》《草堂》之影響，故《類編箋釋續選草堂詩餘》仍仿舊風，以北宋詞人婉約靡麗為主，《詞的》亦以彙集「幽俊香豔」之詞家當行詞作為主。姜夔詞曲高和寡，可能陳義過高，或自度曲調冷門，一般大眾難以傳唱，不能成為當時流行歌曲、書賈牟利之商品，然姜夔詞之獨特性，卻在《花草粹編》中，再次顯露，使往後之詞選，有更多機會閱讀到姜詞。讀者接受程度如何還不知，然已表示編者有心介紹姜詞，所以萬曆時期，是姜詞入大眾文化之試驗期。由此可總結：明萬曆時期，為詞選收入姜夔詞之試驗初期。

三、明崇禎時期詞選汰選姜夔詞情形

崇禎時期之詞選，目前可見有《古今詞統》、《精選古今詩餘醉》、《草堂詩餘四集》、《詞菁》。《古今詞統》與《精選古今詩餘醉》，所選詞選千首以上，為大型詞選，選詞趨向以南宋與明代為主，不侷限於《草堂》所重晚唐、五代、北宋詞，選源擴大。另外沈際飛《草堂詩餘四集》共匯集了《正集》、《續集》、《別集》、《新集》，合起來詞作共有 1680 餘首，其中為擴充《草堂》而自選之《別集》為 464 闋、《新集》為 524 闋，更是分別以南宋詞與明詞為主，用意在完成《草堂詩

〔註240〕周偉民：《明清詩歌史論》（長春：吉林教育出版社，1995 年 12 月），頁 250。

餘》之系列續編、補編。《詞菁》一集，則是竟陵派之代表詞選，為矯時俗鄙俚輕率之弊，提倡「崇古」中走出「新變」，從古人之作中，咀嚼出精華，體會古人真精神，而《詞菁》就是由《草堂詩餘四集》汰其雜滓之縮編精華本。

　　以下為明崇禎時期詞選基本資料：

表格 12：明崇禎時期詞選收錄姜詞一覽表

序號	成書時間	詞選名稱	編選者	籍貫	排列方式	選詞數量	詞選規模	選域範圍	姜夔詞數量	名次
1	崇禎（早於古今詞統 1629）	草堂詩餘別集	沈際飛	吳郡（江蘇蘇州）	按調編排	464	中型	隋、唐、五代、金、元、明	7	9
2	崇禎（早於古今詞統 1629）	草堂詩餘續集	沈際飛	吳郡（江蘇蘇州）	按調編排	221	中型	晚唐、五代、宋	2	未達前 20
3	崇禎（早於古今詞統 1629）	草堂詩餘正集	沈際飛	吳郡（江蘇蘇州）	按調編排	456	中型	晚唐、五代、宋	0	未選
4	崇禎已巳二年（1629）	古今詞統	卓人月	浙江仁和（今杭州）	按調編排	2037	大型	隋、唐、五代、宋、元、明	10	未達前 20
5	崇禎四年（1631）	詞菁	陸雲龍	浙江錢塘	按類編排	270	中型	唐、五代、宋、金、元、明	0	未選
6	崇禎九年（1636）	古今詩餘醉	潘游龍	湖北荊南	按類編排	1395	大型	唐、五代、宋、金、元、明	5	未達前 20

（一）《草堂詩餘別集》：選錄姜夔詞七闋，肯定「清空騷雅」特色

　　明末沈際飛編選評正之《古香岑草堂詩餘四集》，十七卷，為明崇禎間太末翁少麓刊本〔註241〕，分為一、《草堂詩餘正集》六卷（題：雲間顧從敬類選、吳郡沈際飛評正）。二、《草堂詩餘續集》二卷（題：

〔註241〕〔明〕沈際飛評選：《古香岑草堂詩餘四集》（臺北：國家圖書館藏，明崇禎間太末翁少麓刊本）。

毘陵長湖外史類輯、姑蘇天羽居士（沈際飛）評箋）。三、《草堂詩餘別集》四卷（題：婁城沈際飛選評、東魯秦士奇訂定）。四、《草堂詩餘新集》五卷（題：吳郡沈際飛評選，錢允治原編）。沈際飛《草堂詩餘續集》（以下簡稱《續集》）收有姜夔詞二闋、《草堂詩餘別集》（以下簡稱《別集》）收有姜夔詞七闋，《續集》與《別集》所選姜夔詞皆未重複。

　　四集中，除了《別集》為沈氏自選外，其餘皆沿襲明萬曆甲寅（1614），長州錢允治所刊刻之《合刻類編箋釋草堂詩餘》三種合刊本，此三本為《草堂詩餘正集》（以下簡稱《正集》）用明嘉靖顧從敬《類編草堂詩餘》翻刻；《續集》用明嘉靖長湖外史《續草堂詩餘》翻刻，錢氏再以箋釋訂正錯誤；《草堂詩餘新集》（以下簡稱《新集》）以明萬曆錢允治編選《類編國朝詩餘》為底本，加以刪增。〔註242〕因崇禎己巳（2年，1629年）浙江卓人月、徐士俊所編選之《古今詞統》，已參考引用沈際飛《草堂四集》，並在〈雜序〉中轉載了沈際飛〈自序〉和〈發凡〉兩文，故《草堂四集》成書最遲在明末崇禎己巳（2年，1629年）之前。〔註243〕

　　沈際飛《續集》沿用明萬曆長湖外史所輯《類選箋釋續選草堂詩餘》，故《續集》亦依底本保留姜夔詞二闋：〈惜紅衣〉、〈琵琶仙〉，另外沈際飛自選《草堂四集‧別集》，則收有姜夔詞七闋。

　　《別集》共四卷，為分調編排，分為小令、中調、長調，收錄範

〔註242〕「《正集》載自顧汝所手，此道當家，不容輕為去取。其附見諸詞，並鱗次其中。《續集》視顧選，尤精約，悉仍其舊。《別集》則余僭為排續，自宋泝之，而五代、而唐、而隋；自宋沿之，而遼、而金、而元。博綜《花間》、《樽前》、《花菴》、宋元名家詞，以及稗官逸史，卷凡四，詞凡若干首。《新集》錢功父始為之，恨功父蒐求未廣，到手即收，故玉石雜陳，竽瑟互進，茲刪其什之五，補其什之七，甘於操戈功父，不至續尾顧公。」見沈際飛：〈古香岑草堂詩餘四集發凡〉，《古香岑草堂詩餘四集》，頁3～4。

〔註243〕沈際飛《古香岑草堂詩餘四集》最遲成於崇禎二年以前，也可能成於崇禎以前，本文姑且將之放在崇禎時期討論之。

圍上自隋、唐、五代，下至金、元、明。沈氏之《正集》、《續集》沿襲顧本，以晚唐北宋之婉約柔靡為編選宗旨，然沈際飛所編選之《別集》則具個別特色。「吾且於材取別，別於正、別於續之謂別也。」〔註244〕《別集》不同於《正集》與《續集》在於：

第一、選源擴大，不囿於《花間》、《草堂》：

> 博綜《花間》、《樽前》、《花菴》、宋元名家詞，以及稗官逸
> 史。〔註245〕

《別集》不再只以晚唐北宋為範圍，而突出南宋。《別集》為自隋至元之跨時代選集，與只選明代之《新集》，匯為一部唐宋金元明之大型通代詞選。丁放、甘松就說：「《別集》不是《草堂詩餘》的簡單沿襲和改編，而是自闢蹊徑擴大選錄範圍及選詞來源。在此（香豔鄙俚）背景之下，沈際飛編選《別集》，發揮詞選家主體意識，大量選錄南宋詞，補偏救弊，讓更多的南宋詞人、詞作，進入明代批評者和讀者的視野之中」〔註246〕而這部通代詞選，以大量選錄南宋詞為特色。再者，沈際飛《別集》之取材原則，秦士奇〈草堂詩餘敘〉曰：

> 至於《別集》，則歷朝近代中所逸，辭意穎拔，風韻秀上，
> 騷不雄、麗不險、質不率、工不刻，天然無雕飾。〔註247〕

《別集》中所選取，乃歷朝近代中所逸失之佳品。

第二，詞以「傳情」。沈際飛把「情」視為詞體之特質，而正大詞之地位，沈際飛《草堂四集·序》說：

> 情生文，文生情，何文非情？而以參差不齊之句，寫鬱勃難
> 狀之情，則尤至也。〔註248〕

又說：

〔註244〕〔明〕沈際飛：〈草堂詩餘別集小序〉，《古香岑草堂詩餘四集》，頁 5。

〔註245〕〔明〕沈際飛：〈古香岑草堂詩餘四集發凡〉，《古香岑批點草堂詩餘四集》，頁 3～4。

〔註246〕丁放、甘松：〈《草堂詩餘四集》的編選評點及其詞學意義〉，《文學評論》第 3 期（2009 年），頁 162～163。

〔註247〕〔明〕沈際飛評選：《古香岑草堂詩餘四集》，頁 4。

〔註248〕〔明〕沈際飛評選：《古香岑草堂詩餘四集》，頁 4。

詩餘之傳，非傳詩也，傳情也。傳其縱古橫今，體莫備於
斯也。余之津津焉，評之而訂之，釋且廣之，情所不自已
也。〔註249〕

沈際飛以「詞」為「傳情」之最適合體裁，反駁「宋元之長短句，愈
降愈下」〔註250〕之貶詞說法。

　　以下將《草堂詩餘別集》選詞在五闋以上者，表列如次（詞人
以時代歸類，並依《草堂詩餘正集》詞數之多寡排列），可知其收錄
大概：

表格 13：《草堂詩餘正集》、《續集》、《別集》收錄五首以上
　　　　詞作數量表〔註251〕

時代	詞人	草堂詩餘正集	總計	草堂詩餘續集	總計	草堂詩餘別集	總計
五代	李煜	8	8	11	11		11
	孫光憲					6	
	韋莊					5	
北宋	周邦彥	63	199		88		39
	秦觀	30		20		5	
	蘇軾	29		21		17	
	柳永	23					
	歐陽脩	15		26		5	
	黃庭堅	12		7		7	
	張先	11				5	
	晏幾道	9		7			
	賀鑄	7		7			

〔註249〕〔明〕沈際飛評選：《古香岑草堂詩餘四集》，頁7。
〔註250〕〔明〕沈際飛評選：《古香岑草堂詩餘四集·序》，頁1。
〔註251〕1. 此表格以詞作達五闋者才列入數字統計，然姜夔入選資料，不論
　　　　是否達五闋，亦列入。修改自李娟娟：《草堂四集及古今詞統之研
　　　　究》（高雄：國立高雄師範大學國文系碩士論文，1996年），頁73～
　　　　75。2.《草堂詩餘新集》以收錄明詞為主，故在此不列入統計。

南宋	康與之	16	48		20		131
	辛棄疾	13		6		21	
	朱敦儒	10		7			
	李清照	9					
	蔣捷					38	
	劉克莊					15	
	黃昇			5		13	
	陸游					11	
	史達祖					11	
	劉過					9	
	姜夔	**0**		**2**		**7**	
	吳文英					6	
明	楊基			10	10		

據表可知《草堂詩餘別集》在南宋詞之選擇上，選詞五首以上之數量多於北宋。而《別集》之數量排名，南宋以蔣捷（38）最多，其次為辛棄疾（21），第三名為北宋蘇軾（17），第四名為劉克莊（15），可知《草堂詩餘別集》除了收錄類似《草堂詩餘》之婉約詞作外，受到楊慎重蘇辛影響〔註252〕，《草堂詩餘別集》亦著重收錄豪放詞作，例如收有岳飛〈滿江紅〉（怒髮衝冠），評曰：「膽量、意見、文章悉無今古。有此願力，是大聖賢、大菩薩。」〔註253〕評點辛棄疾〈最高樓〉（長安道）曰：「任達不拘，悠悠蕩蕩，大落便宜。」〔註254〕評點岳珂〈北固亭〉（澹煙橫）曰：「激烈感憤，類辛幼安『千古江山』詞。」皆作品流露真感情，因此入選。那麼沈際飛《草堂詩餘別集》對南宋

〔註252〕「近日作詞者，惟說周美成、姜堯章，而以東坡為詞詩，稼軒為詞論。此說固當，蓋曲者曲也，固當以委曲為體。然徒狃于風情婉孌，則亦易厭。回視稼軒所作，豈非萬古一清風哉。」見〔明〕楊慎：《詞品》卷4，收錄在唐圭璋：《詞話叢編》冊1，頁502；也收錄在王文才、萬光治等編注：《楊升庵叢書》（成都：天地出版社，2002年）冊6，頁525～527。

〔註253〕〔明〕沈際飛評選：《草堂詩餘別集》卷3，頁20。

〔註254〕〔明〕沈際飛評選：《草堂詩餘別集》卷3，頁14。

雅詞派之態度為何呢？

　　沈際飛《草堂詩餘別集》收錄最多作品之時代，為南宋詞作，其中又以南宋蔣捷詞最多。對於其他南宋雅詞派詞人，如《正集》中未選錄之南宋詞人姜夔、蔣捷、吳文英等人作品，《別集》亦多所注意。沈際飛曾評蔣捷〈霜天曉角〉（人影窗紗）〔註255〕曰：

　　　　淡得濃、俚得雅、稚得老，人皆稱柳、秦、張、周為詞祖，
　　　　而不推蔣竹山，何耶？〔註256〕

沈際飛以為蔣捷能於淡、俚、稚外，與濃、雅、老融合為一體，其地位可與柳永、秦觀、張先、周邦彥，並尊為詞祖。當時人如王世貞曾云：「之詩而詞，非詞也；之詞而詩，非詩也。言其業，李氏、晏氏父子、耆卿、子野、美成、少游、易安至矣，詞之正宗也。」〔註257〕另外，前文所引作於嘉靖庚戌（二十九年，1550）何良俊之〈類選箋釋草堂詩餘序〉〔註258〕亦強調柳永、秦觀、張先、周邦彥為詞之正宗、本色，以婉約為正。而沈際飛推尊蔣捷，乃注意到其濃淡合度，能提升豪放詞之清淡、俚俗，而具有典雅工練之風。沈氏於《別集》中曾評蔣捷詞〈少年游〉（梨邊風緊雪難晴）曰：「竹山詞必工而練。」〔註259〕評〈探春令〉（玉窗蠅字記春寒）曰：「聲聲柔膩，如不輕出諸

〔註255〕蔣捷〈霜天曉角〉：「人影窗紗。是誰來折花。折則從他折去，知折去、向誰家。簷牙。枝最佳。折時高折些。說與折花人道，須插向、鬢邊斜。」

〔註256〕〔明〕沈際飛評選：《草堂詩餘別集》卷1，頁16。依據張璋、職承讓、張驊、張博寧編纂：《歷代詞話》（鄭州：大象出版社，2002年3月），頁601；《草堂詩餘別集》所錄太過模糊，辨認不清。

〔註257〕〔明〕王世貞：《弇州四部稿》，《文津閣四庫全書》（北京：商務印書館，2005年）卷152，《藝苑巵言》，附錄一，頁364。

〔註258〕「樂府以皦逕揚厲為工，詩餘以婉麗流暢為美。即《草堂詩餘》所載，如周清真、張子野、秦少游、晁叔原諸人之作，柔情曼聲，摹寫殆盡，正辭家所謂當行、所謂本色也。」何良俊此序作於嘉靖庚戌29年，1550年。見〔明〕顧從敬編，錢允治續補：《類選箋釋草堂詩餘》（臺北：國立中央圖書館館藏，明萬曆四十二年刊本），頁2。其中「晁叔原」應為「晏叔原」之誤。

〔註259〕〔明〕沈際飛評選：《草堂詩餘四集·別集》卷1，頁37。

口。」〔註260〕評〈金盞子〉（練月縈窗夢乍醒）：「情痴。」〔註261〕又評〈玉樓春〉（玉窗掣鎖香雲漲）曰：「深于意度。」〔註262〕評〈虞美人〉（少年聽雨歌樓上）曰：「意筆子瞻伯仲。」〔註263〕評〈解佩令〉（春晴也好）曰：「放逸俗邁。」〔註264〕評〈滿江紅〉（秋本無愁）曰：「彩發兼理至。」〔註265〕評〈沁園春〉（老子平生）曰：「胸眼高。」〔註266〕評〈沁園春〉（結算平生）曰：「冷水灌頂，通身一汗。」〔註267〕可知沈氏對蔣捷詞之工練柔膩，與放逸意度之特色，多見推崇。

　　沈際飛對雅俗融合得宜之蔣捷推崇外，對於姜夔作品亦見評賞，如《草堂詩餘續集》評姜夔〈琵琶仙〉（雙槳來時）曰：

　　　　詞大忌質實，白石道人〈探春慢〉、〈一萼紅〉、〈揚州慢〉、
　　　　〈暗香〉、〈疏影〉、〈淡黃柳〉諸曲，多清空騷雅。〔註268〕

此說法乃依張炎《詞源》卷下而來：

　　　　詞要清空，不要質實。……白石詞如〈疏影〉、〈暗香〉、〈揚
　　　　州慢〉、〈一萼紅〉、〈琵琶仙〉、〈探春〉、〈八歸〉、〈淡黃柳〉
　　　　等曲，不惟清空，又且騷雅，讀之使人神觀飛越。〔註269〕

雅詞在南宋風行一時，尤其以姜夔為首，明代沈際飛不同流俗，引用張炎說法，進行評點。對於張炎所提具有清空騷雅之〈探春慢〉、〈一萼紅〉、〈揚州慢〉，亦皆收錄在《草堂詩餘別集》中。

　　此外，《草堂詩餘別集》，亦見評姜夔之作品：

　　　　卷四，評〈眉嫵〉（看垂楊迷苑）：「詞到白石翁，出脫一

〔註260〕　〔明〕沈際飛評選：《草堂詩餘四集・別集》卷1，頁39。
〔註261〕　〔明〕沈際飛評選：《草堂詩餘四集・別集》卷4，頁13。
〔註262〕　〔明〕沈際飛評選：《草堂詩餘四集・別集》卷2，頁20。
〔註263〕　〔明〕沈際飛評選：《草堂詩餘四集・別集》卷2，頁20。
〔註264〕　〔明〕沈際飛評選：《草堂詩餘四集・別集》卷3，頁3。
〔註265〕　〔明〕沈際飛評選：《草堂詩餘四集・別集》卷3，頁23。
〔註266〕　〔明〕沈際飛評選：《草堂詩餘四集・別集》卷4，頁32。
〔註267〕　〔明〕沈際飛評選：《草堂詩餘四集・別集》卷4，頁22。
〔註268〕　〔明〕沈際飛：《草堂詩餘續集》卷下，頁27。
〔註269〕　〔宋〕張炎：《詞源》卷下，收錄在唐圭璋：《詞話叢編》冊1，頁259。

番。」〔註270〕

卷四，評〈探春慢〉（衰草愁烟）：「字句何嘗不高雋。」
〔註271〕

卷四，評〈一萼紅〉（古城陰）：「再無纖砌之病，通脫高
婉。」〔註272〕

卷四，評盧申之〈賀新郎〉（十頃涵空碧）：「即堯章賦梅
意：『昭君不慣胡沙遠，但暗憶江南江北。想佩環、月夜歸
來，化作此花幽獨。』幻眇。」〔註273〕

觀其高婉、出脫、高雋、幻眇等評語，實推崇姜夔詞之「高遠」意趣。
在明代詞選中，凸顯出與一般注重婉約、豪放之審美趨向之不同，說
明沈際飛《草堂詩餘別集》乃具有兼容並蓄之度量，並將眼光放在南
宋，在明代詞壇專尚「花草」之偏向中，予以一定程度之矯正。

　　沈際飛《草堂詩餘別集》對於雅詞派之態度，與陳耀文《花草粹
編》選取姜夔、史達祖、吳文英等南宋雅派詞，使讀者接觸較多南宋
作品，不無關係。從時代上來說，萬曆癸未十一年（1583）陳耀文《花
草粹編》，早於明末崇禎二年（1629）之《草堂詩餘別集》，且《草堂
詩餘別集》所選姜夔七闋詞，就有六闋與《花草粹編》重複，可知《草
堂詩餘別集》應參考《花草粹編》來編選。除前引到沈際飛曾引用張
炎《詞源》說法，贊同姜夔清空騷雅外，前引張炎在《詞源》中提到
幾首清空騷雅代表詞：〈疏影〉、〈暗香〉、〈揚州慢〉、〈一萼紅〉、〈琵琶
仙〉、〈探春慢〉、〈八歸〉、〈淡黃柳〉〔註274〕，陳耀文《花草粹編》多
收錄。而沈際飛《草堂詩餘別集》，亦收錄了〈探春慢〉、〈一萼紅〉、
〈揚州慢〉（〈琵琶仙〉已收錄在《草堂詩餘續集》），可見沈際飛亦如
同陳耀文，贊同了姜夔、張炎一派「清空騷雅」之觀念，故多自陳耀

〔註270〕〔明〕沈際飛：《草堂詩餘四集・別集》卷4，頁17。
〔註271〕〔明〕沈際飛：《草堂詩餘四集・別集》卷4，頁15。
〔註272〕〔明〕沈際飛：《草堂詩餘四集・別集》卷4，頁26。
〔註273〕〔明〕沈際飛：《草堂詩餘四集・別集》卷4，頁39。
〔註274〕見〔宋〕張炎：《詞源》，收錄在唐圭璋：《詞話叢編》冊1，頁259。
　　　　除了〈揚州慢〉，其他都收入《花草粹編》中。

－154－

文《花草粹編》中選錄姜夔詞。雖然如此，《花草粹編》仍然偏重晚唐、五代、北宋詞，而《草堂詩餘別集》則較多偏重在南宋。

（二）《古今詞統》：只收姜夔詞十闋

《古今詞統》十六卷，編者題為卓人月和徐士俊。初刻名為《詩餘廣選》，此書署名「陳繼儒眉公評選、卓人月珂月彙選、徐士俊野君參評」，據書前陳繼儒己巳序，應最遲刊刻於崇禎己巳（2 年，1629 年）秋〔註275〕。崇禎癸酉（6 年，1633 年）重新刊刻，易名為《古今詞統》，卷內署名「杭州卓人月珂月彙選，徐士俊野君參評」〔註276〕。《古今詞統》選詞 2037 闋，詞調 296 個，收錄範圍，由隋、唐、五代、宋、金、元及明，是按字數多寡排列，構成分調（小令、中調、長調）之選型。

明末《古今詞統》之選詞標準，主要是：

第一、統集古今。徐士俊《古今詞統‧序》說：

> 曰幽、曰奇、曰淡、曰艷、曰斂、曰放、曰穠、曰孅，總總畢具。〔註277〕

> 世人但知花間、草堂、蘭畹之為三珠樹，而不知詞統之集大成也哉。〔註278〕

《古今詞統》在於集大成之功，兼具各種風格，推動了婉約以外之詞風。然徐士俊卻有兼容並蓄之選取標準，其《古今詞統‧序》又說：

> 詞盛于宋，亦不止於宋，故稱古今焉。古今之為詞者，無慮

〔註275〕 參考蕭鵬：《群體的選擇──唐宋人詞選與詞人群通論》（南京：鳳凰出版社，2009 年 4 月），頁 435；陶子珍：《明代詞選研究》，頁 343。

〔註276〕 唯將卷首陳繼儒〈詩餘廣選序〉改題為孟稱舜〈古今詞統序〉，陳繼儒〈序〉中，卓坤月巳巳秋過「雲間」，改為過「曾楢」，又增錄徐士俊之〈古今詞統序〉，此序作於崇禎癸酉（6 年，1633 年）。其餘各卷選調選詞及卷首附錄一依原書。

〔註277〕 〔明〕徐士俊：《古今詞統‧序》，《續修四庫全書》（上海：上海古籍出版社，2002 年，據上海圖書館藏明崇禎刻本影印）冊 1728，頁 441～442。

〔註278〕 〔明〕徐士俊：《古今詞統‧序》，頁 442。

　　數百家，或以巧語致勝，或以麗字取妍；或望斷江南，或夢
　　回難塞；或床下而偷詠孅手新橙之句……，諸如此類，人人
　　自以為名高黃絹，響落紅牙。而猶有議之者，謂銅將軍鐵綽
　　板，與十七、八女郎，相去殊絕，無乃統之者無其人，遂使
　　倒流三峽，竟分道而馳耶？余與珂月起而任之曰，是不然，
　　吾欲分風，風不可分；吾欲劈流，流不可劈，非詩非曲，自
　　然風流，統而名之以詞。〔註279〕

《古今詞統》之選取目的，乃在於保留古今詞作，總集大成，使詞作
不致亡失。

　　第二、極情盡態之作。明‧孟稱舜《古今詞統‧序》曰：

　　摹寫情態，令人一展卷而魂動魄化者為上。〔註280〕

能令人感動，魂動魄化者，皆可入選，無須因婉約、豪放，而有所取
捨，孟稱舜《古今詞統‧序》又說：

　　作者極情盡態，而聽者洞心聳耳，如是者皆為當行，皆為
　　本色。〔註281〕

能極情盡態，令人感動，就是當行、本色。

　　《古今詞統》選詞，最少僅一闋，最多達到百闋，茲將選詞在
三十闋以上者，表列如次（詞人以時代歸類，並按詞數之多寡排列）
〔註282〕：

時　　代	詞　　人	詞　　數	合　　計
北宋	蘇軾	48	197
	周邦彥	44	
	黃庭堅	38	
	秦觀	34	
	毛滂	33	

〔註279〕〔明〕徐士俊：《古今詞統‧序》，頁440。
〔註280〕〔明〕孟稱舜：《古今詞統‧序》，頁438。
〔註281〕〔明〕孟稱舜：《古今詞統‧序》，頁437。
〔註282〕修改自陶子珍：《明代詞選研究》，頁357。

南宋	辛棄疾	140	364
	蔣捷	50	
	吳文英	49	
	劉克莊	46	
	陸游	45	
	高觀國	34	
明代	楊慎	57	92
	王世貞	35	

據表可知，《古今詞統》以南宋詞總數最多，尤其辛棄疾獨佔了 140
闋最多，除了傳統婉約派之周邦彥、秦觀詞佔有一定份量外，南宋之
辛棄疾、劉克莊、陸游等人之豪放詞作，顯然鋒芒畢露。觀《古今詞
統》全書選詞重心以南宋為主，已異於歷來選家崇尚晚唐、五代及北
宋詞風了，那麼《古今詞統》對於南宋雅詞派入選狀況為何呢？

　　《古今詞統》在書前有「雜說」，載錄張炎〈樂府指迷〉〔註283〕
曰：「如秦少游、高竹屋、姜白石、史邦卿、吳夢窗，格調不凡，句法
挺異，俱能特立清新之意，刪削靡曼之詞，自成一家。」茲就《古今
詞統》所收此數人之詞數，表列如次（詞人依時代分類，再依數量多
寡排序）：

《古今詞統》收秦觀、吳文英、高觀國、史達祖、姜夔詞數量表		
時　　代	詞　　人	詞　　數
北宋	秦觀	34
南宋	吳文英	49
	高觀國	34
	史達祖	29
	姜夔	10

〔註283〕《古今詞統》之《樂府指迷》節錄〔宋〕張炎《詞源》卷下。〔明〕
　　　　卓人月、徐士俊輯：《古今詞統》《續修四庫全書》（上海：上海古籍
　　　　出版社，2002 年，據上海圖書館藏明崇禎刻本影印）冊 1728，頁
　　　　450。

《古今詞統》除收錄姜夔 10 闋詞，對高觀國、史達祖、吳文英之詞作，皆收錄 25 闋詞以上，可知《古今詞統》除了婉約派、豪放派，亦注意到雅詞派類作品。明代收錄姜夔詞作，多達 10 闋之詞選並不多，除了《花草粹編》收錄 19 闋外，就是《古今詞統》最多。

　　《古今詞統》所收錄姜夔詞之來源為何呢？由《古今詞統》卷首「舊序」類所附錄八篇序看來，有六篇出於《古香岑草堂詩餘四集》之序〔註284〕，故《古香岑草堂詩餘四集》在該選主要選源上佔有一定份量。據陶子珍統計《古今詞統》選錄 2037 闋，其中有 639 闋，見錄於《古香岑草堂詩餘四集》〔註 285〕，佔幾乎全書之三分之一，是知《古今詞統》在此基礎上，再擴編詞作內容。查《草堂詩餘別集》共收有姜夔詞 7 闋，其中 4 闋重出於《古今詞統》，《草堂詩餘續集》收有姜夔詞 2 闋，其中 1 闋重出於《古今詞統》，也就是說《古香岑草堂詩餘四集》共收有姜夔詞 9 闋，其中 5 闋重出於《古今詞統》。

　　早於《古今詞統》前之明代詞選，收錄較多姜夔詞之詞選有：《花草粹編》、《草堂詩餘別集》、《草堂詩餘續集》，茲取與《古今詞統》作一比較：

〔註284〕陶子珍整理出《古今詞統》於「舊序」類所收 1. 何良俊，〈草堂詩餘序〉，原收錄於《草堂詩餘正集》；2. 陳仁錫，〈續詩餘序〉，原收錄於《類選箋釋草堂詩餘》（然此本內容與《草堂詩餘正集》大體相同）；3. 黃河清，〈續草堂詩餘序〉，原收錄於《草堂詩餘續集》；4. 沈際飛，〈詩餘別集序〉，原收錄於《草堂詩餘別集》；5. 錢允治，〈國朝詩餘序〉，原收錄於《草堂詩餘新集》；6. 又沈際飛〈詩餘四集序〉，原收錄於《古香岑草堂詩餘四集》卷前。另外兩序為：楊慎，〈詞品序〉及王世貞，〈詞評序〉。見陶子珍，《明代詞選研究》，頁 350～351。

〔註285〕其中《草堂詩餘正集》93 闋，《草堂詩餘續集》80 闋、《草堂詩餘別集》245 闋、《草堂詩餘新集》121 闋，收錄於《古今詞統》中，見陶子珍：《明代詞選研究》，頁 351。

編排類型		按調編排（小令、中調、長調）	按調編排（小令、中調、長調）	按調編排（小令、中調、長調）	按調編排變型（依字數多寡編排）
成書時間		萬曆癸未十一年（1583）	崇禎（早於古今詞統1629年）	崇禎（早於古今詞統1629年）	崇禎己巳二年（1629）
編　者		陳耀文	沈際飛	沈際飛	卓人月、徐士俊
詞選名稱		花草粹編	草堂詩餘別集	草堂詩餘續集	古今詞統
序號	收姜夔詞總數	19	7	2	10
1 長	揚州慢・淮左		○		
2 長	一萼紅・古城	○	○		
4 長	湘月・五湖	○			○（念奴嬌）
5 中	清波引・冷雲	○			
6 長	八歸・芳蓮	○			
8 長	眉嫵・看垂	○	○		○
10 長	探春慢・衰草	○	○		
11 長	翠樓吟・月冷	○			○
12 令	踏莎行・燕燕	○			
14 中	惜紅衣・簟枕			○	○
16 令	點絳脣・燕雁				○
19 長	琵琶仙・雙槳	○		○	
21 長	念奴嬌・鬧紅	○	○		○
24 中	淡黃柳・空城	○			
25 長	長亭怨慢・漸吹	○	○		○
29 長	秋宵吟・古簾	○			
33 長	暗香・舊時	○			○
34 長	疏影・苔枝	○			○
36 長	玲瓏四犯・疊鼓	○			
42 長	齊天樂・庾郎	○	○		○
77 令	少年遊・雙螺	○			
80 長	法曲獻仙音・虛閣	○			

由表可知：《古今詞統》共收 10 闋姜夔詞，有 8 闋與《花草粹編》重出，有 5 闋與《草堂詩餘別集》、《草堂詩餘續集》重出，其中三家皆選取者，共有 4 闋，是知《古今詞統》除參閱《草堂詩餘別集》、《草堂詩餘續集》外，亦多參閱《花草粹編》。〔註 286〕

張炎曾經舉過姜夔清空騷雅詞作八闋：「白石詞如〈疏影〉、〈暗香〉、〈揚州慢〉、〈一萼紅〉、〈琵琶仙〉、〈探春慢〉、〈八歸〉、〈淡黃柳〉等曲，不惟清空，且又騷雅，讀之使人神觀飛越。」〔註 287〕《花草粹編》幾乎入選，然而《古今詞統》卻只入選〈暗香〉、〈疏影〉。

《古今詞統》卷前收錄有八篇「舊序」、六條「雜說」。「舊序」前引到有六篇乃《古香岑草堂詩餘四集》之序，另外兩篇為明·楊慎〈詞品序〉〔註 288〕、王世貞〈詞評序〉。在「雜說」類除前引宋·張炎〈樂府指迷〉〔註 289〕提到姜夔外，其他所收五說，皆為明人詞論，都未論及姜夔。惟沈際飛〈詩餘發凡〉上有評語，或許可解釋所選姜詞不多之原因：

> 詞家習熟縱橫故句或無常，而聲能協調，且如姜堯章之流，
> 能自度曲，總由精于音律之故，不許效顰也。〔註 290〕

由《古今詞統》卷前所收錄之詞論資料看來，姜夔之名氣，乃經由張炎〈樂府指迷〉所保留。而明代詞論家提及姜夔，最稱讚處，端在精于音律，且可自由創作，形成別人不能輕易效顰之優點。缺點却也正因為姜夔自創曲調之獨樹一幟，音樂素養不高之後人對其詞作，只怕是望洋興嘆，難以仿作，姜詞之傳播也因此受阻。

〔註 286〕 惟《古今詞統》所收姜夔詞〈點絳唇·燕雁無心〉一闋，不見於《花草粹編》與《草堂別集、續集》，然宋代黃昇《中興以來絕妙詞選》與周密《絕妙好詞》皆有收入。

〔註 287〕 〔宋〕張炎：《詞源》，收錄在唐圭璋，《詞話叢編》冊 1，頁 259。

〔註 288〕 見〔明〕卓人月、徐士俊輯：《古今詞統》，頁 445。

〔註 289〕 此為自張炎：《詞源》卷下粹取而出，而名為張炎〈樂府指迷〉，非沈義父之《樂府指迷》，此應《古今詞說》編者誤植。

〔註 290〕 〔明〕卓人月、徐士俊輯：《古今詞統》，頁 453。

（三）《詞菁》：縮編淘汰姜夔詞

　　《詞菁》二卷，為明「錢塘陸雲龍雨侯父選評，陸人龍君翼父校訂」〔註291〕，陸雲龍白序寫於「辛未仲夏」，即明思宗崇禎四年（1613），書應成於此年。

　　《詞菁》乃按類編排，為「分類編次本」，按天文類、節序、形勝、人物、宴集、遊望、行役、稱壽等分類，選詞範圍，涵括晚唐至明，書中有選者詞評。《詞菁》為陸雲龍主持評選《翠娛閣評選行笈必攜》十種之一，這十種有：《詩最》、《文奇》、《文韻》、《書雋》、《四六儷》、《小札簡》、《清語部》、《記游》、《格言》、《詞菁》。〔註292〕羅立剛以為此叢書以入選明人最多：「以陳繼儒、鍾惺、袁宏道等人為首選，其次則唐人，以晚唐較得陸氏青睞，所選絕大多數詩文都非歷史上有定評之代表作家和作品，人取我棄，我棄人取，不主故常，不避生新，深入體味古人真精神，正是竟陵派對待前代文化遺產的態度。」〔註293〕可知《詞菁》選取態度乃搜羅佚品，尤其是對明代作品之關注。

　　《詞菁》序言：

> 青蓮以絕代軼才，裂羈勒，另闢詞家一徑，大都以精新綺麗為宗，故相沿莫妙。淮海（秦觀）、眉山（蘇軾）、周洞霄（周邦彥）、康大晟（康與之），其品雖不得垺，以詞論不得劣也。至我明郁離（劉基），其王佐才，廁身帷幄，宜同稼軒，時露英雄本色，乃似柔其骨、麗其聲，藻其思，務見菁華之色，則所尚可知已。〔註294〕

從此序文可知，陸雲龍認為詞以李白所建「精新綺麗」詞風為宗，秦

〔註291〕〔明〕陸雲龍編選：《詞菁》，明崇禎崢霄館刻本（上海：復旦大學圖書館藏），目次後卷一下題署名。

〔註292〕羅立剛：〈竟陵派的又一重要選本──陸雲龍選輯《翠娛閣評選行笈必攜》簡介〉，《古典文學知識》第6期（1998年），頁104。

〔註293〕羅立剛：〈竟陵派的又一重要選本──陸雲龍選輯《翠娛閣評選行笈必攜》簡介〉，頁108。

〔註294〕〔明〕陸雲龍編選：〈陸雲龍白序〉，《詞菁》。

觀、蘇軾、周邦彥、康與之詞都有高水準。至明代，劉基有佐王之才能，應該和稼軒一樣，具有英雄本色，但他竟然像柔骨麗聲，只見菁華之色，則可知明代仍以柔骨、麗聲、藻思，為菁華之色。

《詞菁》序中描述當時詞壇：

> 其（郁離）後名賢輩出，人巧欲盡，悉為奇險之句，幽窈之字，實緣徑窮路絕，不得不另闢一堂奧。〔註295〕

奇險幽窈造成徑窮路絕，於是：

> 試取《花間》《草堂》並咀之，《草堂》自更新綺者。特其中有欲求新而得誤，似為吳歈作祖，予不敢不嚴別之，誠以險中有菁，俳不可為菁耳。〔註296〕

《草堂》淺近通俗，較《花間》新綺，陸雲龍由《草堂》中，剔除格調鄙俗、浮薄纖巧，混淆吳歈歌曲者，咀嚼出「新綺」而不誤之詞，實以險奇新語中求菁華，而不以浮薄纖巧為菁華。《詞菁》評周邦彥〈早梅芳〉（花竹深）曰：「新語、實語」〔註297〕、評秦觀〈如夢令〉（幽夢匆匆破後）曰：「奇麗」〔註298〕、評秦觀〈阮郎歸〉（褪花新綠漸團枝）曰：「此語新媚□□幽奇」〔註299〕、評沈際飛〈虞美人〉（堦前嫩綠和愁長）曰：「無言不新，無言不奇」〔註300〕，「新、奇」在詞評中常常出現，可知《詞菁》認為險奇新語處，才能見菁華。

陸雲龍在各種序、評中發表了矯正鄙俚輕率之理論，如「險中有菁，俳不可為菁耳」之類，羅立剛因《詞菁》自復古中咀嚼出新意，將它歸類為竟陵派之重要選本之一〔註301〕；竟陵派前，公安派強調「獨抒性靈」、「不拘格套」，流於淺率卑俗。《詞菁》符合竟陵派理

〔註295〕〔明〕陸雲龍編選：〈陸雲龍自序〉，《詞菁》。
〔註296〕〔明〕陸雲龍編選：〈陸雲龍自序〉，《詞菁》。
〔註297〕〔明〕陸雲龍編選：《詞菁》卷2，頁3。
〔註298〕〔明〕陸雲龍編選：《詞菁》卷2，頁15。
〔註299〕〔明〕陸雲龍編選：《詞菁》卷1，頁13。
〔註300〕〔明〕陸雲龍編選：《詞菁》卷2，頁11。
〔註301〕羅立剛：〈竟陵派的又一重要選本——陸雲龍選輯《翠娛閣評選行笈必攜》簡介〉，頁108。

想，一方面講求「性靈」，反對模擬；一方面又須求古人真精神，而以
「運古最化」〔註302〕，能獨造古人幽神化境為妙。從提倡「崇古」中
走出「新變」，而《詞菁》就是汰「古本」雜質之縮編精華本。

　　以下為《草堂詩餘四集》與《詞菁》收錄五首以上詞作數量表
（詞人以時代歸類，並按《草堂詩餘四集》總計多寡排列）：

表格 14：《草堂詩餘四集》與《詞菁》收錄五首以上詞作數量表〔註303〕

時代	詞　人	草堂詩餘正集	草堂詩餘續集	草堂詩餘別集	草堂詩餘新集	《四集》總計	《詞菁》
五代	李煜	8	11			19	6〔註304〕
	孫光憲			6		6	
	韋莊			5		5	
北宋	周邦彥	63				63	13〔註305〕
	蘇軾	29	21	17		67	8〔註306〕
	秦觀	30	20	5		55	14〔註307〕
	歐陽脩	15	26			46	5〔註308〕
	黃庭堅	12	7	7		26	
	柳永	23				23	
	張先	11		5		16	

〔註302〕陸雲龍評《播芳大全集》中〈上史丞相〉：「運古最化，發論最確。」
　　　　轉引自羅立剛：〈竟陵派的又一重要選本──陸雲龍選輯《翠娛閣評
　　　　選行笈必攜》簡介〉，頁110。

〔註303〕1. 此表格以詞作達五闋者才列入數字統計，然姜夔入選資料，不論
　　　　是否達五闋，亦列入。修改自陶子珍：《明代詞選研究》，頁381；
　　　　李娟娟，《草堂四集及古今詞統之研究》，頁73～75。2.《草堂詩餘
　　　　四集》、《詞菁》統計後，各時期前三名，用「　　」表示。

〔註304〕陶子珍：《明代詞選研究》，頁381，以為李煜數量不至5首。

〔註305〕陶子珍：《明代詞選研究》，頁381，表格則記12首。

〔註306〕陶子珍：《明代詞選研究》，頁381，表格則記9首。

〔註307〕陶子珍：《明代詞選研究》，頁381，表格則記11首。

〔註308〕陶子珍：《明代詞選研究》，頁381，以為歐陽脩數量不至5首。

朝代	詞人						
	晏幾道	9	7			16	
	賀鑄	7	7			14	
	李清照	9				9	6〔註309〕
南宋	辛棄疾	13	6	21		40	9
	蔣捷〔註310〕			38		38	
	黃昇		5	13		18	
	朱敦儒	10	7			17	
	康與之	16				16	
	劉克莊			15		15	
	陸游			11		11	
	史達祖			11		11	
	劉過			9		9	
	姜夔	0	2	7		9	
	程垓〔註311〕	0	6	1		7	
	吳文英			6		6	
明	楊慎				75	75	6〔註312〕
	王世貞				65	65	11〔註313〕
	劉基				60	60	13

〔註309〕陶子珍：《明代詞選研究》，頁381，表格則記5首，筆者數6首。

〔註310〕《詞菁》只收錄2首蔣捷詞，未收錄黃昇詞。

〔註311〕程垓，字正伯，號書舟，眉山（今屬四川）人，《草堂詩餘別集》收錄程垓1首：〈酷相思‧月掛霜林寒欲墜〉（卷3，頁3），《草堂詩餘續集》收6首：〈虞美人‧輕紅短白東城路〉（卷下，頁8）、〈御街行‧傷春時候一憑闌〉（卷下，頁20）、〈滿江紅‧門掩垂楊〉（卷下，頁23）、〈滿庭芳‧南月驚烏〉（卷下，頁34）、〈念奴嬌‧秋風秋雨正黃昏〉（卷下，頁26）、〈木蘭花慢‧倩嬌鶯婉〉（卷下，頁28），共7首。然李娟娟，《草堂四集及古今詞統之研究》，頁73～75未錄及程垓詞作為誤。《詞菁》只收程垓1首詞作：〈木蘭花慢‧倩嬌鶯婉〉（卷2，頁28），然陶子珍：《明代詞選研究》，頁381，表格則記5首。

〔註312〕陶子珍：《明代詞選研究》，頁381，表格則記5首。

〔註313〕陶子珍：《明代詞選研究》，頁381，表格記10首。

文徵明			26	26	6
吳子孝			25	25	
瞿祐			16	16	
張綖			15	15	
王微			15	15	
沈際飛			13	13	
高濂			12	12	
楊基		10		10	

　　由上表可知，《詞菁》收錄五首以上詞作，以明人詞最多，最推崇劉基
（郁離）。《草堂詩餘四集》各時期數量較多之前三名，與《詞菁》大
致一樣，惟於南宋時期較不一致；南宋時期《詞菁》只較注意辛棄疾，
其他南宋詞人皆未收錄五首以上。在數量上《詞菁》擇詞五闋以上之
詞家，以明代較多，次為北宋，再為南宋、五代最少。北宋最推崇周
邦彥，南宋最推崇辛棄疾，明代最推崇劉基。《詞菁》雖體現尚婉約亦
尚「英雄本色」之思想〔註314〕，然而對於南宋詞，除了辛棄疾，沒有
任何一人入選五首以上，也沒有入選任何一首姜夔詞，甚至南宋雅詞
派詞人之作品，如吳文英、張炎等人一首皆未入選，史達祖、蔣捷才入
選一首，《詞菁》根本較少關注南宋詞，而多關注明詞與北宋詞。

　　前面提過陸雲龍序中曾說，《草堂》較《花間》更新綺，但其中
有「欲求新而得誤」，故「不敢不嚴剔之」〔註315〕，《詞菁》是自《草
堂》再擇取菁華出來，另成一書，故《草堂》原來所淘汰與選取之
詞，亦影響《詞菁》。《草堂詩餘》原本就少收錄雅詞派，為《草堂》
濃縮本之《詞菁》亦淘汰了姜夔。

　　據陶子珍研究：《詞菁》是從選文一千六百餘闋詞之《古香岑草

〔註314〕　曹秀蘭並論證《詞菁》此兩思想，影響了清初浙西詞論和陽羡詞論。
　　　　　曹秀蘭：〈論《詞菁》對清初詞論的影響〉，《聊城大學學報（社會科
　　　　　學版）》第4期（2009年），頁36。
〔註315〕　「取《花間》《草堂》並咀之，《草堂》自更新綺者。特其中有欲求
　　　　　新而得誤，似為吳歈作祖，予不敢不嚴別之，誠以險中有菁，俳不
　　　　　可為菁耳。」明‧陸雲龍編選，〈陸雲龍自序〉，《詞菁》。

堂詩餘四集》〔註316〕，汰而存其精之絕品；《詞菁》全書 270 闋詞，
其中 268 闋皆從崇禎初沈際飛評選《古香岑草堂詩餘四集》而出，分
別自《草堂詩餘正集》輯錄 121 闋，《草堂詩餘續集》輯錄 38 闋，《草
堂詩餘別集》輯錄 26 闋，《草堂詩餘新集》輯錄 83 闋〔註317〕。可見
《詞菁》主要從《正集》以及《新集》中粹取而成，《詞菁》所著重選
錄之詞人：北宋是周邦彥、蘇軾、秦觀，南宋是辛棄疾，與《草堂詩
餘》一致。

比較《草堂詩餘四集》與《詞菁》收錄姜夔、史達祖等雅詞派現
象，發現《正集》入選此派詞人作品非常少，大部分是未選，而《詞
菁》承襲《正集》，也少入選此派詞人。茲將《正集》、《續集》、《別
集》與《詞菁》收錄雅詞派作品列表格如下：

《草堂詩餘四集》（其中三集）與《詞菁》收錄雅詞派比較表				
詞集名	草堂詩餘正集	草堂詩餘續集	草堂詩餘別集	詞菁
姜夔	0	2	7	0
史達祖	2	0	11	1
吳文英	0	0	6	0
張炎	0	0	0	0
周密	0	0	0	0
蔣捷	0	1〔註318〕	38	1

是知《詞菁》未收姜夔詞，是因為不重視南宋詞，而較重視北宋詞與明
詞。且《詞菁》為《草堂詩餘四集》之縮編本，只存錄《草堂》主要菁
華，姜夔在《草堂詩餘》所佔數量原不多，縮編之後自不免被淘汰。

〔註316〕〔明〕沈際飛評選，《古香岑草堂詩餘四集》，其中包括四部詞選：
　　　　（1）《草堂詩餘正集》六卷；（2）《草堂詩餘續集》二卷；（3）《草
　　　　堂詩餘別集》二卷；（4）《草堂詩餘新集》五卷。
〔註317〕陶子珍，《明代詞選研究》，頁 380。
〔註318〕《草堂詩餘續集》於〈柳梢青‧學唱新腔〉注「蔣竹山，刻蔣達誤」。
　　　　見〔明〕長湖外史輯，沈際飛評箋：《草堂詩餘續集》（臺北：國家
　　　　圖書館藏明末崇禎吳門童湧泉刊本）卷上，頁 27。

（四）《古今詩餘醉》：自《草堂詩餘別集》粹取姜夔詞五闋

《古今詩餘醉》凡十五卷，潘游龍選，為依類編排之「分類本」。此書據其序可知，應完成於明思宗崇禎九年（1636），刊刻於崇禎十年（1637）〔註319〕。

以下參考陶子珍《明代詞選研究》根據《詩餘醉》選詞在十五闋以上，可大略知其選錄標準，統計表格如下（詞人以時代歸類，並按詞數之多寡排列）〔註320〕：

時　代	詞　人	詞　數	合　計
五代	李煜	18	18
北宋	蘇軾	53	210
	周邦彥	45	
	歐陽脩	40	
	秦觀	36	
	黃庭堅	21	
	柳永	15	
南宋	蔣捷	34	96
	辛棄疾	32	
	陸游	15	
	黃昇	15	
明	王世貞	47	206
	楊慎	38	
	劉基	36	
	陳繼儒	35	
	王微	33	
	顧璘	17	

〔註319〕刊本前有崇禎十年郭邵儀〈詩餘醉敘〉。見陶子珍：《明代詞選研究》，頁394。
〔註320〕參考陶子珍：《明代詞選研究》，頁403。

由表列可知，選詞最多的是北宋蘇軾、周邦彥、歐陽脩，與明代王世貞，皆四十闋以上，就選詞十五闋以上而言，總計數量最多者，在於北宋，且偏重北宋言情述志之詞人。至於南宋詞作，則蔣捷與辛棄疾之作最多，沿襲沈際飛《草堂詩餘別集》對蔣捷、辛棄疾之注意。

潘游龍自序曾云：

> 彼少游、魯直、長公、幼安、竹屋、白石諸公，不且以詩餘減價乎！〔註321〕

故知當時姜夔之詞人名聲，應與秦觀（少游）、黃庭堅（魯直）、蘇軾（長公）、辛棄疾（幼安）、高觀國（竹屋）等人齊名。然而《古今詩餘醉》所選這些詞人之詞數為：

《古今詩餘醉》所收六位詞人數量表		
時　代	詞　人	詞　數
北宋	秦觀	36
北宋	黃庭堅	21
北宋	蘇軾	53
南宋	辛棄疾	32
南宋	高觀國	6
南宋	姜夔	5

這六位詞人，只有南宋高觀國與姜夔之詞作被收錄最少，這是為什麼呢？首先要解決的是潘游龍在編選《古今詩餘醉》時，是否知悉姜夔三十幾闋詞？這就牽涉到《古今詩餘醉》是否參閱其他載有姜夔之詞選或姜夔別集？

潘游龍曾在評語中對秦觀〈滿庭芳〉（曉色雲開）曰：

> 據諸本首云晚色，末曰淡日，細味詞中玉轡紅纓等，豈晚來事，悉從《詞選》。曉色一作兔，一作見，今從《詞選》，色字為優。〔註322〕

〔註321〕〔明〕潘游龍輯：〈潘游龍自序〉，《古今詩餘醉》（臺北：國家圖書館藏，明崇禎丁丑 10 年海陽胡氏十竹齋刊本），頁 2。

〔註322〕〔明〕潘游龍輯，梁穎校點：《精選古今詩餘醉》（瀋陽：遼寧教育出版社，2003 年 3 月）卷 3，頁 106。

以及評選周美成〈隔浦蓮近〉（新篁搖動翠葆）：「浮萍破處，簾花簷影顛倒。」兩句云：

> 杜詩：「燈前細雨簷花落」，簷前雨映燈花，為花爾，後人改
> 「簷前細雨燈花落」，則直致無味矣。此詞用簷花，苕溪云：
> 「與出處意不合」，乃知用字之難。及見《詞選》作：「簾花
> 簷影」，可以無疑。〔註323〕

可見潘游龍曾據諸本考訂詞，其中有《詞選》一書。只是此《詞選》是指何人所編？宋明以詞選命名者，有南宋黃昇《花庵詞選》，翻查《花庵詞選》卷四，所收秦觀〈滿庭芳〉（曉色雲開），首句的確作「曉色雲開」〔註324〕、卷七所收周美成〈隔浦蓮近〉（新篁搖動翠葆），詞中的確作「浮萍破處，簾花簷影顛倒。」〔註325〕故從此兩處印證，潘游龍所指《詞選》應是指《花庵詞選》。然而沈際飛《草堂詩餘正集》卷二，也收周美成〈隔浦蓮近〉（新篁搖動翠葆），詞中也作「浮萍破處，簾花簷影顛倒」〔註326〕，卷三也收有秦觀〈滿庭芳〉（曉色雲開）：首句為「曉色雲開」，且注明：

> 曉一作晚　色一作兔，一作見　雲開〔註327〕

與潘游龍所云更為契合。且《古今詩餘醉》所收姜夔五首詞：卷八之詞題為：別懷〈探春慢〉（衰草愁烟）、別怨〈長亭怨慢〉；卷九之詞題：感舊〈揚州慢〉；卷十三之詞題：吳興荷花〈念奴嬌〉；卷十四之詞題：賦蟋蟀〈齊天樂〉，總不出《花庵詞選》所收錄姜夔三十四闋詞之範圍。尤有甚者，《古今詩餘醉》所選五闋詞，皆在沈際飛《草堂詩餘別集》所收七闋姜夔詞中，故可以推定《古今詩餘醉》是從沈際飛《草堂詩餘別集》中選擇出來的。

　　此外經由評語，亦可印證潘游龍參曾閱沈際飛《草堂詩餘四

〔註323〕　〔明〕潘游龍輯；梁穎校點：《精選古今詩餘醉》卷5，頁15。
〔註324〕　〔宋〕黃昇：《花庵詞選》，《景印文淵閣四庫全書》（臺北：臺灣商務印書館，1983年）卷4，頁344。
〔註325〕　〔宋〕黃昇：《花庵詞選》卷7，頁369。
〔註326〕　〔明〕沈際飛評選：《草堂詩餘正集》卷2，頁31。
〔註327〕　〔明〕沈際飛評選：《草堂詩餘正集》卷3，頁19。

集》，如詠夏景之蘇軾〈賀新郎〉（乳燕飛華屋），潘氏評曰：

> 蓋詞到高豔處，真無所不可。至如黃山谷之〈滿庭芳〉一闋，
> 未始不雕繪富有，讀來微覺齒寒耳，刪之。〔註328〕

然而此「雕繪富有」之語，乃來自沈際飛《草堂詩餘續集》卷下評黃庭堅〈滿庭芳〉曰：

> 雕繪富有。〔註329〕

潘游龍引用沈際飛《草堂詩餘續集》之評語，而稱其讀後感覺與前人不同，此亦可證潘游龍的確參考沈際飛《古香岑草堂詩餘四集》及其評語。潘游龍又在卷十三蔣捷（勝欲）〈霜天曉角〉下評曰：「此詞妙在淡而濃、俚而雅、雅而老，又在柳、秦、張、周之上。」〔註330〕此評語是參閱沈際飛編選《草堂詩餘別集》評語：「淡得濃、俚得雅、稚得老，人皆稱柳、秦、張、周為詞祖，而不推蔣竹山，何耶？」〔註331〕而來，以為蔣捷此詞乃柳永、秦觀、張先、周邦彥之上，為詞之婉麗正宗，《古今詩餘醉》之基本格調亦是秉持這種概念。

此外，《古今詩餘醉》曾引用之詞話評論，也有《古今詞話》〔註332〕、《後齋漫錄》、周晉仙〔註333〕、苕溪〔註334〕、楊慎〔註335〕

〔註328〕〔明〕潘游龍輯；梁穎校點：《精選古今詩餘醉》卷5，頁187。

〔註329〕〔明〕長湖外史輯，沈際飛評笺：《草堂詩餘續集》（臺北：國家圖書館藏明末崇禎吳門童湧泉刊本）卷下，頁25。

〔註330〕〔明〕潘游龍，梁穎校點：《精選古今詩餘醉》卷13，頁383。

〔註331〕「稚得老」見〔明〕沈際飛評選：《草堂詩餘別集》卷1，頁16。

〔註332〕如選無名氏〈魚游春水〉評語提到：「《古今詞話》、《後齋漫錄》俱云狀物寫情極工，何也？」見〔明〕潘游龍輯；梁穎校點：《精選古今詩餘醉》卷5，頁178。

〔註333〕評語中錄了周晉仙語：「晉仙曰：《花間集》只『絲雨濕流光』五字微妙。」見〔明〕潘游龍輯，梁穎校點：《精選古今詩餘醉》卷3，頁113。

〔註334〕蘇東坡〈賀新郎‧乳燕飛華屋〉評語也提到《古今詞話》、苕溪。見〔明〕潘游龍輯，梁穎校點：《精選古今詩餘醉》卷5，頁187。

〔註335〕選隋煬帝〈望江南〉，評曰：「楊用修云：『世指太白〈菩薩蠻〉、〈憶秦娥〉為詞祖，又樂天〈長相思〉、太白〈清平樂〉為詞祖，不知隋帝已有〈望江南〉詞。』詞非始於唐，始於六朝矣。」提到楊慎引文，論證詞非始於唐，始於六朝矣。見〔明〕潘游龍輯；梁穎校點：《精選古今詩餘醉》卷11，頁340。

等人。《古今詩餘醉》收有史達祖十闋詞，其中選史達祖〈綺羅香〉（做冷欺花）：「臨斷岸新綠生時，是落紅帶愁流處。」評曰：

> 臨斷岸以下融情景於一家，會句意於兩得，姜堯章極稱賞
> 不置。〔註336〕

潘游龍引姜夔稱賞，印證自己所選詞作之優秀，可見潘游龍亦注意到姜夔此人之詞評。

　　再者，姜夔詞之風格，是否符合《古今詩餘醉》選錄標準？《古今詩餘醉》之選錄標準，從諸詞序中看來是：「宗尼夫刪詩之餘意」、「擇取宋彥之集與明代才人之作」、「言情述志，別存懷抱」。〔註337〕

　　此乃因明末仍然存著「詞為小道」的看法，潘游龍為詞之地位，作了辯證，並可由此看出其選詞標準：

　　一、潘游龍選詞之用意，是認為詞比唐詩性情真境。〈潘游龍自序〉云：「蓋唐以詩貢舉，故人各挾其所長以邀通顯，性情真境，半掩於名利鉤途。詞則自極其意之所之，凡道學之所會通，方外之所靜悟，閨帷之所體察，理為真理，情為至情。」〔註338〕唐詩失却性情真境，詞則意之所之，皆真理至情。

　　二、詞之至情真理，可等同《詩經》之情感抒發。〈潘游龍自序〉又云：「語不必蕪，而單言隻句，餘于清遠者有焉，餘于摯刻者有焉，餘于莊麗者有焉，餘于悽惋悲壯、沉痛慷慨者有焉，令人撫一調，讀一章，忠孝之思、離合之況、山川草木鬱勃難狀之境，莫不躍躍于言先言後，則詩餘之興起人豈在三百篇之下乎！」〔註339〕詞之興發感觸，與《詩經》一致。郭邵儀〈詩餘醉序〉也強調：「夫惟嗟嘆詠歌之不足，不得已而有言詩，《三百篇》豈非性情之餘者乎？……能知麟長（潘游龍）所選，不遠於《二百篇》之性情者，是可與言詩餘者也。」〔註340〕

〔註336〕〔明〕潘游龍輯，梁穎校點：《精選古今詩餘醉》卷3，頁123。
〔註337〕陶子珍，《明代詞選研究》，頁401～404。
〔註338〕〔明〕潘游龍輯，梁穎校點：〈潘游龍自序〉，《精選古今詩餘醉》。
〔註339〕〔明〕潘游龍輯，梁穎校點：〈潘游龍自序〉，《精選古今詩餘醉》。
〔註340〕〔明〕潘游龍輯：《古今詩餘醉》，頁1。

由性情來籠絡詞與詩之關係，竭力將詞之功能拉抬到《三百篇》，支持著潘游龍選詞、讀詞、專研詞之正當性。管貞乾〈詩餘醉附言〉論及《古今詩餘醉》之編排時，也說：「先之以時序，律呂之所以從陰陽也；終之以邊思，見有情之不忘于倥傯也。笳聲淒楚，堪走胡宵之騎；河骨愴心，猶憐閨夢之人。唐詩不廢，〈塞上曲〉、〈昭君怨〉，咸此志也。斯豈非宗尼父刪詩之餘意，首二南而末豳風終魯頌乎？」〔註341〕《古今詩餘醉》之排列，先以時序，終以邊思，乃情志在焉〔註342〕，亦如尼父刪詩之餘意。《詩經》之編排，乃依風雅頌，十五國風先〈周南〉、〈召南〉二南國之地方樂曲，十五國風最末為〈豳風〉，最後〈魯頌〉為宗廟祭祀之樂，上下商周十五國，只有三百篇入於《詩經》。這是孔子以真理至情，選擇合乎「興、觀、群、怨」之因。所以詞須符合「真理至情」，這是《古今詩餘醉》所秉持之原則。從評語亦可看出，如：卷二評黃山谷〈清平樂〉（春歸何處）：「趕上和春住，喚取歸同住，千古一對情痴。」〔註343〕卷七評王修微〈生查子〉（欲寄別時心）：「字字韻，字字真。」〔註344〕卷八評林君復〈長相思〉（吳山青）：「情極真至。」〔註345〕卷七評劉伯溫〈虞美人〉（紅榴花下宜男草）：「情景直寫，絕無粘帶。」〔註346〕他又說：

> 讀花間小令，每厭其長，今反覆說來，語多情至，乃嫌其短耳。〔註347〕

潘游龍再三咀嚼《花間》小令，竟覺語多情至，反覺其短。穠麗之《花間集》就與強調情性真境之論調，結合起來了。謝桃坊《中國詞學史》曾說：「明人詞體觀念的基本定勢，是出於對南宋和元初詞壇的雅正

〔註341〕〔明〕管貞乾：〈詩餘醉附言〉，見〔明〕潘游龍輯，梁穎校點：《精選古今詩餘醉》。
〔註342〕陶子珍：《明代詞選研究》，頁405。
〔註343〕〔明〕潘游龍輯，梁穎校點：《精選古今詩餘醉》卷2，頁94。
〔註344〕〔明〕潘游龍輯，梁穎校點：《精選古今詩餘醉》卷7，頁218。
〔註345〕〔明〕潘游龍輯，梁穎校點：《精選古今詩餘醉》卷8，頁250。
〔註346〕〔明〕潘游龍輯，梁穎校點：《精選古今詩餘醉》卷7，頁209。
〔註347〕〔明〕潘游龍輯，梁穎校點：《精選古今詩餘醉》卷7，頁216。

與清泚的審美理想和審美趣味的反動，趨向於淺俗與香弱。五代時穠豔的《花間集》與南宋流行的淺近香豔的《草堂詩餘》，成了明人做詞時學習和仿效的範本。」〔註348〕所以潘游龍《古今詩餘醉》也臣服在《花間集》、《草堂詩餘》腳下了。

　　五首入選的姜詞，其中之一是〈齊天樂〉賦蟋蟀：「庾郎先自吟愁賦。淒淒更聞私語。露溼銅鋪，苔侵石井，都是曾聽伊處。哀音似訴。正思婦無眠，起尋機杼。曲曲屏山，夜涼獨自甚情緒。　　西窗又吹暗雨。為誰頻斷續，相和砧杵。候館迎秋，離宮弔月，別有傷心無數。豳詩漫與。笑籬落呼燈，世間兒女。寫入琴絲，一聲聲更苦。」評曰：「賦物如此，何忍刪去！至如柳耆卿咏鶯、康伯可聞雁，則不敢虛奉也。」〔註349〕則知潘游龍所選，乃在於描寫悽苦至情之境，深情真意，以致不忍刪去，並非注意到姜詞之清空騷雅。

　　另外，潘游龍於解釋《古今詩餘醉》按類編排時，提到詞與曲不同，亦可從此面了解潘游龍所認可之詞特點。〈潘游龍自序〉曰：「有嘲之者曰：《花間》長短個體，大小異令，是役也錯綜而位置之，奪倫否歟？余曰：否，蓋詞與曲異。曲須按腔挨調而後成闋，有意鋪張，此新聲之所以無餘味也。空中之音，水中之月，象中之色，鏡中之境，可摹而不可即者，其詩餘也，蓋無俟較高平、分南北、按篇目。」〔註350〕潘游龍《古今詩餘醉》以比事類情編排，非按長短個體，尋為次第，乃詞似鏡花水月、可摹不可即之餘味，所以不用依長短大小分類。潘游龍於《古今詩餘醉》評語中，亦提及詞之餘味，如卷五評周美成〈滿路花〉（金花落爐燈）：「知他幾語如食橄欖，回味甚多」〔註351〕；卷五評周美成〈少年游〉（并刀如水）：「說盡冬景行路意思，展轉有味。」〔註352〕都注意到詞之韻味之美。

〔註348〕謝桃坊：《中國詞學史》（成都：巴蜀書社，1993年），頁83。
〔註349〕〔明〕潘游龍輯，梁穎校點：《精選古今詩餘醉》卷14，頁418。
〔註350〕〔明〕潘游龍輯，梁穎校點：〈潘游龍自序〉，《精選古今詩餘醉》。
〔註351〕〔明〕潘游龍輯，梁穎校點：《精選古今詩餘醉》卷5，頁191。
〔註352〕〔明〕潘游龍輯，梁穎校點：《精選古今詩餘醉》卷5，頁191。

　　除「性情真境」之考量外,《古今詩餘醉》是屬於「香豔」之選。《群體的選擇——唐宋人選詞與詞人群通論》引《詩餘醉附言》云:「余落魄無似,日與鱗長潘先生閑評世務。人未嘗不嘆余輩之未字理嫁娘衣也。」〔註353〕又潘游龍《精選古今詩餘醉・自序》略云:「而于詞則醉心于小令,謂其備極情文而饒餘致也。」〔註354〕總結為:「蓋明人香豔之選。」〔註355〕《古今詩餘醉》以婉麗流暢為美,為明代人對詞之審美趨向,也是《古今詩餘醉》評語中,常點出讚美之處。如:

　　卷二,評楊基〈踏莎行〉(淺碧凝鬟):句麗且豔。〔註356〕

　　卷二,評僧祖可〈小重山〉(誰向江頭遺恨濃):情豔語,偏是光頭和尚、道學先生,說得恁地清切有味。〔註357〕

　　卷三,評歐陽脩〈浣溪沙〉(湖上朱橋響畫輪):隔花句麗,奈何字春色無邊。〔註358〕

　　卷四,評方千里〈過秦樓〉(柳灑鵝黃):蜂鬚霧濕,燕嘴泥融,語極藻豔。〔註359〕

　　卷四,評韋莊〈謁金門〉(春雨足):「春雨足,染就一溪新綠。」曰:染就句最豔麗。〔註360〕

　　卷四,評李公昂〈蘭陵王〉(燕穿幙):詞極豔麗,至嚼花吞恨句猶鮮妒。〔註361〕

　　卷四,評馮偉壽〈春風裊娜〉(被梁間雙雁):長詞如此風豔,亦自難得。〔註362〕

〔註353〕〔明〕管貞乾〈詩餘醉附言〉:見明・潘游龍輯,梁穎校點,《精選古今詩餘醉》。
〔註354〕〔明〕潘游龍:《精選古今詩餘醉・自序》。
〔註355〕蕭鵬:《群體的選擇——唐宋人選詞與詞人群通論》,頁429。
〔註356〕〔明〕潘游龍輯,梁穎校點:《精選古今詩餘醉》卷2,頁82。
〔註357〕〔明〕潘游龍輯,梁穎校點:《精選古今詩餘醉》卷2,頁95。
〔註358〕〔明〕潘游龍輯,梁穎校點:《精選古今詩餘醉》卷3,頁106。
〔註359〕〔明〕潘游龍輯,梁穎校點:《精選古今詩餘醉》卷4,頁151。
〔註360〕〔明〕潘游龍輯,梁穎校點:《精選古今詩餘醉》卷4,頁163。
〔註361〕〔明〕潘游龍輯,梁穎校點:《精選古今詩餘醉》卷4,頁171。
〔註362〕〔明〕潘游龍輯,梁穎校點:《精選古今詩餘醉》卷4,頁170。

卷四，張先〈謝池春慢〉（繚墻重院）評曰：後疊秀豔下，直入古歌。〔註363〕

詞句艷而富麗，往往是吸引人眼光處，尤其是慢詞能如此，更是難能可貴。惜姜夔詞並非屬富艷句麗之風格，而較多是「清空騷雅」著稱，因之不合潘游龍的胃口。

至於《古今詩餘醉》提到刪消淘汰之作，有前引：詠夏景之蘇軾〈賀新郎〉（乳燕飛華屋），潘氏評曰：

蓋詞到高豔處，真無所不可。至如黃山谷之〈滿庭芳〉一闋，未始不雕繪富有，讀來微覺齒寒耳，刪之。〔註364〕

潘游龍不喜黃庭堅〈滿庭芳〉之原因與卓人月相似，卓人月《古今詞統》卷十二：「極意點綴風華，正覺草木盡堅瘦耳。」〔註365〕黃庭堅此詞雖雕繪富有，卻靈動不足，太過嚴整〔註366〕，以致齒寒堅瘦。

又詠夏景：「又是題劉巨濟之〈聲聲慢〉、〈夏初臨〉，柳耆卿、康伯可之〈女冠子〉，趙文鼎之〈賀新郎〉，未免酸率，故刪去。」〔註367〕詞題端午，評劉潛夫〈賀新郎·思遠樓前路〉曰：「……至劉方叔之俚，則不取也。」〔註368〕可知《古今詩餘醉》所刪去之詞，乃齒寒、酸率、俚俗者。

總之，《古今詩餘醉》只選姜夔五闋詞的原因：第一，《古今詩餘

〔註363〕〔明〕潘游龍輯，梁穎校點：《精選古今詩餘醉》卷4，頁130。

〔註364〕〔明〕潘游龍輯，梁穎校點：《精選古今詩餘醉》卷5，頁187。

〔註365〕黃庭堅〈滿庭芳〉：「修水濃青，新篠淡綠，翠光交映虛亭。錦鴛霜鷺，荷徑拾幽蘋。香渡欄干屈曲，紅妝映、薄綺疏櫺。風清夜，橫塘月滿，水淨見移星。堪聽。微雨過，鬖鬖藻荇，瑣碎浮萍。便移轉，胡床湘簟方屏。練靄鱗雲旋滿，聲不斷、簷響風鈴。重開宴，瑤池雪沁，山露佛頭青。」〔明〕卓人月：《古今詞統·序》，《續修四庫全書》冊1728，頁62。

〔註366〕夏敬觀《評山谷詞》：「方之少游，靈動不足，嚴整有餘。」見吳熊和主編：《唐宋詞彙評》（杭州：浙江教育出版社，2004年），頁621。

〔註367〕〔明〕潘游龍輯，梁穎校點：《精選古今詩餘醉》卷5，頁186。

〔註368〕〔明〕潘游龍輯，梁穎校點：《精選古今詩餘醉》卷1，頁58。

醉》由沈際飛《古香岑草堂詩餘四集》所收七闋姜夔詞而來。第二，潘游龍喜愛《花間》、《草堂》那樣穠麗的風格，又從《花間》體悟到情至真性之一面，以為詞能寫出意之真境，「艷麗真情」即是《古今詩餘醉》之基本風格。所以即使潘游龍參考了《花庵詞選》或其他詞選收有姜夔詞，但姜詞的風格是「清空騷雅」，這並非他所喜愛或標榜的，當然也就不選了！

（五）小結

崇禎時期，選錄姜夔詞，已經比萬曆時期數量更為多。詞選著重在擴編或縮編《草堂》，影響了是否選錄姜夔詞之主因。以下分別論之：

為《草堂》續補本之詞選有：

第一、晚明崇禎時期，沈際飛編選評正之《草堂詩餘別集》。此選突破《草堂詩餘》重晚唐、五代、北宋之詞，廣泛選取南宋詞，對婉約、豪放、雅詞派等都有所注重，收錄姜夔詞七闋，承襲張炎評語，稱讚其「清空騷雅」之特色。

第二、卓人月和徐士俊所編《古今詞統》。此選有統集大成、存詞為史之目的，收錄姜夔詞十闋。《古今詞統》大部分除參閱《草堂詩餘別集》、《草堂詩餘續集》外，也參閱《花草粹編》編選姜夔詞。選取十闋姜夔詞中，有五闋為自度曲，注中讚賞姜詞精音律，能自度曲，然卻也因此後人難以仿效，以致影響其流傳。

第三、潘游龍所選《古今詩餘醉》。所選五闋姜夔詞，皆在沈際飛《草堂詩餘別集》所收七闋姜夔詞中，以為詞須符合「真理至情」。潘游龍所選姜詞，乃在於描寫悽苦至情之境，深情真意，以致不忍刪去。潘游龍喜愛《花間》、《草堂》那樣穠麗之風格，「艷麗真情」才是《古今詩餘醉》之基本風格。

以《草堂四集》為縮編本之詞選有：

陸雲龍所選《詞菁》，自復古中咀嚼新意，是它被歸為竟陵派之因。但此選未錄姜夔詞，主要是因全書 270 闋詞，乃《草堂四集》之

濃縮本，在整本《草堂》中，姜詞本來所佔地位就小，縮編之後，就
被淘汰。《詞菁》只存錄《草堂四集》主要菁華，所以仍以原本就佔大
多數之北宋詞、明詞為主。

　　崇禎這個時期詞選，主要是《草堂詩餘》之續補本與縮編本，續
補本乃選源擴大至南宋、明代，如：《草堂詩餘別集》、《古今詞統》、
《古今詩餘醉》，就收有姜夔詞。而崇禎時期之縮編本，以縮編《草堂
詩餘四集》為主之《詞菁》，保留原本《草堂》精華，就未選錄姜夔
詞。總而言之，崇禎時期詞選，仍然受《草堂詩餘》之流風遺韻影響，
但《草堂詩餘》之擴編本多於縮編本，且詞選之趨向，已由晚唐、北
宋偏向南宋與明代，流派紛呈，複雜變化，有兼容並蓄之現象，因此，
姜夔等雅詞派在此時期也漸露曙光，比起嘉靖、萬曆時期，可說有更
多展現的機會。

　　明末崇禎時期，姜夔之詞漸受重視，續有翻刻，除了選本外，其
中還有一本重要叢編本，對姜夔詞在清代之流傳，起著相當大之影
響，為毛晉《宋六十名家詞》〔註369〕，原名《宋名家詞》。毛晉（1599
～1659）明思宗崇禎三年（1630）〔註370〕刻《宋六十名家詞》，為「輯
錄各詞家別集於一帙」之叢刻刊本。其中北宋詞人為十四家，其餘
四十七家，皆為南宋詞人。〔註371〕毛晉乃就其藏本與所得詞集之先

〔註369〕《宋六十名家詞》，原名《宋名家詞》，至少有五種版本，參考陶子
　　　　珍：《明代四種詞集叢編研究》（台北：秀威資訊科技，2005 年），
　　　　頁34～46。〔明〕毛晉編：《宋名家詞》（台北：國家圖書館收藏，明
　　　　末虞山毛氏汲古閣刊本）九十一卷二十八冊，為最多卷版本。
〔註370〕《宋六十名家詞》，原名《宋名家詞》，據《宋名家詞》載明‧胡震
　　　　亨〈宋詞二集敘〉，落款有「庚午夏」三字，庚午即明思宗崇禎三年
　　　　（1630），推知此書刊刻年代。
〔註371〕對於跨越「北宋」、「南宋」兩時代之詞人，以宋欽宗靖康二年（亦
　　　　即南宋高宗建炎元年，1127）為界，依以下原則劃分之：（以下其他
　　　　章節所論，均依此例，不另附註。）
　　　　（1）卒年確知者，以卒年為據。
　　　　（2）生年可考，卒年不可考；或生卒年均不詳者，以唐圭璋《全宋
　　　　　　詞》編排順序為參。

後，輯錄《宋六十名家詞》，旋得旋刻，不依時代之早晚，無一定之順序。其中《白石詞》一卷，列次第十三（以南宋詞集算來為第三本），收錄在第二集，共收姜夔詞有三十四闋。有宋花庵詞客黃昇〈題白石詞〉序、明毛晉跋。

　　明・毛晉〈白石詞跋〉：「白石詞盛行於世，多逸五湖舊約及燕雁無心諸調，前人云花菴極愛白石，選錄無遺，既讀絕妙詞選，果一一具載，真完璧也。」〔註372〕宋淳祐九年（1249）黃昇選《花庵詞選》錄姜夔詞三十四首，比較兩書，詞作次序完全一樣、詞作數量也一致，毛晉編選《宋六十名家詞・白石詞》確實自黃昇《絕妙詞選》中所錄姜夔詞而來。毛晉又說：「范石湖評其詩云，有裁雲縫月之妙手，敲金戛玉之奇聲。予於其詞亦云。」〔註373〕明末毛晉對姜夔之評論，承襲宋代評論，並認同姜夔詞有「裁雲縫月之妙手，敲金戛玉之奇聲」，可知明末除了選本，叢編本對姜夔也有高評價。

　　　　（3）詞選所輯之詞家，若有屬於唐圭璋《全宋詞》中「宋人話本小說中人物詞」「宋人依託神仙鬼怪詞」與「元明小說話本中依託宋人詞」，而撰人生卒年或事蹟不可考者，姑且皆以時代不詳者視之。

〔註372〕〔明〕毛晉：《宋六十名家詞・白石詞跋》（上海：上海古籍出版社，1989年12月），頁211。又可參見國立中央圖書館編：《國立中央圖書館善本序跋集錄・集部》（台北：中央圖書館，1994年）卷七，頁400。

〔註373〕〔明〕毛晉：《宋六十名家詞・白石詞跋》（上海：上海古籍出版社，1989年12月），頁211。